本书为国家社科基金重大项目"中国史诗研究百年学术史"（18ZDA267）的阶段性成果，
受到内蒙古大学一流学科建设经费资助

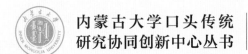

内蒙古大学口头传统
研究协同创新中心丛书

Series of Cooperative Innovational
Center for Studies of Oral Tradition
in Inner Mongolia University

中国史诗研究
学术档案

（1840~1949）

Academic Archives of Epic Studies in China
（1840-1949）

魏永贵　冯文开　编著

社会科学文献出版社
SOCIAL SCIENCES ACADEMIC PRESS (CHINA)

总　序

　　"口头传统"译自英文 oral tradition，有广义和狭义之分，广义的口头传统指口头交流的一切形式，狭义的口头传统则特指传统社会的沟通模式和口头艺术（verbal art）。活形态的口头传统在中国蕴藏之宏富、形态之多样、传承之悠久，在当今世界上都是不多见的。基于国内当时对于口头传统的学术研究，以及对于相关资料的数字化与信息化的处理较为落后的现状，中国社会科学院民族文学研究所经充分酝酿，于 2003 年 9 月 16 日成立了"口头传统研究中心"。此后，该口头传统研究中心一直致力于口头传统的搜集整理与研究，在形成自身学术集群效应和研究论域的同时，也为从事各民族口头传统研究的学者提供了一个更为广阔的学术空间和一个更有活力的学术平台。总之，这一学术共同体有志于引领国内口头传统研究的发展，推进国内口头传统研究朝向学科化进阶，将中国口头传统研究推向国际学术的舞台。

　　自中国社会科学院民族文学研究所口头传统研究中心成立以来，内蒙古大学文学与新闻传播学院便与该中心在学术研究、项目合作、人才培养等诸多方面有着密切的学术联系。内蒙古大学文学与新闻传播学院拥有中国语言文学一级学科博士学位授权点和一级学科硕士学位授权点，形成了本科、硕士、博士三个层次的学科体系。经过多年的努力，内蒙古大学文学与新闻传播学院在中国民族文学研究、史诗学与口头传统研究方面具备了较好的学术积累，民族文学、史诗学与口头传统成为该学院最具特色和优势的专业方向。

2019年8月13日，内蒙古大学文学与新闻传播学院联合中国社会科学院民族文学研究所口头传统研究中心成立了内蒙古大学口头传统研究协同创新中心。这个协同创新中心大体可以说是中国社会科学院民族文学研究所口头传统研究中心和内蒙古大学文学与新闻传播学院在多年合作基础上建立起来的研究机构，立足"服务内蒙、创新机制、汇聚队伍、整合资源、培养人才"的原则，通过跨机构横向合作，助推学术资源共享和思想生产。

经过充分的讨论，本着推精品、推优品的学术宗旨，口头传统研究协同创新中心向内蒙古大学申请"内蒙古大学一流学科建设"经费，以资助出版一批质量较高的学术著作。我们将这批著作命名为"内蒙古大学口头传统研究协同创新中心丛书"，第一期拟推出《中国史诗研究学术批评（1949～2019）》《中国史诗研究学术档案（1840～1949）》《草原文化中的马母题意象研究》三部著作。

我们后续将着手启动第二期的出版规划，期待将该丛书做成一个长线的项目，以提升内蒙古大学口头传统研究协同创新中心的科研实力和影响力。"内蒙古大学口头传统研究协同创新中心丛书"的作者主要是该中心的中青年学者们。

在此，我代表内蒙古大学口头传统研究协同创新中心的各位同仁，感谢内蒙古大学文学与新闻传播学院对这个项目的支持，感谢内蒙古大学一流学科建设经费的资助。

由于能力和条件所限，丛书难免会有种种瑕疵，切望各位读者方家批评指正。我们深知，丛书的出版并不意味着工作的终结。内蒙古大学口头传统研究协同创新中心的工作将在已有的基础上稳步展开，也期待各位读者今后给予持续关注。

朝戈金

2020 年 6 月 8 日

序 言

冯文开

    当我们回过头来对中国史诗研究学术史做"史"的观照时,除了应有"史识"的眼光之外,以正确的价值立场审视 1840～1949 年中国学人对史诗的讨论在中国史诗研究学术史上的地位也是题中之义。只有这样,我们才可能更客观清晰地认识中国史诗研究发展的历史脉络。但是中国学人在历时性地考察中国史诗研究历史进程时经常忽略 19 世纪后期在华传教士对域外史诗的引介和传播,对 20 世纪 50 年代以前许多中国学人持有的史诗观点和见解不甚关注,总结和反思也相对薄弱。其实,它们是整个中国史诗研究学术史不可或缺的一个组成部分,梁启超、章太炎、王国维、鲁迅、胡适、陈寅恪、闻一多、吴宓、茅盾、郑振铎等诸多学人虽然对史诗的讨论不是很系统,甚至仅是只言片语,但是这些有关史诗的言论却蕴含着值得后人探讨与分析的理论和思想张力。他们大多没有就史诗论史诗,而是将史诗放在整个中国文化的背景下观照中国文学,建构了当时中国的学术问题。因此,回顾 20 世纪 50 年代以前域外史诗在中国的接受和重构是非常必要的,无论是为了增强我们对这一时期中国学人的史诗观点和见解的认识,还是为了史诗这门人文学科在 21 世纪能够更好地砥砺前行,我们都理应如此。这也是我们编著《中国史诗研究学术档案（1840～1949）》的学术初衷。

第二次鸦片战争之后，在华传教士取得了在中国内地自由传教的特权。为了更好地完成"中华归主"的神圣使命，他们开始大量介绍西方文学。[①] 正是通过艾约瑟、林乐知、丁韪良、高葆真、谢卫楼、蔡尔康和李思伦等人的努力，荷马史诗逐渐被引介入中国。梁启超曾在《亡友夏穗卿先生》一文中说："简单说，我们当时认为，中国自汉以后的学问全要不得的，外来的学问都是好的。既然汉以后要不得，所以专读各经的正文和周秦诸子。既然外国学问都好，却是不懂外国话，不能读外国书，只好拿几部教会的译书当宝贝。再加上些我们主观的理想——似宗教非宗教似哲学非哲学似科学非科学似文学非文学的奇怪而幼稚的理想。我们所标榜的'新学'，就是这三种原素混合构成。"[②]可见，19 世纪后期的中国学者对荷马史诗的最初认识主要源自在华传教士，这是一个无可争议的事实。毋庸置疑，这些在华传教士在域外史诗的引介和传播上确实起到了一定的作用，但是他们对当时的中国学术很难产生实际的影响，只有少部分改良派学者开始注意到欧洲史诗，郭嵩焘便是其中一个代表性人物。他曾在《郭嵩焘日记》中介绍了荷马史诗，或许他是第一个介绍荷马史诗的中国人。

话又说回来，不管在华传教士介绍与传播史诗对中国学人接受史诗产生的影响如何，也不管它们对中国史诗学术的作用有多大，这一段历史存在是否定不了的，避而不谈是一种不客观的学术态度和意气之学问。的确，在华传教士来华的目的在于传播基督教教义，而不在于传播域外史诗，域外史诗只是随着基督教一起进入中国文化市场的一种附属品。不过，面对中国史诗学的百年沧桑，俯瞰一个世纪以来中国史诗研究的

---

① 参见熊月之《西学东渐与晚清社会》，上海人民出版社，1995，第 148～213 页。

② 梁启超：《梁启超全集》，北京出版社，1999，第 5207～5208 页。

跌宕流转，并企图在历史与逻辑的一致中寻绎出"史"的认识时，我们不能不把在华传教士纳入视野之内。如果撇开这一段历史，那么在对中国史诗研究学术史"史"的整体把握上难免会形成某种遮蔽或者误导。

如果说19世纪后期中国学者接受西方史诗是"只好拿几部教会的译书当宝贝"，那么20世纪初鲁迅的《摩罗诗力说》、周作人的《红星佚史》和《欧洲文学史》的问世则标志着介绍西方史诗的主体由在华传教士转换为中国学者，传播的内容和方式由原来在华传教士按照他们的设想输入转换为由中国学者按照自己的需要有选择性地介绍和论述。如高歌、徐迟、傅东华、谢六逸等译述过荷马史诗，周作人、郑振铎、茅盾等则以史和评的形式介绍过荷马史诗和其他欧洲史诗。《罗摩衍那》和《摩诃婆罗多》至少在公元3世纪便传入中国，见于汉译的佛教典籍①。20世纪初期，中国学人对《罗摩衍那》和《摩诃婆罗多》的学术热情逐渐升温，苏曼殊和鲁迅对它们在世界文学史上的地位给予了高度的评价②，滕若渠、郑振铎、许地山、梁之盘、王焕章专门介绍和评述了《罗摩衍那》和《摩诃婆罗多》③。不过，国内较早使用"史诗"一词的学人是章太炎，他推论中国文学体裁的起源是口耳相传的史诗，韵文形式的史诗是远古文学的唯一形式④。但是在学术实践中，章太炎的"史诗"概念在内涵与外延上要比西方古典诗学中的"史诗"概念宽泛得多，囊括了描述重大事件的长篇韵文体叙事诗与描述日常生活的短篇散文体叙事诗⑤。随着中国学人对作为一种文类的史诗认识的深化，"史诗"一词在

----

①　季羡林：《比较文学与民间文学》，北京大学出版社，1991。

②　苏曼殊：《曼殊大师全集》，上海教育书店，1946，第106~262页；鲁迅：《鲁迅全集》第一卷，人民文学出版社，1973，第56页。

③　赵国华：《〈罗摩衍那〉和中国之关系的研究综述》，《思想战线》1982年第6期，第38~39页。

④　章太炎：《章太炎全集》第三册，上海人民出版社，1984，第226页。

⑤　章太炎：《章太炎全集》第三册，上海人民出版社，1984，第226页。

国内民间文学和民俗学学界逐渐演进为专指那些以韵文体创作的、描绘英雄业绩的长篇叙事诗，这已与西方古典诗学中的史诗概念相一致，而它与中国古典诗学传统中"诗史"概念的异同也得到了正本清源式的辨析①。

20世纪初期，中国学人或以史和评的形式介绍荷马及其史诗，如郑振铎和茅盾等对荷马史诗的评介、王希和的百科小丛书《荷马》等；或译述荷马史诗的故事，如傅东华的《奥德赛》、高歌的《依里亚特》、谢六逸的《伊利亚特的故事》、徐迟的《〈依利阿德〉选译》等。在译介的基础上，中国学人开始研究荷马史诗，或描述荷马史诗的内容和情节，或评价荷马和荷马史诗在世界文学中的地位，或对"荷马问题"进行评述等。当然，任何一种文学作品刚刚出现在学术界的视野中时，人们首先关注的是作家和作品的内容，中国学者对荷马史诗的研究也不例外。他们不可能去深究当时国际史诗研究中的那些术语的内涵以及研究理路，而是站在本土传统文化的立场上，或以史诗重新估价中国传统文化，或借史诗讨论中国文学的演进及其与西方文学演进的差异，或从启蒙工具论的角度阐述史诗等。其间，"史诗问题"是中国学界一桩贯穿20世纪乃至延及当下的学术公案。"史诗问题"一词最早见于闻一多的著述，他使用这个语词标举中国文学有无史诗的学术问题②，而它的发端则起源于王国维在1906年的《文学小言》第十四则中提出的中国叙事文学不发达，处在幼稚阶段的论断③。这直接引发了胡适、鲁迅、茅盾、郑振铎、钱锺书、陆侃如等许多中国学人加入"史诗问题"讨论的行列，他们在各自的学术实践与学术著作中对它做出各自的解答，洋溢着鲜明的批判

---

① 冯文开：《中国史诗学史论（1840～2010）》，中国社会科学出版社，2016。
② 闻一多：《闻一多全集》第十卷，湖北人民出版社，1993，第22～36页。
③ 王国维：《王国维论学集》，中国社会科学出版社，1997，第313～314页。

精神，呈现诸种解答竞相争鸣的格局。

20 世纪 50 年代以前对《罗摩衍那》和《摩诃婆罗多》的研究最有学术影响的，要算鲁迅、胡适、陈寅恪等中国学人围绕孙悟空的"本土说"和"外来说"对《罗摩衍那》与中国文学关系展开的学术讨论。鲁迅认为《西游记》中的孙悟空形象来自无支祁[①]，而胡适在《〈西游记〉考证》中指出孙悟空的源头来自哈奴曼[②]。陈寅恪则在《〈西游记〉玄奘弟子故事之演变》一文中认为，孙悟空大闹天宫源自顶生王率兵攻打天庭的故事和《罗摩衍那》中工巧猿那罗造桥渡海故事的组合[③]。由于陈氏的加入，"外来说"近似成为定论，20 世纪 50 年代前再没有什么很激烈的争论。

显然，20 世纪 50 年代以前，中国学人对引入中国的史诗观念显示出不同的反应和不同的思考层面，其归根到底是"如何接受西方史诗"、"如何对待中国传统文学"和"如何建构中国文学史"的问题。他们没有停留在对荷马史诗和其他欧洲史诗的介绍及以只言片语的形式发表一些观点和见解上，而是以它们反观中国文学，回到对本土学术问题的解答上来，对史诗的认识具有鲜明的本土化意识。他们是承袭了中国传统学术的最后一代，又是中国较为全面接受西方现代学术的第一代。他们既热切地向国人介绍域外文学和国外最新的文艺动态，又从事国学研究。融汇古今、贯通中西是他们认识和讨论史诗的共同特点。其实，他们对域外史诗的介绍及述评只是他们学术研究的一个出发点，他们的终极指向是对本土学术问题的解决，这也是对西方文学和学术的冲击做出的一种回应，中国文学的"史诗问题"和哈奴曼与孙悟空的关系问题便是这

①　鲁迅：《鲁迅全集》第九卷，人民文学出版社，1973，第 228 页。
②　胡适：《胡适文集》第三卷，北京大学出版社，1998，第 514 页。
③　陈寅恪：《金明馆丛稿二编》，生活·读书·新知三联书店，2001，第 219 页。

一时期"中国问题"的重要组成部分。

他们的史诗讨论所呈现的学术理路是特定历史时代的产物，必将在中国史诗研究学术史上留下熠熠生辉的一笔。但是承认他们拥有的荣耀是一回事，而指出他们所具有的局限性则是另一回事。正如每一位伟人身上都有着一定的缺点一样，尽管他们的学术成果都曾那么的繁盛，那么的难得，然而事实上，他们都还带着各自的一些局限性。当然，这里所说的局限性也是就整体而言的，并非针对某一位学人。他们接受了西学的浸润并将其与中国传统文学融合，在"救亡"和"启蒙"的双重变奏下建构中国现代学术。正是在这种大背景下，民国时期的中国学人对史诗展开了讨论。通过对域外史诗的阅读、理解和接受，他们以之反观中国传统文学，建构了中国的"史诗问题"。虽然他们能够站在现代学术的制高点上发表对史诗的看法和见解，但是他们对史诗的关注始终是一种副业，即把它当作研究和阐述各自学术见解的一种辅助手段。因此，在对史诗本身的研究上算不上深刻，他们对域外史诗的人物、主题思想、结构、艺术等许多方面好像都有所涉及，但是每一个方面都"仅涉其樊，而无所刻入"。他们之所以能够被铭刻在中国史诗研究学术史上，是因为他们把史诗作为一种参照框架来观照和思考中国本土传统文学，这是他们永远值得后人学习的地方。

本书择选了20世纪50年代以前的13篇具有代表性的、产生过较大影响的关于史诗讨论的文章，其中有的专论荷马史诗，有的专论"史诗问题"，有的在论述中较多地论及史诗。对于这些文章，我们或以全文转录的形式，或以节录的形式，将原作直接呈现，并附有"评介"。在整理民国时期学者们的文章的过程中，我们将原作的繁体字转录为当下通行的简体字，将竖排改为横排；为了充分尊重原作，也为了让读者更好地了解原作的原貌，原作中人名、地名、书名及其译名皆一仍其旧，凡原作中的脱、衍、讹、倒之处，除了对个别讹错明显又影响文意的地方稍做改动外，皆一仍其旧。凡排印误刻的文字，均径改，不出校记。同时，为方便当代读者阅读，标点符号按现代汉语使用规范进行处理。为了便于读者跟踪研究发展的学术成果，"评介"部分的引文没有引自民国时期初刊或初版的原作，而皆引自当下较为权威的整理通行本。另外，由于能力和条件所限，本书所附"1840～1949年史诗研究大事记"收录的资料信息存在着不少遗漏，谨向读者们表示深深的歉意！

　　最后，要特别感谢社会科学文献出版社的责编赵娜女士为本书的面世做出的巨大努力。在本书的编校出版过程中，她审稿严谨认真，贡献了专业的学术智慧，付出了大量的辛勤劳动。

目 录

和马传

艾约瑟

　　和马者，不知何许人也。或曰，耶稣前一千一百八十四年，当中国殷王帝乙时人；或曰，六百八十四年，周庄王时人，生于小亚西亚，为希腊境内，以阿尼种类。此种人自希腊来，过群岛海而居焉。其地有七城，争传为和马生地，中惟士每拿、基阿二城，乃近是。士每拿文风颇盛，其始本以阿尼种，来自以弗所，后为爱鸟利种人所逐。爱鸟利之先世，战胜特罗呀事，流传人口。和马虽以阿尼遗种，而籍隶士每拿，亦闻而知之。会士土离乱，避居基阿，子孙家焉，故相传亦以为基阿人云。和马善作诗，其诗为希腊群籍之祖。希腊人凡四种，方言不同，和马诗半用爱鸟利，半用以阿尼方言，所作二诗，一名以利亚诗，赋希腊诸国攻特罗呀，十年破其城事；一名阿陀塞亚诗，赋阿陀苏游行海中，历久归国事。诗各二十四卷，卷六七百句，句六步，步或三字，或两字，以声之长短为节。前四步，一长声，二短声，或二长声；第五步一长二短；第六步二长。长短，犹中国平仄也，后希腊罗马作诗步法准此。和马又为诗人鼻祖云，或曰两诗二十四卷，非一人手笔，其始雅典国比西达多，细加校勘。乾隆时，日耳曼国乌尔弗极力表扬，言当时希人未知文字，所作诗歌，皆口口相传，非笔之于书，故一人断不能作此二十四卷之诗也。顾以此二诗为众人合作，则又非是。案以利亚诗，言亚基利斯其始怒希腊人，不与之共攻特罗呀。特罗呀人赫格多尔为暴于亚基利斯之党，亚基利斯亦怒而复仇，杀赫格多尔，特罗呀势遂衰，未几城破云云。阿陀塞亚诗中，言以大加国王阿陀苏，自攻破特罗呀后，归国，周行希腊海中。自东至西，时已离都十年，国事离乱，世子出奔寻父。阿陀苏归途遇飓，漂流海中有年。邻国诸王贵人，度彼已死，咸来求婚于王妃，入其宫，据其产。阿陀苏返至本国，乞食于田家，遇其子，与之偕归。群不逞之徒，以为乞人也，众辱之。一老犬识其主，欢跃大嗥，家人出援之，乃得入。王妃以阿陀苏之弓，传观于众曰：有能开此弓者，妾请夫之。众嗫嚅，卒莫能开。阿陀苏遂前，手弓注矢，射诸王贵人，尽杀之云云。统观二诗，叙事首尾相应，当出一人手笔。所可疑者，诗中好言鬼神之事。有所谓丢士者，似佛经中帝释，居诸天之首。有希耳米者，似佛经中诸天，为丢士所使者。丢士之妇曰希里。又有善战斗之女神，曰亚底那，希腊人用兵时，每以神之喜怒，卜战之胜负。以利亚诗中，言诸神居一山顶，去地不远，名阿林布山，犹佛教所云须弥山。阿陀塞亚诗中，诸神则在虚空中，且其名目亦稍异，以此度其非出一手也。以利亚诗，金戈铁马，笔势粗豪。阿陀塞亚诗，玉帛衣冠，文法秀润。泰西武人喜读之，以为兵书。马其顿王亚力山大，以和马二诗置为枕中秘云。

（原载《六合丛谈》1857 年第 12 号）

评　介

在华传教士对西方史诗在中国传播具有的筚路蓝缕之功是追溯近百年来中国史诗学术形成和发展历程不可忽略的一个部分。就现有的材料而言，最早介绍荷马和荷马史诗并给予评价的是《东西洋考每月统记传》在丁酉年（1837）正月号刊登的《诗》一文。该文分别阐述了李白的诗歌、荷马史诗、弥尔顿《失乐园》的艺术风格。无论这些诗学观点是否科学合理，是否具有学术价值，它们至少在一定程度上开启了现代中西诗学比较。[①] 在华传教士较有规模地介绍史诗和西方古典学是在第二次鸦片战争之后。挟鸦片战争之余威，在华传教士获取了在中国内地自由传教的特权，为了更好地完成“中华归主”的神圣使命，他们比以往任何时候都更加重视推广和传播西方文化，试图通过对西方学术的介绍来保障传教事业在中国的顺利进行。正是在这种以传教为目的的前提下，史诗与西方古典学开始进入中国学界的视野，谢卫楼的《万国通鉴》、蔡尔康和李思伦的《万国通史前编》、丁韪良的《西学考略》等都曾不同程度地介绍和评述过荷马与荷马史诗。不过，在华传教士中较为系统地引介和传播西方史诗的第一人当推艾约瑟[②]。他在伟烈亚力等人创办的近代上海第一份综合性刊物《六合丛谈》上发表了《希腊为西国文学之祖》《希腊诗人略说》《罗马诗人略说》《和马传》等诸多与史诗内容相关联的文章，且在《西学略述》《希腊志略》等著作中以专文或专节的形式介绍荷马和荷马史诗。

不过，艾约瑟对荷马和荷马史诗的介绍和评述多是想象性的，而且

---

① 爱汉者等编《东西洋考每月统记传》，黄时鉴整理，中华书局，1997，第195页。

② 艾约瑟的介绍可参见沈国威编著《六合丛谈》卷一，上海辞书出版社，2006，第31～32页。

很多地方都是纯粹转述别人的观点。如对于荷马的出生日期，艾约瑟单在《希腊诗人略说》和《和马传》两篇文章中就给出了三种不同的说法①。对于荷马的出生地，艾约瑟倾向于肯定荷马是斯密尔纳人或基阿人，认为荷马的祖先是难民，为避战祸从斯密尔纳移居到基阿，但是他并没有使用准确的资料予以论证。当然，艾约瑟在介绍别人的观点的同时，有时也提出了自己的见解，这在介绍荷马史诗是否为荷马一人所作时尤为明显。艾约瑟赞成荷马史诗是天才诗人荷马的作品，驳斥"荷马问题"始作俑者弗里德里西·伍尔夫（Friedrich August Wolf）的观点，说道："或曰两诗二十四卷，非一人手笔，其始雅典国比西达多，细加校勘。乾隆时，日耳曼国乌尔弗极力表扬，言当时希人未知文字，所作诗歌，皆口口相传，非笔之于书，故一人断不能作此二十四卷之诗也。顾以此二诗为众人合作，则又非是。"② 他提出，荷马史诗是个人作品的依据是"统观二诗，叙事首尾相应，当出一人手笔"③。以现在的眼光来看，艾约瑟仅从叙事结构上论证两部史诗是由荷马一个人独自创作出来的做法缺乏说服力，主观臆测的成分很多。19世纪的"分辨派"已经运用严谨而扎实的语文学方法论证了荷马史诗是长达数个世纪经过不同的诗人和编辑者的反复创作和编辑而完成的。显然，艾约瑟没有留意或者说不太关注这一学派19世纪以来的研究成果。

在对西方史诗的引介和传播中，"Epic"一词的汉译是在华传教士不得不面对的一个基本问题。有的传教士避开这个难题，直接称《荷马史诗》为"诗"或"诗歌"，如谢卫楼在介绍荷马及其作品时，言道："特罗亚战事以后，在希利尼国有一瞽者侯美耳作成诗歌，到处念诵以此为

---

① 详细论述可参见艾约瑟的《希腊诗人略说》和《和马传》两文，见沈国威编著《六合丛谈》第3号和第12号，上海辞书出版社，2006。
② 艾约瑟：《和马传》，载沈国威编著《六合丛谈》，上海辞书出版社，2006，第698页。
③ 艾约瑟：《和马传》，载沈国威编著《六合丛谈》，上海辞书出版社，2006，第699页。

糊口之计，其诗之所咏即特罗亚之战事，与希利尼人旋国遭险事也。"①
林乐知、丁韪良、韦廉臣、高葆真等在华传教士在介绍荷马史诗时都使
用了这种称呼。最先对术语"Epic"一词做了一对一汉译的是艾约瑟，
但他没有把它汉译成"史诗"，而是把它汉译成"诗史"。他说道："初
希腊人作诗歌以叙史事，和马、海修达二人创为之，余子所作今失传。
时当中国姬周中叶，传写无多，均由口授。每临胜会，歌以动人，和马
所作诗史，传者二种，一以利亚凡二十四卷，记希腊列邦攻破特罗呀事。
一阿陀塞亚亦二十四卷，记阿陀苏自海洋归国事。"② 艾约瑟把"Epic"
汉译为"诗史"的做法与他把荷马史诗视为近乎史的作品有着密切关联，
他说道："至中国周初时，希腊有一瞽者，名曰和美耳，最长于诗。其生
平著作惟时已脍炙人口，后人为之校定成集，计其大者，分有上下二部，
每部各二十四卷，中皆详咏希腊国人时与邻境构兵，而希腊人多好勇，
以独身挑战为能等事。虽其言多奇诡而义皆终归于正，固未足称史而实
开作史之先。"③"唐杜甫作诗关系国事谓之诗史，西国则真有诗史也。"④
其实，艾约瑟的"诗史"与中国古典诗歌传统的"诗史"内涵和外延是
不一致的。

　　"诗史"一词作为诗学话语始于唐人孟棨在《本事诗》中对杜诗的评
价："杜逢禄山之难，流离陇蜀，毕陈于诗，推见至隐，殆无遗事，故当
时号为'诗史'。"⑤ 延至宋代，"诗史"观念正式形成，成为一种与古典
抒情诗"温柔敦厚"的诗学规范迥然不同的中国古典诗论。而后，"诗

---

① 谢卫楼口述《万国通鉴》卷二，赵如光笔述，清光绪八年（1882）刻本，第24页。
② 艾约瑟：《希腊为西国文学之祖》，载沈国威编著《六合丛谈》，上海辞书出版社，
　2006，第524页。
③ 艾约瑟：《西学略述》，清光绪十二年（1886）总税务司署刻本，第1页。
④ 艾约瑟：《希腊为西国文学之祖》，载沈国威编著《六合丛谈》，上海辞书出版社，
　2006，第524页。
⑤ 孟棨等：《本事诗　本事词》，古典文学出版社，1957，第17页。

史"逐渐专指"以诗为史"的诗歌传统，不再仅仅限于评价杜甫的诗歌，白居易、吴梅村、黄遵宪等诸多诗人的诗歌都被视为这类范畴的典范性作品。"诗史"强调历史的因素和韵文体的形式是它易于与史诗混淆的最主要原因。史诗亦是包容历史的诗，维柯在《新科学》中指出古希腊人用诗来记载和演唱他们的历史，荷马是流传到现在的整个异教世界的最早的历史家①。钱锺书《谈艺录》第四节《诗乐离合·附说七》的"评近人言古诗即史也"云："史诗兼诗与史，融而未划可也。"② 他的理由是："先民草昧，词章未有专门。于是声歌雅颂，施之于祭祀、军旅、昏媾、宴会，以收兴观群怨之效。记事传人，特其一端，且成文每在抒情言志之后。赋事之诗，与记事之史，每混而难分。"③ 但是，史诗的本质不在于记载历史，而在于编织故事，娱乐是它的主要功能。保罗·麦钱特在《史诗论》中说："史诗一方面与历史有关，一方面与日常现实相联，这种双重关系明确地强调了史诗所具有的两种最为重要的原始功能。首先，史诗是一部编年史，一本《部落书》，习俗和传统的生动记录。同时，它也是一部供一般娱乐的故事书。"④ "诗史"是对某一历史事件严肃的有意识创造，其目的在于对某一事件做出价值判断，其本身可以作为一种史料，而史诗则是把历史作为编织一个完整故事的素材。撇开"史诗"与"诗史"的篇幅长短不论，就叙事方式而言，"史诗"是通过"创造情节"表现"普遍性"的艺术，"诗史"则是叙述具体个别的事件。而且，"诗史"虽也有纪事写实的特征，具有叙事的风格，但是诗人写这些事件，不是为了告诉人们某一件事情的本身，而是为了借这件事情或这个场面表现自己某种特定的感情和价值判断。因而，与荷马史诗相比，

---

① 维柯：《新科学》，朱光潜译，人民文学出版社，1986，第429～441页。
② 钱锺书：《谈艺录》，生活·读书·新知三联书店，2001，第121页。
③ 钱锺书：《谈艺录》，生活·读书·新知三联书店，2001，第121页。
④ 保罗·麦钱特：《史诗论》，金惠敏、张颖译，北岳文艺出版社，1989，第2页。

"诗史"性质的诗歌里的人物形象不是那么鲜明，缺乏戏剧化的情节，即没有西方史诗所具有的一个完整划一，有起始、中段和结尾的行动。

通过这些分析，可以看出"史诗"与"诗史"是两个不能简单等值的表述系统，它们在许多层面上存在着不可通约性。两者各有其特定的指涉对象、范围、内涵以及背后的思想轨迹，也有着各自的表述传统。"诗史"侧重对现实事件的记录和批判，故多观照历史文化的价值；"史诗"则侧重强调个人的英雄业绩，故多超乎现实，充满神话和传说色彩。最为重要的是，"诗史本非文类之观念，因此说某人之诗为诗史时，史只代表了诗的某些性质"①，而史诗则是一种文类，体现了相应的概念、法则与规范，是理解世界的一种言语方式，包含着抽象的理则和价值信仰。因此，如果把"Epic"一词汉译为"诗史"，那么会与中国文学原有的"诗史"传统的规范性及其内涵和外延产生冲突，可能会给中国文学诗歌的研究带来一些奇怪的说法或理论。正因如此，随着中国史诗学术的推进以及中国学者对史诗认识的加深，把"Epic"汉译为"诗史"的做法逐渐为中国学界所弃用，而采用"史诗"一词对应"Epic"。

19世纪后期的在华传教士大多具有传播西方文化和基督教教义的双重身份，许多在华传教士，如艾约瑟、伟烈亚力、林乐知、李提摩太、丁韪良等被中国官员和文人称为"西儒"，时人曾评价丁韪良道："丁总教习本西儒之魁杰，而于中学西学博涉深造，皆有心得。"②他们的著作成为中国学者了解西方文学和文化的桥梁，而且对中国一批先进文人产生了深远的影响。梁启超在《读西学书法》中曾对在华传教士撰写的著作做过简要的评价："通史有《万国史记》，《万国通鉴》等。《通鉴》乃

① 龚鹏程：《中国文学批评史论》，北京大学出版社，2008，第327页。
② 周家楣：《西学考略·序》，载《续修四库全书》编纂委员会编《续修四库全书·子部·西学译著类》，上海古籍出版社，2002，第673页。

教会之书，其言不尽可信，不如《史记》。税务司所译《西学启蒙十六种》，中有《欧洲史略》一书，不以国分而以事纪，其体例似过于二书，惜译文太劣耳。又有《希腊志略》《罗马志略》二书，希腊、罗马，并欧洲古时声明文物之国，今泰西政事、艺学，皆于此出焉，亦不可以不读也。"① 又言"其《西学略述》一种，言希腊昔贤性理词章之学，足以考西学之所自出，而教之流派，亦颇详焉。惜译笔甚劣，繁芜佶屈，几不可读。然其书则不可不读也"②。这些著作或多或少地介绍和评价了荷马和荷马史诗，使得两者成为19世纪后期"西学东渐"的一个不可或缺的组成部分。当然，这些介绍和评价涉及的内容虽然相当广泛，但是对每一个具体内容的论述还是停留在浅显的层面上。这与传教士的学术水平、知识背景以及传教事业等因素有关。不过，他们传入的史诗乃至西方古典诗学，对当时中国学者的影响远不如传入的其他西学程度深，但无论如何，在华传教士毕竟为中国学者打开了了解荷马史诗和西方古典诗学的窗口。

---

① 梁启超：《饮冰室合集·集外文》，夏晓虹辑，北京大学出版社，2005，第1163～1164页。

② 梁启超：《饮冰室合集·集外文》，夏晓虹辑，北京大学出版社，2005，第1167页。

正名杂义 （节选）

章太炎

世言希腊文学，自然发达，观其秩序，如一岁气候，梅华先发，次及樱华；桃实先成，次及柿实；故韵文完具而后有笔语，史诗功善而后有舞诗。（涩江保《希腊罗马文学史》）韵文先史诗，次乐诗，后舞诗；笔语先历史、哲学，后演说。其所谓史诗者：一，大史诗，述复杂大事者也；二，裨诗，述小说者也；三，物语；四，歌曲，短篇简单者也；五，正史诗，即有韵历史也；六，半乐诗，乐诗、史诗掍合者也；七，牧歌；八，散行作话，毗于街谈巷语者也。征之吾党，秩序亦同。夫三科五家，文质各异，然商、周誓诰，语多磔格；帝典荡荡，乃反易知。繇彼直录其语，而此乃裁成有韵之史者也。（《顾命》："陈教则肆肆不违。"江叔沄说，重言肆者，病甚，气喘而语吃。其说最是。夫以剧气塞吃，犹无删削，是知商、周记言，一切迻书本语，无史官润色之辞也。帝典陈叙大事，不得多录口说，以芜史体，故刊落盈辞矣。）盖古者文字未兴，口耳之传，渐则忘失，缀以韵文，斯便吟咏，而易记臆。意者苍、沮以前，亦直有史诗而已。下及勋、华，简篇已具，故帝典虽言皆有韵，而文句参差，恣其修短，与诗殊流矣。其体废于史官，其业存于矇瞽。繇是二《雅》踵起，藉歌陈政，（《诗序》："雅者，正也，言王政之所由废兴也。"）同波异澜，斯各为派别焉。

春秋以降，史皆不韵，而哲学演说亦繇斯作。原夫九流肇起，分于王官，故诸子初兴，旧章未变，立均出度，管、老所同。逮及孔父，优为俪辞；墨子谆谆，言多不辩；奇耦虽异，笔语未殊。六国诸子皆承其风烈矣。斯哲学所繇昉乎？从横出自行人，短长诸策实多口语，寻理本旨，无过数言，而务为粉葩，期于造次可听。溯其流别，实不歌而诵之赋也。秦代仪、轸之辞，所以异于子虚、大人者，亦有韵无韵云尔。名家出自礼官，墨师史角，固清庙之守也。故《经说》上下，权舆于是；龙、施相绍，其流遂昌。辩士凌谇，固非韵文所能检柙矣。然则从横近于雄辩，虽言或俪规，而口给可用。名家契于论理，苟语差以米，则条贯已歧。一为无法，一为有法，而皆隶于演说者也。抑名家所箸，为演说之法程，彼固施诸笔籥，犹与演说有殊。至于战国游说，惟在立谈。言语、文学，厥科本异，凡集录文辞者，宜无取焉。（战国陈说，与宋人语录、近世演说为类，本言语，非文学也。效战国口说以为文辞者，语必伧俗，且私徇笔端，苟炫文采，浮言妨要，其伤实多。唐杜牧、宋苏轼，便其哗嚣，至今为梗。故宜沟分畛域，无使两伤。文辞则务合体要，口说则在动听闻，庶几各就部伍尔。）

（原载《章太炎全集》第三卷，上海人民出版社，1984）

评 介

　　章太炎在中国近代学术史上占有举足轻重的地位，他不仅是一位研究学术的儒者，也是思想家与资产阶级革命的宣传者。身处中国近代社会转型时期，他的学术和思想体现了新旧文化交替的诸多特征。一方面，章太炎承继传统儒学，特别是清代的朴学。另一方面，他兼习子学、佛学和西学。许多当代学者对章太炎这两个方面的学术渊源做过精要的论述，如侯外庐、姜义华、朱维铮、唐文权、汪荣祖、张昭军，等等。对章太炎学术思想的复杂性做出过较为精当论述的学者当推侯外庐，他提纲挈领地描述了章氏思想庞杂这一事实："在中国哲学史上，章氏则上自老庄孔墨荀韩诸子，中经汉魏六朝唐宋明清各家，下抵公羊学派的康有为与谭嗣同，以及严几道等，均有评判。关于西洋哲学，在古代则谈及希腊的埃里亚学派，斯噶多学派，以及苏格拉底，柏拉图，亚里士多德，伊壁鸠鲁等；在近代则举凡康德，费希特，黑格尔，叔本华，尼采，培根，休谟，巴克莱，莱布尼兹，穆勒，达尔文，黑胥黎，斯宾塞尔，笛加尔，以及斯宾诺沙等人的著作，几于无不称引。关于印度哲学，则吠檀多，波罗门，胜论，数论各宗，华法，华严，涅般，瑜珈诸经，均随文引入；对世亲，无着之书，尤为赞佩。这种运用古今中外的学术，揉合而成一家言的哲学体系，在近世他是第一个博学深思的人。所有这些资料，才是我们评价章氏哲学思想的依据。"[1] 章太炎对史诗的论述主要集中在较能代表他"合中西之言"的《訄书》中。对于"訄"，《说文解字》释为"迫也"。段玉裁注："今俗谓逼迫人有所为曰訄。"[2] 章太炎在

---

① 侯外庐：《近代中国思想学说史》下卷，生活书店，1947，第861页。
② 许慎撰《说文解字注》，段玉裁注，上海古籍出版社，1981，第102页。

《訄书》初刻本的书首用简单的数句解释著此书的目的，说道："幼慕独行，壮丁患难，吾行却曲，废不中权。逑鞠迫言，庶自完于皇汉。"① 关于《訄书》，章太炎先后有过三次结集：《訄书》初刻本、《訄书》重订本和《检论》。细检三次结集的变化，可以了解章太炎对于史诗认识的形成和发展过程：初刻本没有谈到史诗，重订本和《检论》都论述了史诗，大致意思无二，只不过《检论》删去了"世言希腊文学"之后的"自然发达，观其秩序，如一岁气候，梅华先发，次及樱华；桃实先成，次及柿实"等数语和一些注释而已②。根据章太炎的注释，可以推知《訄书》重订本和《检论》讨论史诗的原因是他阅读了翟江保的《希腊罗马文学史》。但是，他对于史诗的诠释又并非完全接受希腊文学的观点，而是自觉地把史诗和中国学术融汇在一起创造新知，构建现代性的中国学术。对章太炎在学术上会通古今中西进行创新的举动，季羡林有过如下论述："俞曲园能镕铸今古；但是章太炎在镕铸今古之外，又能会通中西。"③

首先，章太炎是中国较早使用"史诗"一词的学者。因为掌握了一定的西学知识，具备了深湛的国学功底，尤精通于语言文字之学，故而章太炎能够较为娴熟地使用古典传统文化知识解释西方文学，能够自如地将西方文学术语翻译成中国学术传统的语言，创用"史诗"一词就是其中一例。通过阅读当时的外国文学史著作，章太炎接触到"Epic"这个西方文学术语，且根据自己的领会并联系中国文学把它汉译成"史诗"。章太炎对中西语言的差异有着较为明晰的认识④，他认为翻译西方

① 章太炎：《〈訄书〉初刻本》，载《章太炎全集》第三卷，上海人民出版社，1984，第6页。

② 章太炎：《章太炎全集》第三册，上海人民出版社，1984，第226～227、506～507页。

③ 季羡林：《季羡林文集》第十四卷《序跋杂文及其他（二）》，江西教育出版社，1998，第102页。

④ 章太炎：《〈訄书〉重订本》，载《章太炎全集》第三卷，上海人民出版社，1984，第210页。

文学的新语是形势的需要，是新陈代谢的结果①，而且主张翻译应该力求化腐朽为神奇，避免使用那种险怪和眩惑的语言，而应该遵循"特当审举而戒滥"的原则②。章太炎直言道："故有其名，今不能举者，循而摭之。故无其名，今匮于用者，则自我作之。"③ "史诗"一词便应运而创，自此出现在中国文学史上。

其次，何谓"史诗"？章太炎说道："其所谓史诗者：一，大史诗，述复杂大事者也；二，裨诗，述小说者也；三，物语；四，歌曲，短篇简单者也；五，正史诗，即有韵历史也；六，半乐诗，乐诗、史诗捃合者也；七，牧歌；八，散行作话，毗于街谈巷语者也。"④ 显然，章太炎的史诗观念在内涵和外延上远远超过了西方史诗的范畴，也不同于当代学术意义上的史诗。西方史诗主要指那些韵文体创作的、描绘英雄业绩的长篇叙事诗，讲述的事件内容往往涉及一个民族、国家乃至全人类的命运。相较之下，章太炎所说的"史诗"既囊括了韵文体的描述重大事件的长篇叙事诗，又包括散文体的描述日常生活的短篇叙事诗。依此看来，章氏所说的"史诗"并非西方学界所谓的"Epic"，而是在接受了西方史诗概念的基础上大而广之的"史诗"概念。但是，因章太炎在国学界的权威地位，"史诗"一词还是为当时许多中国学者所袭用，不过随着人们对西方史诗认识的加深和学术规范的加强，"史诗"一词的概念也逐渐趋近西方史诗的"Epic"之义。

---

① 章太炎：《〈訄书〉重订本》，载《章太炎全集》第三卷，上海人民出版社，1984，第227页。

② 章太炎：《〈訄书〉重订本》，载《章太炎全集》第三卷，上海人民出版社，1984，第229页。

③ 章太炎：《〈訄书〉重订本》，载《章太炎全集》第三卷，上海人民出版社，1984，第210页。

④ 章太炎：《〈訄书〉重订本》，载《章太炎全集》第三卷，上海人民出版社，1984，第226页。

　　在阐述史诗内容时，章太炎提出了中国文学起源于史诗的观点。根据社会文化发展的规律，章太炎认为在未有文字之前，文学是依靠口耳相传的，而这种传播形式决定了远古文学必须以韵文形式创作才能易于记忆。由此，章太炎推断"苍、沮以前"只有那种凭借口头传诵的史诗。也就是说，中国文学体裁起源于史诗。这是章太炎在中西文化相互交流和社会政治形势急剧变化的氛围中，对中国文学体裁的产生做出的一种比较接近事实的回答，这与许多中国古代学者的论述甚为不同。对中国文学体裁起源的论述，中国有着相当深厚悠远的学术传统。先秦时期，古代学者就注意到文学体裁之间的差异，而且开始从产生的动机和日常实用两方面零星地论述各种文学体裁，《尚书》、《周礼》、《乐记》和《吕氏春秋》皆有记载。刘汉时期，《毛诗大序》、《七略》和《汉书·艺文志》把文学作品从应用之文中单独挑列出来，并分门别类进行阐述。汉魏六朝时期，文学体裁的论述由零散的状态逐渐转向系统化、集中化，文学体裁研究的理论自觉性增强，其中尤以《文心雕龙》为最。隋唐至元期间，《文数》《文苑英华》《唐文粹》《元文类》等各种诗文选集都对文学体裁进行了系统化的整理和分析，并进行了理性的思辨。明清时期，《元诗体要》《明文衡》《唐宋十大家类选》《六朝文絜》《金文最》《古文辞类纂》等著作相继问世，明代吴讷的《文章辨体》和徐师曾的《文体明辨》等集中论述文学体裁的著作也出现了。所有这些著作都或多或少探讨了中国文学体裁的起源。不过，古代的文学体裁起源论，大多专注于某种体裁的某个作品的源流考证，其追溯的源头多是有文字记录的时期，而且"惯把某个历史时期个别人物的作品，看做某种文学体裁的起源"①。章太炎却不是如此，他把文学体裁的起源追溯到未有文字之前，指出远古时代只有韵文形式的史诗，口头传播是文学接受的唯一方式，

---

　　① 钟敬文：《钟敬文民间文学论集》上册，上海文艺出版社，1982，第227页。

几近科学地解释了中国文学史上远古时期体裁的产生问题。

章太炎做出中国文学体裁的起源是史诗这一论断，除了受到外国文学史的影响之外，还接受了进化论的观点。《訄书·订文》开篇第三段就引用斯宾塞之言"有语言然后有文字"①，随后在谈论希腊文学和史诗时，章太炎指出文学的发展就如自然界植物的发展规律，得出"韵文完具而后有笔语，史诗功善而后有舞诗。韵文先史诗，次乐诗，后舞诗；笔语先历史、哲学，后演说"的结论②。在他看来，语言、文字和各种文学体裁的产生过程和秩序应该是这样的：语言先于文字，韵文先于散文，口头创作先于个人的文字创作。这种观点在今天看来也相当符合中国乃至世界文学体裁的发展规律。钟敬文对此有过如下评价："虽不能说已经很恰当地解决了我们远古文学体裁的重要问题，但是，他在新的社会思想的推动下，在国际文学史的触发下，提出了解决问题的新方法和新观点，这就使我们的文学史的见解前进了一大步。"③ 当然，我们也应该看到章太炎在引入史诗概念勾勒中国文学发展的脉络时亦有许多主观臆测的成分在内。远古有史诗的说法是完全出于他的想象，从"盖"一字可以揣测章氏的话是不能证实的。不过，因为他的观点确有见地，符合文学发展的规律，所以又具有一定的说服力。另外，西方文学的演进过程不同于中国，因为文学毕竟是民族心理的一种反映，不同民族所具有的心理若不同，文学的演进过程也不同，而且有可能出现各自演化秩序完全不同的情况。回过头来详考章太炎指出的"意者苍、沮以前，亦直有史诗而已"一说，此说确实难以找到令人信服的证据，因为至今还没有在中

---

① 章太炎：《〈訄书〉重订本》，载《章太炎全集》第三卷，上海人民出版社，1984，第207页。

② 章太炎：《〈訄书〉重订本》，载《章太炎全集》第三卷，上海人民出版社，1984，第226页。

③ 钟敬文：《钟敬文民间文学论集》上册，上海文艺出版社，1982，第228页。

国上古文学中找到公认的纯粹的叙事诗，即使是章太炎提及的"二雅"，其中虽然有重点讲述当时先祖业绩和政治得失的成分，但还是偏重于抒情，而西方史诗则侧重描写具有神话或传奇色彩的、半人半神的英雄的业绩。

的确，自从神话和史诗的概念进入中国，中国学者接受并使用西方文学史的学术观念和学术传统重新书写中国文学史，重新认识中国文学演进便成为一种主流趋势。20 世纪 20 年代，郑振铎在《诗歌的分类》一文中提出了与章太炎不同的中国文学演进的模式，即史诗最先，其次剧诗，再次抒情诗①。钱锺书在《谈中国诗》中明确表示不赞同中国一些文学史家提出的中国诗的发展先有史诗，次有戏剧诗，最后有抒情诗的演进过程。他认为中国最好的戏剧诗应是在最完美的抒情诗之后产生的，因为"纯粹的抒情，诗的精髓和峰极，在中国诗里出现得异常之早"②。但是，不管是章太炎、郑振铎，还是钱锺书，他们提出的文学演进过程都是依据进化论的观点推导出来的，带有线性进化论之僵硬的特征。较为合理的说法当推郭绍虞。他提出中国文学缘起于风谣，他把风谣视为最古的文学，后世的文学皆是沿着构成风谣的三个要素——语言、音乐、动作——发展而来，其言如下③。

（1）语言——辞——韵文方面成为叙事诗，散文方面成为史传，重在描写，演进为纯文学中之小说。

（2）音乐——调——韵文方面成为抒情诗，散文方面成为哲理文，重在反省，演进为纯文学中之诗歌。

---

① 郑振铎：《郑振铎全集》（第三卷），花山文艺出版社，1998，第 463 页。
② 钱锺书：《钱锺书文集·谈中国诗》，生活·读书·新知三联书店，2002，第 162 页。
③ 郭绍虞：《中国文学演进之趋势》，载郑振铎编《中国文学研究》，上海书店，1981，第 2 页。

（3）动作——容——韵文方面成为剧诗，散文方面成为演讲辞，重在表现，演进为纯文学中之戏曲。

在郭绍虞看来，叙事诗、抒情诗、剧诗不是呈现一种线性进化的过程，而是从风谣这一源头分支出来的三种文学体裁。结合西方文学的演进过程，郭绍虞把叙事诗视为史诗，认为《诗经》中的"雅"可以当史诗，"风"可以当抒情诗，而"颂"字训容，恰可以当剧诗。结合中国最初的文学，郭绍虞发现抒情诗佳构较多，而史诗和叙事诗极少流传。所以他质疑中国文学的演进过程类似西方文学先史诗、次抒情诗、又次剧诗的观点，称中国文学的演进过程"独成为例外"。[①] 当然，任何比较科学合理的观点都不可避免地存在着与生俱来的可商榷性，这是人文社会科学与自然科学最大的不同之处。郭绍虞的观点亦不能例外，朱自清曾对他的观点提出异议，说道："郭先生着眼在诗；他只说古初'先'有韵文，却不说'怎样'有的。我们研究他的引证及解释，我想会得着民众制作说的结论，至少也会得着民众与个人合作说的结论。但他原只是推测，并没有具体的证据；况且他也不是有意地论这问题，自然不能视为定说。"[②] 对中国文学史上为什么没有出现史诗的学术问题，郭绍虞给出了两个方面的原因：1. 中国的民族心理不喜欢神话传说以及种种荒唐的故事，所以叙事诗较少。2. 由于后世儒家偏重实际的影响，"不语怪力乱神"，孔子删定的《诗》与《书》也不重视神怪的记录。[③] 这些可能导致了古代描述神人英雄的叙事诗的失传。

通过这些比较分析可以看出，章太炎对"史诗"的见解不仅仅出于他对西方文学的接受，更重要的是他融合中国诗歌传统对"史诗"做出

---

① 郭绍虞：《照隅室古典文学论集》，上海古籍出版社，1983，第32页。

② 朱自清：《中国歌谣》，复旦大学出版社，2004，第20页。

③ 郭绍虞：《照隅室古典文学论集》，上海古籍出版社，1983，第33页。

了中国本土的解释。他借用"史诗"一词阐述中国文学的演进具有深刻独到的洞见，直接引发了郑振铎、钱锺书、郭绍虞等诸多学者对中国文学起源的讨论。

摩罗诗力说 （节选）

鲁 迅

求古源尽者将求方来之泉，将求新源。嗟我昆弟，新生之作，新泉之涌于渊深，其非远矣。

——尼佉

一

人有读古国文化史者，循代而下，至于卷末，必凄以有所觉，如脱春温而入于秋肃，勾萌绝朕，枯槁在前，吾无以名，姑谓之萧条而止。盖人文之留遗后世者，最有力莫如心声。古民神思，接天然之阒宫，冥契万有，与之灵会，道其能道，爰为诗歌。声度时劫而入人心，不与缄口同绝；且益曼衍，视其种人。递文事式微，则种人之运命亦尽，群生辍响，荣华收光；读史者萧条之感，即以怒起，而此文明史记，亦渐临末页矣。凡负令誉于史初，开文化之曙色，而今日转为影国者，无不如斯。使举国人所习闻，最适莫如天竺。天竺古有《韦陀》四种，瑰丽幽复，称世界大文；其《摩诃波罗多》暨《罗摩衍那》二赋，亦至美妙。厥后有诗人加黎陀萨者出，以传奇鸣世，间染抒情之篇；日耳曼诗宗瞿提，至崇为两间之绝唱。降及种人失力，而文事亦共零夷，至大之声，渐不生于彼国民之灵府，流转异域，如亡人也。次为希伯来，虽多涉信仰教诫，而文章以幽邃庄严胜，教宗文术，此其源泉，灌溉人心，迄今兹未艾。特在以色列族，则止耶利米之声；列王荒矣，帝怒以赫，耶路撒冷遂隳，而种人之舌亦默。当彼流离异地，虽不遽忘其宗邦，方言正信，拳拳未释，然《哀歌》而下，无赓响矣。复次为伊兰埃及，皆中道废弛，有如断绠，灿烂于古，萧瑟于今。若震旦而逸斯列，则人生大戚，无逾于此。何以故？英人加勒尔曰，得昭明之声，洋洋乎歌心意而生者，为国民之首义。意太利分崩矣，然实一统也，彼生但丁，彼有意语。大俄罗斯之札尔，有兵刃炮火，政治之上，能辖大区，行大业。然奈何无声？中或有大物，而其为大也暗。（中略）迨兵刃炮火，无不腐蚀，而但丁之声依然。有但丁者统一，而无声兆之俄人，终支离而已。

尼伕不恶野人，谓中有新力，言亦确凿不可移。盖文明之朕，固孕于蛮荒，野人狉獉其形，而隐曜即伏于内。文明如华，蛮野如蕾，文明如实，蛮野如华，上征在是，希望亦在是。惟文化已止之古民不然：发展既央，隳败随起，况久席古宗祖之光荣，尝首出周围之下国，暮气之作，每不自知，自用而愚，污如死海。其煌煌居历史之首，而终匿形于卷末者，殆以此欤？俄之无声，激响在焉。俄如孺子，而非暗人；俄如伏流，而非古井。十九世纪前叶，果有鄂戈理（N. Gogol）者起，以不可见之泪痕悲色，振其邦人，或以拟英之狭斯丕尔，即加勒尔所赞扬崇拜者也。顾瞻人间，新声争起，无不以殊特雄丽之言，自振其精神而绍介其伟美于世界；若渊默而无动者，独前举天竺以下数古国而已。嗟夫，古民之心声手泽，非不庄严，非不崇大，然呼吸不通于今，则取以供览古之人，使摩抄咏叹而外，更何物及其子孙？否亦仅自语其前此光荣，即以形迩来之寂寞，反不如新起之邦，纵文化未昌，而大有望于方来之足致敬也。故古文明国者，悲凉之语耳，嘲讽之辞耳！中落之胄，故家荒矣，则喋喋语人，谓厥祖在时，其为智慧武怒者何似，尝有闳宇崇楼，珠玉犬马，尊显胜于凡人。有闻其言，孰不腾笑？夫国民发展，功虽有在于怀古，然其怀也，思理朗然，如鉴明镜，时时上征，时时返顾，时时进光明之长途，时时念焜煌之旧有，故其新者日新，而其古亦不死。若不知所以然，漫夸耀以自悦，长夜之始，即在斯时。今试履中国之大衢，当有见军人蹀躞而过市者，张口作军歌，痛斥印度波阑之奴性；有漫为国歌者亦然。盖中国今日，亦颇思历举前有之耿光，特未能言，则姑曰左邻已奴，右邻且死，择亡国而较量之，冀自显其佳胜。夫二国与震旦究孰劣，今姑弗言；若云颂美之什，国民之声，则天下之咏者虽多，固未见有此作法矣。诗人绝迹，事若甚微，而萧条之感，辄以来袭。意者欲扬宗邦之真大，首在审己，亦必知人，比较既周，爰生自觉。自觉之声发，每响必中于人心，清晰昭明，不同凡响。非然者，口舌一结，众语俱沦，沉默之来，倍于前此。盖魂意方梦，何能有言？即震于外缘，强自扬厉，不惟不大，徒增欷耳。故曰国民精神之发扬，与世界识见之广博有所属。

今且置古事不道，别求新声于异邦，而其因即动于怀古。新声之别，不可究详；至力足以振人，且语之较有深趣者，实莫如摩罗诗派。摩罗之言，假自天竺，此云天魔，欧人谓之撒但，人本以目裴伦。今则举一切诗人中，凡立意在抗，指归在动，而为世所不甚愉悦者悉入之，为传其言行思惟，流别影响，始宗主裴伦，终以摩迦（匈加利）文士。凡是群人，外状至异，各禀自国之特色，发为光华；而要其大归，则趣于一：大都不为顺世和乐之音，动吭一呼，闻者兴起，争天拒俗，迄于死亡，而精神复深感后世人心，绵延至于无已。虽未生以前，解脱而后，或其声为不足听；若生活两间，居天然之掌握，辗转而未得脱者，则使之闻之，固声之最雄桀伟美者矣。然以语平和之民，则言者滋惧。

二

平和为物，不见于人间。其强谓之平和者，不过战事方已或未始之时，外状若宁，暗流仍伏，时劫一会，动作始矣。故观之天然，则和风拂林，甘雨润物，似无不以降福祉于人世，然烈火在下，出为地囟，一旦偾兴，万有同坏。其风雨时作，时暂伏之见象，非能永劫安易，如亚当之故家也。人事亦然，衣食家室邦国之争，形现既昭，已不可以讳掩；而二士室处，亦有吸呼，于是生颢气之争，强肺者致胜。故杀机之防，与有生偕；平和之名，等于无有。特生民之始，既以武健勇烈，抗拒战斗，渐进于文明矣，化定俗移，转为新懦，知前征之至险，则爽然思归其雌，而战场在前，复自知不可避，于是运其神思，创为理想之邦，或托之人所莫至之区，或迟之不可计年以后。自柏拉图《邦国论》始，西方哲士，作此念者不知几何人。虽自古迄今，绝无此平和之朕，而延颈方来，神驰所慕之仪的，日逐而不舍，要亦人间进化之一因子欤？吾中国爱智之士，独不与西方同，心神所注，辽远在于唐虞，或径入古初，游于人兽杂居之世；谓其时万祸不作，人安其天，不如斯世之恶浊阽危，无以生活。其说照之人类进化史实，事正背驰。盖古民曼衍播迁，其为争抗劬劳，纵不厉于今，而视今必无所减；特历时既永，史乘无存，汗迹血腥，泯灭都尽，则追而思之，似其时为至足乐耳。傥使置身当时，与古民同其忧患，则颓唐侘傺，复远念盘古未生，斧凿未经之世，又事之所必有者已。故作此念者，为无希望，为无上征，为无努力，较以西方思理，犹水火然；非自杀以从古人，将终其身更无可希冀经营，致人我于所仪之主的，束手浩叹，神质同臁焉而已。且更为忖度其言，又将见古之思士，决不以华土为可乐，如今人所张皇；惟自知良懦无可为，乃独图脱屣尘埃，惝恍古国，任人群堕于虫兽，而己身以隐逸终。思士如是，社会善之，咸谓之高蹈之人，而自云我虫兽我虫兽也。其不然者，乃立言辞，欲致人同归于朴古，老子之辈，盖其枭雄。老子书五千语，要在不撄人心；以不撄人心故，则必先自致槁木之心，立无为之治；以无为之为化社会，而世即于太平。其术善也。然奈何星气既凝，人类既出而后，无时无物，不禀杀机，进化或可停，而生物不能返本。使拂逆其前征，势即入于苓落，世界之内，实例至多，一览古国，悉其信证。若诚能渐致人间，使归于禽虫卉木原生物，复由渐即于无情，则宇宙自大，有情已去，一切虚无，宁非至净。而不幸进化如飞矢，非堕落不止，非著物不止，祈逆飞而归弦，为理势之无有。此人世所以可悲，而摩罗宗之为至伟也。人得是力，乃以发生，乃以曼衍，乃以上征，乃至于人所能至之极点。

中国之治，理想在不撄，而意异于前说。有人撄人，或有人得撄者，为帝大禁，其意在保位，使子孙王千万世，无有底止，故性解（Genius）之出，必竭全力死之；有人撄我，或有能撄人者，为民大禁，其意在安生，宁蜷伏堕落而恶进取，故性解之出，亦必竭全力死之。柏拉图建神思之邦，谓诗人乱治，当放域外；虽国之美污，意之高下有不同，而术实出于一。盖诗人者，撄人心者也。凡人之心，无不有诗，如诗人作诗，诗不为诗人独有，凡一读其诗，心即会解者，即无不自有诗人之诗。无之何以能解？惟有而未能言，诗人为之语，则握拨一弹，心弦立应，其声澈于灵府，令有情皆举其首，如睹晓日，益为之美伟强力高尚发扬，而污浊之平和，以之将破。平和之破，人道蒸也。虽然，上极天帝，下至舆台，则不能不以是变其前时之生活；协力而夭阏之，思永保其故态，殆亦人情已。故态永存，是曰古国。惟诗究不可灭尽，则又设范以囚之。如中国之诗，舜云言志；而后贤立说，乃云持人性情，三百之旨，无邪所蔽。夫既言志矣，何持之云？强以无邪，即非人志。许自繇于鞭策羁縻之下，殆此事乎？然厥后文章，乃果辗转不逾此界。其颂祝主人，悦媚豪右之作，可无俟言。即或心应虫鸟，情感林泉，发为韵语，亦多拘于无形之图圄，不能舒两间之真美；否则悲慨世事，感怀前贤，可有可无之作，聊行于世。倘其嗫嚅之中，偶涉眷爱，而儒服之士，即交口非之。况言之至反常俗者乎？惟灵均将逝，脑海波起，通于汨罗，返顾高丘，哀其无女，则抽写哀怨，郁为奇文。茫洋在前，顾忌皆去，怼世俗之浑浊，颂己身之修能，怀疑自遂古之初，直至百物之琐末，放言无惮，为前人所不敢言。然中亦多芳菲凄恻之音，而反抗挑战，则终其篇未能见，感动后世，为力非强。刘彦和所谓才高者菀其鸿裁，中巧者猎其艳辞，吟讽者衔其山川，童蒙者拾其香草。皆著意外形，不涉内质，孤伟自死，社会依然，四语之中，函深哀焉。故伟美之声，不震吾人之耳鼓者，亦不始于今日。大都诗人自倡，生民不耽。试稽自有文字以至今日，凡诗宗词客，能宣彼妙音，传其灵觉，以美善吾人之性情，崇大吾人之思理者，果几何人？上下求索，几无有矣。第此亦不能为彼徒罪也，人人之心，无不泐二大字曰实利，不获则劳，既获便睡。纵有激响，何能撄之？夫心不受撄，非槁死则缩朒耳，而况实利之念，复黏黏热于中，且其为利，又至陋劣不足道，则驯至卑懦俭啬，退让畏葸，无古民之朴野，有末世之浇漓，又必然之势矣，此亦古哲人所不及料也。夫云将以诗移人性情，使即于诚善美伟强力敢为之域，闻者或哂其迂远乎；而事复无形，效不显于顷刻。使举一密栗之反证，殆莫如古国之见灭于外仇矣。凡如是者，盖不止笞击縻系，易于毛角而已，且无有为沉痛著大之声，撄其后人，使之兴起；即间有之，受者亦不为之动，创痛少去，即复营营于治生，活身是图，不恤污下，外仇又至，摧败继之。故不争之民，其遭遇战事，常较好争之民多，而畏死之民，其苓落殇亡，亦视强项敢死之民众。

千八百有六年八月，拿坡仑大挫普鲁士军，翌年七月，普鲁士乞和，为从属之国。然其时德之民族，虽遭败亡窘辱，而古之精神光耀，固尚保有而未隳。于是有爱伦德者出，著《时代精神篇》，以伟大壮丽之笔，宣独立自繇之音，国人得之，敌忾之心大炽；已而为敌觉察，探索极严，乃走瑞士。递千八百十二年，拿坡仑挫于墨斯科之酷寒大火，逃归巴黎，欧土遂为云扰，竞举其反抗之兵。翌年，普鲁士帝威廉三世乃下令召国民成军，宣言为三事战，曰自由正义祖国；英年之学生诗人美术家争赴之。爱伦德亦归，著《国民军者何》暨《来因为德国大川特非其界》二篇，以鼓青年之意气。而义勇军中，时亦有人曰台陀开纳，慨然投笔，辞尾也纳国立剧场诗人之职，别其父母爱者，执兵遂行；作书贻父母曰，普鲁士之鹫，已以鸷击诚心，觉德意志民族之大望矣。吾之吟咏，无不为宗邦憧。吾将舍所有福祉欢欣，为宗国战死。嗟夫，吾以明神之力，已得大悟。为邦人之自由与人道之善故，牺牲孰大于是？热力无量，涌吾灵台，吾起矣！后此之《竖琴长剑》一集，亦无不以是精神，凝为高响，展卷方诵，血脉已张。然时之怀热诚灵悟如斯状者，盖非止开纳一人也，举德国青年，无不如是。开纳之声，即全德人之声，开纳之血，亦即全德人之血耳。故推而论之，败拿坡仑者，不为国家，不为皇帝，不为兵刃，国民而已。国民皆诗，亦皆诗人之具，而德卒以不亡。此岂竺守功利，摈斥诗歌，或抱异域之朽兵败甲，冀自卫其衣食室家者，意料之所能至哉？然此亦仅譬诗力于米盐，聊以震崇实之士，使知黄金黑铁，断不足以兴国家，德美二国之外形，亦非吾邦所可活剥；示其内质，冀略有所悟解而已。此篇本意，固弗在是也。

三

由纯文学上言之，则以一切美术之本质，皆在使观听之人，为之兴感怡悦。文章为美术之一，质当亦然，与个人暨邦国之存，无所系属，实利离尽，究理弗存。故其为效，益智不如史乘，诚人不如格言，致富

不如工商，弋功名不如卒业之券。特世有文章，而人乃以几于具足。英
人道覃氏有曰，美术文章之桀出于世者，观诵而后，似无裨于人间者，
往往有之。然吾人乐于观诵，如游巨浸，前临渺茫，浮游波际，游泳既
已，神质悉移。而彼之大海，实仅波起涛飞，绝无情愫，未始以一教训
一格言相授。顾游者之元气体力，则为之陡增也。故文章之于人生，其
为用决不次于衣食、宫室、宗教、道德。盖缘人在两间，必有时自觉以
勤劬，有时失己而悯恍，时必力于善生，时必并忘其善生之事而入于醇
乐，时或活动于现实之区，时或神驰于理想之域；苟致力于其偏，是谓
之不具足。严冬永留，春气不至，生其躯壳，死其精魂，其人虽生，而
人生之道失。文章不用之用，其在斯乎？约翰穆黎曰，近世文明，无不
以科学为术，合理为神，功利为鹄。大势如是，而文章之用益神。所以
者何？以能涵养吾人之神思耳。涵养人之神思，即文章之职与用也。

此他丽于文章能事者，犹有特殊之用一。盖世界大文，无不能启人
生之阃机，而直语其事实法则，为科学所不能言者。所谓阃机，即人生之
诚理是已。此为诚理，微妙幽玄，不能假口于学子。如热带人未见冰前，
为之语冰，虽喻以物理生象二学，而不知水之能凝，冰之为冷如故；惟
直示以冰，使之触之，则虽不言质力二性，而冰之为物，昭然在前，将
直解无所疑沮。惟文章亦然，虽缕判条分，理密不如学术，而人生诚理，
直笼其辞句中，使闻其声者，灵府朗然，与人生即会。如热带人既见冰
后，曩之竭研究思索而弗能喻者，今宛在矣。昔爱诺尔特氏以诗为人生
评骘，亦正此意。故人若读鄂谟以降大文，则不徒近诗，且自与人生会，
历历见其优胜缺陷之所存，更力自就于圆满。此其效力，有教示意；既
为教示，斯益人生；而其教复非常教，自觉勇猛发扬精进，彼实示之。
凡苓落颓唐之邦，无不以不耳此教示始。

顾有据群学见地以观诗者，其为说复异：要在文章与道德之相关。
谓诗有主分，曰观念之诚。其诚奈何？则曰为诗人之思想感情，与人类

普遍观念之一致。得诚奈何？则曰在据极溥博之经验。故所据之人群经验愈溥博，则诗之溥博视之。所谓道德，不外人类普遍观念所形成。故诗与道德之相关，缘盖出于造化。诗与道德合，即为观念之诚，生命在是，不朽在是。非如是者，必与群法僻驰。以背群法故，必反人类之普遍观念；以反普遍观念故，必不得观念之诚。观念之诚失，其诗宜亡。故诗之亡也，恒以反道德故。然诗有反道德而竟存者奈何？则曰，暂耳。无邪之说，实与此契。苟中国文事复兴之有日，虑操此说以力削其萌蘖者，当有徒也。而欧洲评骘之士，亦多抱是说以律文章。十九世纪初，世界动于法国革命之风潮，德意志、西班牙、意太利、希腊皆兴起，往之梦意，一晓而苏；惟英国较无动。顾上下相连，时有不平，而诗人裴伦，实生此顷。其前有司各德辈，为文率平妥翔实，与旧之宗教道德极相容。迨有裴伦，乃超脱古范，直抒所信，其文章无不函刚健抗拒破坏挑战之声。平和之人，能无惧乎？于是谓之撒但。言始于苏惹，而众和之；后或扩以称修黎以下数人，至今不废。苏惹亦诗人，以言能得其时人群普遍之诚故，获月桂冠，攻裴伦甚力。裴伦亦以恶声报之，谓之诗商。所著有《讷尔逊传》，今最行于世。

《旧约》记神既以七日造天地，终乃抟埴为男子，名曰亚当，已而病其寂也，复抽其肋为女子，是名夏娃，皆居伊甸。更益以鸟兽卉木；四水出焉。伊甸有树，一曰生命，一曰知识。神禁人勿食其实；魔乃侂蛇以诱夏娃，使食之，爰得生命知识。神怒，立逐人而诅蛇，蛇腹行而土食；人则既劳其生，又得其死，罚且及于子孙，无不如是。英诗人弥耳敦，尝取其事作《失乐园》，有天神与撒但战事，以喻光明与黑暗之争。撒但为状，复至狞厉。是诗而后，人之恶撒但遂益深。然使震旦人士异其信仰者观之，则亚当之居伊甸，盖不殊于笼禽，不识不知，惟帝是悦，使无天魔之诱，人类将无由生。故世间人，当蔑弗秉有魔血，惠之及人世者，撒但其首矣。然为基督宗徒，则身被此名，正如中国所谓叛道，人群共弃，艰于置身，非强怒善战豁达能思之士，不任受也。亚当夏娃既去乐园，乃举二子，长曰亚伯，次曰凯因。亚伯牧羊，凯因耕植是事，尝出所有以献神。神喜脂膏而恶果实，斥凯因献不视；以是，凯因渐与亚伯争，终杀之。神则诅凯因，使不获地力，流于殊方。裴伦取其事作传奇，于神多所诘难。教徒皆怒，谓为渎圣害俗，张皇灵魂有尽之诗，攻之至力。迄今日评骘之士，亦尚有以是难裴伦者。尔时独穆亚及修黎二人，深称其诗之雄美伟大。德诗宗瞿提，亦谓为绝世之文，在英国文章中，此为至上之作；后之劝遏克曼治英国语言，盖即冀其直读斯篇云。《约》又记凯因既流，亚当更得一子，历岁永永，人类益繁，于是心所思惟，多涉恶事。主神乃悔，将殄之。有挪亚独善事神，神令致亚斐木为方舟，将眷属动植，各从其类居之。遂作大雨四十昼夜，洪水泛滥，生物灭尽，而挪亚之族独完，水退居地，复生子孙，至今日不绝。吾人记事涉此，当觉神之能悔，为事至奇；而人之恶撒但，其理乃不可诧。盖既为挪亚子孙，自必力斥抗者，敬事主神，战战兢兢，绳其祖武，冀洪水再作之日，更得密诏而自保于方舟耳。抑吾闻生学家言，有云反种一事，为生物中每现异品，肖其远先，如人所牧马，往往出野物，名芝不拉，盖裴驯以前状，复现于今日者。撒但诗人之出，殆亦如是，无足异也。独众马怒其不伏箱，群起而交蹄之，斯则奇尔。

（原载《河南》1908 年第 2 期）

评 介

鲁迅是中国新文学的奠基人，是中国近代影响最大的文学家和思想家，也是一位民间文学的开拓者。他对史诗的论述散见于一些论文和著作中，如果把这些论述整理出来，他的史诗观念明晰可见，展现了他在不同历史时期对史诗的具体认识。

晚清时期，中国社会矛盾日趋复杂尖锐，鲁迅对当时的形势曾有过这样的描述："往者为本体自发之偏枯，今则获以交通传来之新疫，二患交伐，而中国之沉沦遂以益速矣。"[①] 至于西学的引进，因社会、政治和经济的需要，这一时期更是胜于前期，西方的文学知识也随着西方自然科学、应用科学、哲学和史学等知识的介绍不断地传入中国。歌德、海涅、拜伦、雪莱、惠特曼、雨果等许多西方浪漫主义诗人的作品被介绍到中国，叔本华、尼采等许多哲学家崇尚生命意志的哲学思想日益为中国思想文化界所知晓。鲁迅是当时掌握这些西方知识的青年知识分子中较为杰出的一位，也是较早把西方知识作为批判、建设和改造国民性的理论武器的佼佼者。在他这一时期撰写的文章和著作中，《摩罗诗力说》尤为突出地呈现了他此时期的诗学理论和哲学思想。鲁迅的《摩罗诗力说》是一篇出色的 19 世纪西方浪漫主义文学史论，他借用梵语中"摩罗"一词论述了西方浪漫主义诗派的创作精神和功绩，颂扬了那些"凡立意在反抗，指归在动作，而为世所不甚愉悦者"[②] 和"强怒善战骜达能思之士"[③]，高度评价了荷马史诗、《摩诃婆罗多》、《罗摩衍那》等民间口传史诗以及弥尔顿、但丁所创作的文人史诗。就文中对史诗的论述而

---

① 鲁迅：《文化偏至论》，载《鲁迅全集》第一卷，人民文学出版社，1973，第 54 页。

② 鲁迅：《摩罗诗力说》，载《鲁迅全集》第一卷，人民文学出版社，1973，第 58～59 页。

③ 鲁迅：《摩罗诗力说》，载《鲁迅全集》第一卷，人民文学出版社，1973，第 68 页。

言，鲁迅已经超越了当时革命派主张的反帝爱国、进化论和自然科学唯物主义等先进思潮的范畴，具有了不同于时人的社会思考，他已经认识到"凡是愚弱的国民，即使体格如何健全，如何茁壮，也只能做毫无意义的示众的材料和看客，病死多少是不必以为不幸的。所以我们的第一要著，是在改变他们的精神，而善于改变精神的是，我那时以为当然要推文艺，于是想提倡文艺运动了"①。

正是这种启蒙国民的伟大思想转折使得鲁迅对西方文学具有了更为深刻的社会、哲学和文艺的认识，他对荷马史诗的评述就是一个例证："昔爱诺尔特（M. Arnold）氏以诗为人生评骘，亦正此意。故人若读鄂谟（Homeros）以降大文，则不徒近诗，且自与人生会，历历见其优胜缺陷之所存，更力自就于圆满。此其效力，有教示意；既为教示，斯益人生；而其教复非常教，自觉勇猛发扬精进，彼实示之。凡苓落颓唐之邦，无不以不耳此教示始。"② 在这段论述里，鲁迅以"为人生"的文艺观评价了荷马史诗的伟大社会作用。

鲁迅认为诗歌应当"涵养吾人之神思"③，而不应该是"持人性情"④；应当是生活的一种教示，而不应当"许自繇于鞭策羁縻之下"⑤。这与鲁迅注重艺术教育的社会功能，关注艺术对人生的作用息息相通。他以这种标准衡量荷马史诗，指出荷马史诗是教育国民自强刚健、勇猛奋进的诗歌作品，对人生的作用"决不次于衣食、宫室、宗教、道德"⑥。同时，这段言论也流露出鲁迅希望通过文艺这一形式唤醒中国民众，使

① 鲁迅：《呐喊·自序》，载《鲁迅全集》第一卷，人民文学出版社，1973，第271页。
② 鲁迅：《摩罗诗力说》，载《鲁迅全集》第一卷，人民文学出版社，1973，第66页。
③ 鲁迅：《摩罗诗力说》，载《鲁迅全集》第一卷，人民文学出版社，1973，第66页。
④ 鲁迅：《摩罗诗力说》，载《鲁迅全集》第一卷，人民文学出版社，1973，第62页。
⑤ 鲁迅：《摩罗诗力说》，载《鲁迅全集》第一卷，人民文学出版社，1973，第62页。
⑥ 鲁迅：《摩罗诗力说》，载《鲁迅全集》第一卷，人民文学出版社，1973，第65页。

他们奋发起来，实现中华古国"卓立宇内，无所愧逊于他邦"的热望①。对于鲁迅就荷马史诗做出的阐述，钟敬文曾给予了高度的评价："鲁迅对于古希腊民间史诗等作品效用的评价，是符合于优秀人民创作的实际的。它是我们民间文艺学上一种优异的见解。"②

除了荷马史诗之外，鲁迅还评价了文人史诗《失乐园》，盛赞了与上帝对抗的魔王撒旦，对"人之恶撒但遂益深"的现实进行了严正的批判③。他一方面从艺术作品的角度热情歌颂撒旦为了世人的利益而不畏权威的高贵品质，为其遭受的"人群共弃，艰于置身"的境遇鸣不平；另一方面从社会革命和作品功效的角度呼吁那种像撒旦一样的"精神界之战士"出现，认为只有他们这些"强怒善战豁达能思之士"和人类精神新生的"先觉战士"才能承担冲破旧的精神牢笼、创建民主自由的重任。

民国早期，中国知识分子开始较为普遍地认识到欧洲文学起源于古希腊文学，神话和史诗是欧洲文学的源头。西方文学史呈现的这种模式给中国学者带来一种焦虑，强烈冲击着中国学者对中国文学持有的那种"文化大国"的想象，由此他们开始寻找中国文学的"史诗"，或者对中国文学没有史诗这种文学现象给予各种不同的解释，以求缓解这种焦虑。最先提出中国文学没有史诗的是王国维，后来一大批中外学者都加入了这个问题的讨论，鲁迅也是其中之一。鲁迅在《中国小说史略》第二章《神话与传说》中说道："然自古以来，终不闻有荟萃融铸为巨制，如希腊史诗者，第用为诗文藻饰，而于小说中常见其迹象而已。"④鲁迅认为，神话和传说是史诗重要的构成要素，中国文学虽有神话和传说，却只是作为诗文的"藻饰"和小说创作的素材，而没有熔铸成像荷马史诗那样

---

① 鲁迅：《摩罗诗力说》，载《鲁迅全集》第一卷，人民文学出版社，1973，第100页。

② 钟敬文：《钟敬文民间文学论集》上册，上海文艺出版社，1982，第251页。

③ 鲁迅：《摩罗诗力说》，载《鲁迅全集》第一卷，人民文学出版社，1973，第68页。

④ 鲁迅：《中国小说史略》，载《鲁迅全集》第九卷，人民文学出版社，1973，第164页。

的长篇巨构。为什么中国神话不能荟萃熔铸成长篇巨制呢？这可以从鲁迅回答中国神话为何仅存零星的问题中找到答案："一者华土之民，先居黄河流域，颇乏天惠，其生也勤，故重实际而黜玄想，不更能集古传以成大文。二者孔子出，以修身齐家治国平天下等实用为教，不欲言鬼神，太古荒唐之说，俱为儒者所不道，故其后不特无所光大，而又有散亡。然详案之，其故殆尤在神鬼之不别。天神地祇人鬼，古者虽若有辨，而人鬼亦得为神祇。人神淆杂，则原始信仰无由蜕尽；原始信仰存则类于传说之言日出而不已，而旧有者于是僵死，新出者亦更无光焰也。"① 此外，1924 年在西北大学讲学时，他指出民众生活的"太劳苦"和"易于忘却"使得上古神话零散，没有长篇述作②。通过这些论述可以看出，鲁迅基本上认定中国文学中是没有所谓的西方史诗样式的作品存在的。依据鲁迅的这些言论，林岗认为鲁迅没有断言上古是否存在过由神话和传说构成的史诗，而是使用"然自古以来，终不闻"之类的言辞做出一种客观的陈述③。鲁迅建立在"终不闻"基础上的言论诱发了不少中国学者把中国文学没有史诗归因于散佚，钟敬文和茅盾是持有这种观点的代表。当然，这种解释仅仅是对中国文学"史诗问题"做出的断言式回答的一种。这种推论的合理性究竟有多少，还需要从言说者的观察立场、学术思路、论述策略和侧重点等方面做进一步的探讨。

如果说《摩罗诗力说》是鲁迅站在民主革命的立场上认识荷马史诗，那么《门外文谈》便是他站在民间的立场上理解荷马史诗。《门外文谈》

---

① 鲁迅：《中国小说史略》，载《鲁迅全集》第九卷，人民文学出版社，1973，第 164～165 页。

② 鲁迅：《中国小说的历史的变迁》，载《鲁迅全集》第九卷，人民文学出版社，2005，第 313～314 页。鲁迅提出两点原因讨论："太劳苦"和"易于忘却"。第一点涉及环境，第二点则属于民族性。

③ 林岗：《二十世纪汉语"史诗问题"探论》，《中国社会科学》2007 年第 1 期，第 133 页。

是一篇主要探讨文学的产生、语言和文字的改造及规范化问题的重要著作，也有一些地方涉及文艺问题，谈论鲁迅的史诗观念不得不谈到它①。鲁迅对荷马史诗的论述是在《门外文谈》第七节《不识字的作家》里，他说道："就是《诗经》的《国风》里的东西，好许多也是不识字的无名氏作品，因为比较的优秀，大家口口相传的。王官们检出它可作行政上参考的记录了下来，此外消灭的正不知有多少。希腊人荷马——我们姑且当作有这样一个人——的两大史诗，也原是口吟，现存的是别人的记录。东晋到齐陈的《子夜歌》和《读曲歌》之类，唐朝的《竹枝词》和《柳枝词》之类，原都是无名氏的创作，经文人的采录和润色之后，留传下来的。这一润色，留传固然留传了，但可惜的是一定失去了许多本来面目。"② 根据这段论述，鲁迅对荷马史诗的三点意见特别值得注意：一是指出荷马是不识字的诗人，对于这个诗人的存在与否，从"姑且"一词可以推断鲁迅对此倾向于持否定意见。二是点出荷马史诗经历了由口头到书面的过程。他既指出荷马史诗是口吟的作品，又看到现在存留下来的荷马史诗也像《国风》、民谣、山歌、渔歌一样，其中一定失去了好多本来的面目。三是尊重民间立场，重视民间文学，从民间文化生活的环境理解荷马史诗的产生。

---

① 此文最初发表在 1934 年 8 月 24 日至 9 月 10 日的《申报·自由谈》上，后来作者把该文与其他有关语文改革的四篇文章编为《门外文谈》，于 1935 年出版。此文的撰写有着较为复杂的社会背景，主要是针对当时蒋介石提出的"新生活运动"而创作的，目的是批判戴季陶、汪懋祖等国民党要员提倡的读经、保存文言和封建主义教育的主张，同时对当时的"大众语"和"大众语文学"提出了自己的看法，澄清了其中的一些错误认识。

② 鲁迅：《门外文谈》，载《鲁迅全集》第六卷，人民文学出版社，1973，第 100 页。

史 诗

周作人

一

希腊史诗存于今者，有 Ilias Poiêsis 及 Odysseia 两种，相传皆 Homêros 所作。基督前八自年顷，生 Iônia。后世有七邑，争自承为其故乡，唯皆不可据。有颂歌，亦传为 Homêros 作。其一有云，客问谁歌最美，可答曰有盲人居 Khios 多山之地，其歌最美，永永无匹，后人因谓其老且瞽，行吟乞食，唯此歌著者，实不知为何人，故不得决为 Homêros 自述也。

Homêros 身世无可考，学者多谓非实有其人。其名义曰人质，或当为 Homêrodokhos，方成完全姓氏。Khios 乃有一族，号曰 Homêridai，世为歌人，自承为 Homêros 之后。唯详考其故，盖先有 Homêridai 族，其先代曾为质，因以得姓。不得为战士，唯以行吟为业。终乃遗忘本源，自释其姓为 Homêros 子，因立 Homêros 之名而追崇之。正如希腊人自名其国曰 Hellas，民曰 Hellênes 因立 Hellên 为先祖，Iônia 人亦自称 Apollon 子 Iôn 之后也。

或谓 Homêros 之故乡为 Khios，盖亦有说。Khios 既为 Homêridai 一姓聚族所居，而其人又悉为 Rhapsôdoi。故今若以 Homêros 之生，解作 Homêros 史诗之发达，则其言固有至理。Rhapsôdos 者，意云唱补缀之诗者。大抵史诗之作，由短而长，由散而聚。歌人收散片之诗，联集而吟咏之，又递相口授，多有变易，后乃辑录，成为今状。非 Homêros 先作此二长篇，其子姓 Homêridai 乃承受而分歌之也。

或又谓 Homêros 为盲，殆亦据古代社会情状而云然。上古之世，以战争立国，男子之少壮者，皆为战士。跛者为工，制兵器，盲者唯可吟诗耳。且此外复含神秘之思想，诗人术士，皆得神宠，而复加以残废，乃远人世近神明，于是能预言，或作歌。如 Odysseia 中先知 Tiresias 盲，而 Athenâ 授以神智。歌人 Demodokos 为 Musai 所爱，而祸福并臻，去其目光而予以美音。今所存 Homêros 石象，在 Naples 博物馆，亦刻作盲目也。

基督七世纪前，诗人 Kallînos（前660）始言及 Homêros 著 Thebais 一诗。次有 Semonides（前630）引成语曰，人生如叶之落，云是一 Khios 人所言，今见于 Ilias 中。尔后纪载渐多，史家 Thukydides（前430）只言 Ilias 与 Odysseia 为 Homêros 所作。至二诗编定之时，Cicero（前160）云雅典王 Peisistratos（前550）编录 Homêros 散乱之诗，订定之，如今世传本。Plutarkhos 则谓 Solon（前660）所为，编定次序，用于 Panathênaia 大祭。唯 Lykurgos（前350）但云先人所定，不举其名，后世遂以归之大立法家，此说差可据也。

二

Ilias 者，叙 Ilion 战争之事。初 Peleus 之婚，大宴诸神，而 Eris 独不与。Eris 怒，遂以金频果投筵上，书其上曰予最美者。于是 Hera、Athenâ、Aphroditê 共争之，Zeus 不能定，命就 Ilion 王子 Paris 决焉。Paris 方牧羊山中，三女神各赂之命右己。Hera 许以富贵，Athenâ 许以功业，Aphroditê 则许以天下最美妇人。Pairs 从其言，遂以神助，诱斯巴达王 Menelaos 妻

Helenê而归。王约与国，兴师伐之，Agamemnon 为主师，其下有 Akhilleus 及 Odysseus 诸名将。而 Paris 兄 Hektor 亦勇猛无敌，相持十年。会希军出掠，Agamemnon 分俘得 Apollon 祭师 Khryses 女，神乃降以大疫。Ilias 开端，即在此时。希军既大创，Akhilleus 劝归 Khryseis 以息神怒，Agamemnon 允之，而取 Akhilleus 所得之女 Bryseis 为代。Akhilleus 怒，决绝而去，希军益不支。Akhilleus 稍悔，遣其友 Patroklos 赴援，为 Hektor 所杀。Akhilleus 大怒，欲复仇。Agamemnon 复以 Bryseis 归之，卑词求和，Akhilleus 乃出，杀 Hektor，唯其运命亦垂尽。诗至二英雄之葬而止，不及 Akhilleus 之死或后人讳而去之。后以 Odysseus 木马之策，破 Ilion，复得 Helenê以归，此大战遂毕。近世发掘小亚细亚，见有古城焚余之迹，考其时当在基督前千二百年，似 Ilion 之战，亦本于事实也。

Odysseia 纪 Ilion 下后，Odysseus 归国之事，然亦有后世羼入者。Odysseus 归途，历诸危难，登 Ogygia 岛，为神女 Kalypsô所留，七年不得归。Athenâ为之请于 Zeus，乃命神女纵之行。海神以前怨，碎其筏，游泳登岸。其地曰 Skeria，王遇之厚，Odysseus 为述所遭。云初过 Lotophagoi 之国，又遇 Kyklops，食其同伴，以计瞳其目而遁，过 Aiolos，遭逆风失道，抵日神女 Kirkê之岛，留一年。发舟遇 Seirenes 于海上，其状女首鸟身，善歌，闻者迷罔，投水而死。途中或不谨，盗杀日神之牛，雷震其舟，众皆溺。Odysseus 以不食牛独免，乃至 Kalypsô之居。终至于此，王遂厚赠而遣之。既归 Ithaka，伪为丐者至其家，众方迫其妻 Penelopê欲娶之。Odysseus 乃与子 Têlemakhos 共诛众恶，家复得完。又往谒其父 Laertês，退隐村间，射耕以自给。

Odysseia 旧传为 Homêros 晚年作，唯据近代考证，以二诗所写社会情状，颇多不同，故定为非一人所造。Odysseia 叙 Odysseus 漂流海上，历遇神异，事既瑰奇，诗亦益妙。唯伟大悲壮之处，不及 Ilias，此固性质不同使然。Ilias 虽以 Akhilleus 之怒为主旨，其最得人同情者，乃为 Hektor。

诗人歌胜利之光荣，而人生之战败者，其阅历乃更深彻而伟大。作者之心，能不为狭隘之爱国思想所囿，因得了彻两方之感情，表而出之，此正希腊特具之才能，而早见于 Homêros 之诗者也。

Homêros 又有颂歌，然实非祝祷之作。古者歌人吟诗，必先呼神而求其助，相沿成习，遂有所谓 Proöimion 者。可释曰引，后或分立，称颂歌焉。又有谐诗 Patrakheiomyomakhia（《蛙鼠战争》）Margitês，亦相传为 Homêros 作，然俱出假托。古代著作，大抵不知主名，后世以意定之。如 Iliu Persis 著者之为 Arktînos，Têlegoneia 著者之为 Eugamon，并有双关之意，显为后起之假名矣。

三

方 Homêros 史诗盛行于 Iôria 时，在 Boiotia 亦有一派，与之角立。今存 Erga Kai Hêmerai 与 Theogonia 二诗，为 Hesiodos 作。Homêros 咏战争涉险，Hesiodos 则歌田功农时。Homêros 为贵族之诗人，Hesiodos 则齐民之诗人也。Boiôtia 古时，故多民歌，及英雄诗歌流行，受其反动，益复发达。或外来诗人，取材本土，造作别体，Hesiodos 殆其一人。相传幼时牧羊山中，得 Musa 指授，遂能诗。后至 Lokris 识一女曰 Klymenê，其兄弟共袭杀 Hesiodos，投诸海，海豚负尸登岸，遂葬之。女生一子，即诗人 Stêsikhoros 云。又或谓 Hesiodos 父死，兄弟析产，其弟 Persês 贿乡官，悉以沃田归己。盖因 Erga 中多言乡官之不公，又时呼 Persês 予以教训，因生此说。实皆附会，非实有也。

Erga 首责 Persês 之游惰，乡官之贪婪，以力作为人生要义。引 Prometheus 窃天火助下民，及 Pandôra 故事，次述人世金银铜铁四时代，而今世已为末期，诸神多去，唯余 Aidôs 及 Nemesis 二神。后将并此悉去，而人间亦愈沦落。唯若齐民能起而惩王公之罪恶，或更有光明之望，较之 Ionia 史诗赞颂先王功德者，迥不侔矣，其后为农时月令，次为格言，次为古凶日占。其书通称曰农功与日占，古人极重之。或取其道德之教训，或取其农功之指导；唯在今日，乃能于此见古代希腊民间情状，闻田夫野老，馨其心曲，故为可贵也。

Theogonia 此言诸神世系，首纪天地开辟，以至 Zeus 立为主神。次编列诸神，意欲定其职守，明其系属，以成神国世本。唯希腊神话，本集各族传说而成，初无定序，故为事极难。Theogonia 传本，亦不完善，往往不相联属。大类歌人所记，以备取材之书，唯于神话研究，颇有价值。诗末，纪诸女神下嫁人间者。又纪民女为神妻者，名 Eoiai。唯此卷已佚，仅在古书中，散见数十则而已。

与 Erga 同类者，有星学鸟占诸诗。云亦 Hesiodos 所作，今皆不存。Pausanias 著《希腊志》中云，乡民示以一铅板，上刻 Erga 而无序言。且曰，此外著作，皆非 Hesiodos 真本云。

史诗作家，实有其人者，首为 Pisandros（前 650），著 Heraklesia，又有 Anyte，见《希腊志》，人称女 Homêros，所作皆不传。

（原载《欧洲文学史》，商务印书馆，1918）

—————————— **评 介** ——————————

　　周作人对欧洲史诗的论述，主要集中在《欧洲文学史》中，其中尤对荷马史诗的论述最为翔实。《欧洲文学史》是一部研究性专著，包括了"希腊"、"罗马"、"中古与文艺复兴"与"十七、十八世纪"文学等内容，是周作人任北京大学教授时的授课讲义，1918 年 10 月被列为"北京大学丛书之三"，由商务印书馆出版。这本书并非一般的教科书式的讲述欧洲文学，而是带有一种主观性极强的文化批判之气，"思想"之意味远远压倒了所谓的"学问"，以后周作人诸多关于希腊文化的论述大多沿袭此书"希腊"卷提出的观点，多是在此基础上的进一步拓展和深化。

　　对于"荷马"其人，周作人不但列举并描述了"人质"说、"盲人"说等西方学界的多种说法，而且做出了自己的判断。他指出《阿波罗颂歌》"实不知为何人，故不得决为 Homêros 自述也"[1]。又如，他根据"Rhapsôdos"的本义，指出荷马史诗的传播形式和现存文本经过了一个演进定型的过程[2]。再如，在列举了多位学者关于荷马史诗编订的说法之后，周作人表述了自己的看法："唯 Lykurgos（350B.C.）但云先人所定，不举其名，后世遂以归之大立法家，此说差可据也。"[3]

　　在对《伊利亚特》和《奥德赛》介绍的基础上，周作人以为"二诗所写社会情状，颇多不同，故定为非一人所造"，并评判了两部史诗的高下："Odysseia 叙 Odysseus 漂流海上，历遇神异，事既瑰奇，诗亦益妙。唯伟大悲壮之处，不及 Ilias，此固性质不同使然。"[4]

————————————

① 周作人：《欧洲文学史》，河北教育出版社，2002，第 7 页。
② 周作人：《欧洲文学史》，河北教育出版社，2002，第 8 页。
③ 周作人：《欧洲文学史》，河北教育出版社，2002，第 9 页。
④ 周作人：《欧洲文学史》，河北教育出版社，2002，第 10 页。

周作人阐述了荷马史诗的现世主义思想，指出希腊文化注重现世。荷马史诗中的神"饮食起居，不殊于人，爱恨争斗，亦复无异"①。英雄阿喀琉斯是一个"智美武勇之士，具 Aretê 全德者也"，而不同于基督教的理想人物那样"圣贤隐逸"②。对于这种以现世生活之乐为人生的目的和归宿的现世主义特征，周作人认为它源自古希腊人对"死后生活如何"这个问题的看法，并把荷马与品达对此的观点并置在一起，突出他们之间的不同。荷马史诗描绘人死后凄凉的生活③，品达则描绘死后之世界与现实一般无二④。虽然他们对人死后的世界的描写不同，但是周作人认为他们的现世思想"实出一辙"："荷马以死为虚寂，故当努力于生时，而品达则欲于死后，得复享现世之乐。"⑤ 由此，周作人把它与基督教和东方神仙相较，指出古希腊文化中的现世思想既"异于归心天国，遁世无闷之徒，而与东方神仙家言，以放恣眈乐为旨者，又复判然不同也"⑥。

周作人赞扬荷马史诗蕴涵的宽容精神。他指出《伊利亚特》虽然以阿喀琉斯的愤怒为主线，歌颂了希腊人中最勇武的英雄阿喀琉斯，但也塑造了敌对势力中最值得人同情的赫克托耳。荷马正是没有被圈囿在狭隘的爱国主义思想范围内，能够了彻希腊和特洛伊两方之感情，才能"歌胜利之光荣，而人生之战败者，其阅历乃更深彻而伟大"⑦。在荷马史诗的影响下，周作人提出文学批评应该遵循宽容原则："各人的个性既然是各各不同（虽然在终极上仍有相同之一点，即是人性），那么表现出来的文艺，当然是不相同。现在倘若拿了批评上的大道理要去强迫统一，

---

① 周作人：《欧洲文学史》，河北教育出版社，2002，第56页。
② 周作人：《欧洲文学史》，河北教育出版社，2002，第56页。
③ 周作人：《欧洲文学史》，河北教育出版社，2002，第57页。
④ 周作人：《欧洲文学史》，河北教育出版社，2002，第57页。
⑤ 周作人：《欧洲文学史》，河北教育出版社，2002，第57页。
⑥ 周作人：《欧洲文学史》，河北教育出版社，2002，第57页。
⑦ 周作人：《欧洲文学史》，河北教育出版社，2002，第10页。

即使这不可能的事情居然实现了，这样文艺作品已经失去了他唯一的条件，其实不能成为文艺了。因为文艺的生命是自由不是平等，是分离不是合并，所以宽容是文艺发达的必要的条件。"①

周作人还阐释了荷马史诗所蕴藏的尚美精神，认为"希腊尚美，以人体之美，归之于神"②。在《红星佚史》的译者序中，他将荷马史诗与中国文学比较，肯定了"泰西诗多私制，主美，故能出自蠡之意，舒其文心"，认为荷马史诗不是一部"美教化，厚人伦"的"立言垂范"之诗，而是一部"能移人情""弛其神智"的"主美"之诗。

留日期间，对周作人认识神话和史诗影响最大的当推安德鲁·朗（Andrew Lang）。数年后，他回忆说："这里边，于我影响最多的是神话学类中之《习俗与神话》、《神话仪式与宗教》这两部书，因为我由此知道神话的正当解释，传说与童话的研究，也于是有了门路了。"③ 他认为安德鲁·朗的人类学方法"以类似的心理状态发生类似的行为作为解说"，神话里的荒唐不合理的事件"大抵可以得到合理的解决"④。运用安德鲁·朗的人类学方法，周作人对荷马史诗中一些细小的情节提出了自己的看法："如史诗言伊里翁太子巴里斯牧羊于伊陀山中，阿迭修斯归当时太上皇赖耳台斯方耕田宫外，率尔一读，宁不可笑？要知当时之王，无以胜于今日之酋长，则其躬自耕牧，亦何足怪。更视诗语，非特不觉唐突，且反愈益趣味深长矣。"⑤ 这种根据"生民"的礼俗、信仰和原始思维解释包括荷马史诗在内的古希腊文学中神话传说之意义，周作人在

---

① 周作人：《自己的园地 雨天的书》，人民文学出版社，1988，第9页。

② 周作人：《欧洲文学史》，河北教育出版社，2002，第56页。

③ 周作人：《知堂回想录·我的杂学》，三育图书有限公司，1980，第684页。

④ 周作人：《知堂回想录·我的杂学》，三育图书有限公司，1980，第684页。

⑤ 周作人：《荷马史诗》，载钟叔河编《周作人文类编·希腊之馀光》，湖南文艺出版社，1998，第8页。

"五四"新文化运动时期是走在最前面的，他至少让不少中国学人在"以希腊神话为迷信小说者，其吾国独得之见欤"的慨叹中有了对神话的觉醒①，有了对当时那些"用了科学的知识，不做历史的研究，却去下法律的判断，以为神话都是荒唐无稽的话，不但没有研究的价值，而且还有排斥的必要"的观点的重新认识②；他运用人类学的武器有力地驳斥了当时人们普遍认为神话是一切迷信的渊薮并对其采取一种贬低与诽谤的态度的做法，从而引导人们离开科学的解说，从民俗和文学的立脚点审视神话的起源、性质及价值。这些无疑给当时人们对神话的研究带来了一丝清风，注入了活力，似一盏明灯照亮了路径。

除了荷马史诗之外，周作人还叙述了西方史诗所经过的各个阶段，勾勒出史诗与社会发展的基本规律，其中渗透着他对史诗的理解。周作人认为，古希腊史诗衰亡的原因在于 3 世纪之后，希腊无英雄盛事之诗料，过去的光荣已经成为一种幻景，人人注重现实之人世。而古罗马史诗不发达的原因之一在于古罗马的精神不同于古希腊，崇实③；之二是古罗马不重视诗歌，虽然统有欧亚，武功强盛，但是与希腊相比，文事呈现"走阪之势"④；之三是古罗马虽然有歌颂先人事迹的歌，但是它非"国民传说"。在古罗马众多的文人史诗中，周作人尤为推重维吉尔，他赞扬维吉尔创作诗歌"审慎周详，期于至善"，评价他的《埃涅阿斯纪》为"歌颂祖国光荣之作"。在周作人看来，《埃涅阿斯纪》能成为罗马国民史诗的原因在于它歌颂了奥古斯都家族的丰功伟绩，表现了爱国情怀，

---

① 周作人：《论文章之意义暨其使命因及中国近时论文之失》，载钟叔河编《周作人文类编·本色》，湖南文艺出版社，1998，第 27 页。
② 周作人：《自己的园地 雨天的书》，人民文学出版社，1988，第 29 页。
③ 周作人：《欧洲文学史》，河北教育出版社，2002，第 61 页。
④ 周作人：《欧洲文学史》，河北教育出版社，2002，第 66 页。

而且埃涅阿斯"为人虔敬厚重而武勇，具罗马诸美德，足为民族代表"①。但是，周作人亦指出《埃涅阿斯纪》是"异于自然之诗歌，故与 Homeros 复不能并论"②。

中古时期，基督教兴起，基督教文化、教会文学成为当时欧洲中古文学的主流话语，欧洲三大民族（拉丁、条顿、斯拉夫）的仪式赞颂歌和神话史诗等大多湮没③。周作人对《贝奥武甫》《希尔德布兰特之歌》《埃达》《伊戈尔远征记》等诸多史诗做了简要的介绍，认为它们产生于氏族社会末期和民族大迁移时期，其主人公都是具有神话和传奇色彩的部落或民族的英雄，大多异于基督教思想，或较少受到基督教的影响。

随着基督教信仰统一欧洲以及封建制度盛行，骑士精神成为中古欧洲的时代精神，英雄史诗由此勃兴，法国的《罗兰之歌》、西班牙的《熙德之歌》、德国的《尼伯龙根之歌》等是当时的代表性史诗作品。周作人认为，这一时期史诗的兴盛原因之一在于欧洲民众政治上"信神忠君，重武尚侠之气"④；之二在于人心之需要，人们长期困于苦寂，要借助瑰奇之趣的骑士生活发泄情绪；之三是行吟诗人出现，吟游之业"复盛行于世"⑤。加之骑士的事迹适合史诗创作，故而这一时期的史诗大抵以战斗为主，而且多歌颂杀伐时代的精神。周作人指出，《贝奥武甫》《希尔德布兰特之歌》《埃达》《伊戈尔远征记》等早期史诗，属于神话史诗，而《罗兰之歌》《熙德之歌》《尼伯龙根之歌》等虽有传奇色彩，但都是以某一历史事件为基础，产生于高度封建化时期，受基督教思想影响较深，主人公大多是具有民族意识、忠君爱国、英勇善战的理想英雄。

---

① 周作人：《欧洲文学史》，河北教育出版社，2002，第 87 页。
② 周作人：《欧洲文学史》，河北教育出版社，2002，第 87 页。
③ 周作人：《欧洲文学史》，河北教育出版社，2002，第 115 页。
④ 周作人：《欧洲文学史》，河北教育出版社，2002，第 118 页。
⑤ 周作人：《欧洲文学史》，河北教育出版社，2002，第 115 页。

周作人的史诗观念以古希腊荷马史诗为范例，他对史诗的划分、认定和阐释多是以亚里士多德的古典诗学为依据，其间又夹杂着自己的价值判断，如将《伊戈尔远征记》置于神话史诗范畴，将《神曲》剔除出文人史诗的范畴等。他还粗线条地勾勒了欧洲史诗的发展脉络，认为其始于古希腊，丧失于古罗马，回归于骑士时代，衰落于十七、十八世纪。显然，他对史诗的这种认识将史诗文学发展史简单化，具有一种纯粹的线性进化论的倾向。

荷马之史诗 （节选）

吴 宓

荷马史诗之结构

　　荷马史诗之结构，至为完整精密，为后世作史诗、小说、戏曲者，以及凡百叙事之文所取法。今欲明其结构，当先知荷马史诗之题目。两诗固皆有关于希腊人伐特罗之役，然决非以此役为题目。盖此役之所由起及其所以终，皆为荷马所不详。此役之起需数年，其终亦非斩钉截铁，骤然而止。但就战争之本体论之，希腊人军于特罗城下者十年，而《伊里亚》（Iliad）则只叙第十年中之一段，为时不及两月，又不及城破凯旋之事。至《奥德西》（Odyssey）所叙者，为特罗城破后第十年之事，为时仅四十二日，其去此役之本体尤远，即谓为奥德西一人作传，亦属不可。盖所叙者，并非奥德西之一生，乃仅此四十二日中之遭遇耳，其非正经之题目可知也。或曰，伊里（Ilium）者特罗（Troy）城之别名也〔相传此国为特罗（Tros）之子伊里（Ilus）所建，或以其父名或以其子名，故此国有二名〕。《伊里亚》（Iliad）译言《伊里之歌》，即《特罗之歌》也，谓非以歌咏特罗城之兴亡为题者乎。又《奥德西》（Odyssey）者译言《奥德西（Odysseus）之歌》也，谓非以赞叙奥德西之生平为题者乎。顾名思义，则又何说。应之曰：不然。荷马之两史诗，本无名也，其名乃后人所加，毫无涉于荷马，故于此不能顾名思义也。且常人之名物也，每举其物最显著之性行一二以为名，而不问其浑括确当与否。彼后人之名荷马之诗，殆亦类此。今谓为有关于特罗之战之某诗，或有关于奥德西生平之某诗，则其名质直浑朴，而众易晓。苟另用精详冗长之名，众必不能记忆矣（譬如中国之业弹词者，若大书特书赤壁之战，众且茫然。若改言诸葛孔明草船借箭，众立喻矣。盖常人名物喜征实而忌虚空，喜特确而忌笼统，喜简短而忌冗长，此显而易见之事也）。故即后人所与之名，亦不可郑重视之。盖彼用以指示此物，非描画之也，为通用之便捷。故与之名，非与之题目，固未可牵强混淆也。

欲知荷马史诗之题目，当于其本体求之，盖荷马固已自言之既明且确矣。两史诗之开卷处，皆先祷告于诗神（Invocation of the Muse），求其指示赞助（文艺之神 The Muses，凡九人为姊妹行，盖皆上帝 Zeus 之女，分掌各种文艺学术，其最幼者曰 Calliope，专掌史诗。荷马所向之祷者，即此，故曰诗神），俾成此歌。随即将此歌之大旨及重要事迹，简括叙之，以概全书（犹我国传奇首出之传概也）。取此段读之，则荷马两史诗之题目，赫然具在，何劳妄为推测。兹就荷马所自言者分列于下，《伊里亚》之题目为“阿克力斯之一怒”（The Wrath of Achilles），《奥德西》之题目为“奥德西之归家”（The Return of Odysseus）。由此推之，思过半矣。荷马史诗之结构所以能如是完整精密者，即在就题作文，处处不忘此题目，其书以此题始，以此题终。全书之事实，悉选其有关本题者，然后收用之。否则，概归摈斥。又其所用之事实，皆细心排置，重重关锁，心营目注，一线到底，以书中本事（Story）之进行为发挥此题之步骤，重重堆积，逐渐紧张，既达极峰（Climax），则急转直下（Denouement）以赴结局之大变（Final Catastrophe）。又书中处处注重因果之律，前后关连有起脉，有伏线，有逆流，有障碍，眼观全局，笔笔照应，决不无中生有或违悖情理，且表里相维，其精神上之转变与事实之进止谐合一致。故读毕一卷或全书，不惟知叙事已达何处，且精神亦潜移默化，受其感动，与为喜怒哀乐而不能自已。凡是悉由惨澹经营之功，此之谓布局（Plot），此之谓结构（Structure），故在今众所熟知，为小说、戏曲及长篇叙事诗所不可离者，实缘荷马开其端，启其机，示以楷模。俾后世得所师法乃臻此耳，呜呼，伟矣！

今试就上言之题目略明荷马史诗之结构。（一）《伊里亚》之题目既系"阿克力斯之一怒"，而非希腊人伐特罗之役，故于此役之缘起及相持十载之经过概不叙及，而直叙阿克力斯发怒之原因。开卷即径详亚格满能强夺俘女之事，致阿克力斯愤激誓不再战。自卷一之末至卷八为一段，连写阿克力斯一怒之影响。此绝世英雄不肯赴敌，于是希腊之军屡败。又叙天神降疫，以见此一怒之关系重大。虽有雄兵（卷二）猛将（卷三、卷四、卷六）微胜于一时，亦属无补。则阿克力斯以身系全军之重，由其行止而两方之胜败决焉。自卷九至卷十七悉用顿挫之笔，益见阿克力斯一怒为祸于希腊人之大。始则亚格满能已有悔心，而阿克力斯不肯出（卷九）。自后中间虽有小挫（卷十四），而特罗军愈胜，希腊军愈败，至不可支，危在旦夕（卷十一、卷十二、卷十三、卷十五）。阿克力斯至是仍不肯出，可见其怒之甚。复用顿挫笔法，而有派斗克拉斯借甲战死之事（卷十六）。卷十八为全书之极峰（Climax），譬如弯弓极满，矢乃发矣。盖阿克力斯虽以甚怒而不恤希腊军之败衄，而急报友仇，竟允出战也。其母求火神造甲仗，亦是顿挫之笔，以见此次阿克力斯再出声势之大也（卷十八）。卷十九为阿克力斯息怒之正文，自此至卷二十一，急转直下（Denouement），然先后轻重仍有次序。始则登陴一呼（卷十九），次则大败敌军（卷二十），然后乘胜进逼敌城（卷二十一），终乃斩海克多（卷二十二）。此段乃全书终局之大变（Final Catastrophe），以全力写之，而阿克力斯息怒之效始大见，则其一怒所系之重亦可知矣。至卷二十三及卷二十四则余波耳。凡其写希腊军之欢庆（卷二十三），及特罗人之哀戚（卷二十四）之处，实所以写阿克力斯之英勇，而见得其一怒之关系重大也。此后之事，无关于阿克力斯之一怒，故《伊里亚》一书遂止于此。又书中虽阿克力斯不在场之时，亦皆用反衬笔法，形容阿克力斯之英勇与其一怒之威风。全书以阿克力斯为主人（Hero），海克多为其陪衬，故加倍出色写之。准是，则《伊里亚》之题目为"阿克力斯之一怒"，尚何疑哉。（二）《奥德西》之题目既系"奥德西之归家"，而非奥德西之一生，故于特罗战役，毫不叙及。而欲见其归家之事关系之重大，则先写其家中之苦况，及急待其归家之实情（卷上）。又叙其子往寻，以与奥德西急欲归家而不得相反衬（卷二、卷三、卷四）。自卷五至卷十三，历叙奥德西所经之患难，濒死不得归者屡。凡此皆顿挫之笔，以见归家之不易，即上文所谓弯弓之法也。至十年之流转事迹，由奥德西口中叙出，以告菲西王（卷九至卷十二），用倒插补详之法，不惟省笔墨，避平直，且见得此书所叙乃奥德西将归家时之四十日中之事，而非十年之漂流记也，故不得不如此叙法。卷十三之末，奥德西安抵故国，上陆，此为全书之极峰。自此至卷二十二，急转直下，层层脱解，然仍叠用顿挫之笔（Suspense）。直至复仇之顷，始露本相（Recognition），出人不意（Surprise），写来更觉有力。卷二十二复仇一段，为归家之正文，亦即全书终局之大变也。以下二卷，写室家骨肉之团圆，则余波之用作渲染者耳。准是，则《奥德西》之题目为"奥德西之归家"，亦不容疑矣。

亚里士多德于其所著《诗学》（Poetics）之第八章，极赞荷马史诗之结构，略云。夫所谓结构之整严（Unity of Plot）者，谓必全书专写一事（Unity of Action），非谓将某人之一生所历悉行叙出也。如专写一事，则书中各部分必相衔接而关连，相维相系。苟删去或移动其一段，则全局破裂。不如此，不能谓之结构整严也。荷马事事出人头地，于此亦然。故其《奥德西》一书，即符上言之例，而《伊里亚》亦专叙一事者云云。又《诗学》之第十章谓结构可分二种。一曰直叙法（Simple Plot），即一线到底，按事之先后次序，逐一叙之，如《伊里亚》是也。二曰曲叙法（Complex

Plot），即书中人物之境遇，忽然转变，此祸彼福，此胜彼败，形势适与顷刻之前相反（Sudden Reversal of Situation）（如诸豪盘踞奥德西之家，逐其子，占其产，将污其妻矣，而奥德西骤归，斩杀诸豪，转祸为福，转危为安，转弱为强是也）。或其人物隐姓埋名，乔装伪饰，乃忽露本相，见之者惊喜交集（Recognition）（如奥德西之归，乔装为丐，至卷二十二报仇之顷始露本相，而至卷二十三其妻始得知之，然后夫妻团圆是也）。苟书中不具此二者，则为直叙法。曲叙法如《奥德西》是也云云。故结构之法，荷马实开其端，后来戏曲小说及叙事诗之结构大都不出此二种，甚或加以变化，兼采而并用之。然则推本穷源，能不与荷马史诗之结构三致意焉哉。

荷马史诗之作成

今更就晚近学者研究之结果及考古家所证明，撮述其折衷新旧而为众所公认之说，以见荷马史诗所由作成之迹。昔日欧洲文明初启之时，距今五千年前，居欧洲南部地中海沿岸者，为一种白人，其人确非阿利安种（Aryan Race）（又曰 Inde - European Race，即印度人及今日欧洲人之始祖），而与埃及人及细米底族（Semites）关系较近，姑名之曰地中海种。此种人之一部，居地中海之东部，即希腊半岛、地中海诸岛及小亚细亚海岸者，可名之曰东地中海族，又称 Cretan - Mycenaean 族，然通称之为培拉斯吉族（Pelasgi）〔或又以其居爱琴海一带而称之曰爱琴族（Aegeans）〕。当纪元前三千年至二千年之间，此族之居克里底（Crete）岛者，以地当海上交通之冲，受埃及之影响，始创一种文明，曰克里底之文明，雕镂绘画及制作器皿甚精，又创为象形文字。纪元前二千年时，其各部之王威力远播，是曰海王（Sea Kings）。希腊神话中所谓每年需食童男女之 Minos 王，即是也。克里底艺术文明最盛之顷，为纪元前一千六百至一千五百年间。希腊半岛南部之土人（即培拉斯吉族）受其启迪感化，遂亦造成一种文明，是曰 Mycenaean 文明。自纪元前一千五百年至一千二百年之间，称为 Mycenaean 时代。方其盛时，且以兵入克里底岛而臣服之，于是克里底之文明遂告终。又培拉斯吉族之一部，于纪元前三千年时，在小亚细亚之西北隅建立特罗王国。自纪元前二千五百年至一千五百年，国势日盛，然国人习于骄奢荒惰，国运逐衰。而纪元前一千四百五十年至一千二百年之间，小亚细亚又有海地族（Hittites）之王国出现，亦蔚然大国也。至于希腊民族属阿利安种，由中央亚细亚迁徙而来，约于纪元前二千年时，至丹牛波河（Danube）流域而居焉，厥后逐渐南侵而入希腊，至纪元前十三世纪竟灭 Mycenaean 诸国，并据有希腊半岛之南部焉。希腊人自谓皆系始祖 Hellen 之后裔，故自称为希腊族（Hellenes），而分为四支派，曰奥利安族（Aeolian），曰铎利安族（Dorian）（以上二族系 Hellen 之二子之后裔，故名），曰安尼央族（Ionian），曰阿克央族（Achaean）（以上二族系 Hellen 之孙之后裔，故名），其分布于希腊半岛之情形略如（甲）图。纪元前十二世纪中，希腊诸族曾合兵伐特罗而陷其城，灭其国。是即荷马史诗之本事也（或谓特罗城陷为纪元前一一八四年事，然未必确也）。当此之时，希腊人尚为游牧之民，其分布之情形略如（甲）图。纪元前十一世纪中，希腊诸族忽大转动迁徙，其原因不详。要之，北方异族南下，驱（1）Thessalian 人而占其地。此族东向排（2）Boeotian 人而占其地。（2）被迫乃侵入希腊中部而占有之。

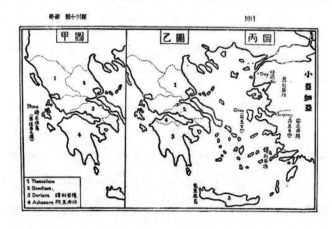

其地之（3）铎利安族，除一小部分外，悉数南迁，夺希腊南部半岛而据之。其俗强悍，势大盛，且侵入克里底岛，占有之，更东进，直抵小亚细亚海岸。此次变动，名为铎利安族之迁徙（Dorian Migration）。迁徙后各族分布之情形略如（乙）图。希腊有史以后，其情形均如此。然荷马史诗中所载者悉本于（甲）图之情形，故读者每患其淆乱扞格，然苟知其所叙者为铎利安族之迁徙以前之事，以（甲）图按索之，则迎刃而解矣。当此迁徙之时，安尼央族受逼，乃横海东出，移殖于小亚细亚海岸及其附近之岛屿。其时小亚细亚海岸，诸族殖民地分布之情形如（丙）图。北为奥利安族，中为安尼央族，南为铎利安族。自经此次大迁徙之后，各族之分画区域乃定，永远奠居，又自游牧进而为耕植之民。纪元前一千年至七百五十年之间，史家称为诸王时代（Age of Kings）。盖当此期中，国家之形式略具，农业之习俗大成，而希腊文明渐有进步矣。荷马史诗即作于是时。自纪元前九百五十年至七百五十年，此二百年，为史诗盛行及作成之期，故在文学史上谓之史诗时代（The Epic Period）。是时风俗淳朴，生活简陋，其号为贵族者，仅广有田产，较为富足而已。若辈大都聚族而居，于宅中之广厅（Meagron），爇薪燔肉，与亲友家人共食。冬日晚饭既罢，无术可消永夜，或值宾朋宴集，思有以娱悦之，而众均心直口拙，无多言词可谈，则召歌者（Bard）至，命弹唱古英雄故事，众肃坐而恭听焉。歌者为其时一种专业，父子师弟相传，以沿门弹唱为生。其唱也，手自调筝（Cithara）佐之。所唱之古英雄故事中杂神话，其大纲皆为听众所熟知，惟每一歌者可加以变化铺排粉饰而详为描画形容之，此则随人而异，故术有精粗，名有显晦，而得资亦有厚薄焉。此类歌者毋宁名之为说书人。盖其声调甚简而平，而所重者在其演述之材料。其时尚无书籍，歌词均无传写之本，歌者类须默记于心而背诵之。每次所歌大约节取古英雄故事之一段，其长约如今荷马史诗之一卷，先祷于神（诗神 Muse 之原义即记忆 Memory 也，可见其须背诵），次略述此段之始末，再详演之，率为定法。间有命歌者连演多日，藉悉该故事之首尾者，久之而诸短故事逐相关连，有一定之后先次序，而隐隐中构成长篇巨制之史诗焉。故歌者亦即著作史诗之人也。彼荷马者，盖即此千百歌者中一人而为出类拔萃者耳。所歌之材料，不必其为希腊人伐特罗之役也，此特其一事焉耳。此役之故事，实早成于希腊本土，即北方 Thessaly 之奥利安族，首传诵之（故《伊里亚》诗中之英雄阿克力斯为该地该族之人，盖由编者重其本土故也）。迨后因铎利安族之迁徙（见上文），奥利安族移殖于小亚细亚海岸之北段，正即特罗国之故地。又初来之时，需与内陆及邻近之土著民族争战以自存。此奥利安族之人棲流异域，追念先烈，又以目前之境遇，殊类当年之情形，于是特罗战役之故事顿觉亲切有味，而成为传诵歌唱之资。故史诗遂大发达，是为史诗作成之第一期，约当史诗时代（见上）之前半。其后渐流传于其南方之安尼央族。彼安尼央族之聪明睿智，为希腊诸族冠，最富诗情，文艺之发达皆由其力，故史诗传至此土，顿形进步。上述之习俗多为安尼央族，而歌者亦多为此族之人。于是百余年中，为史诗全盛时代，是为史诗作成之第二期，约当史诗时代之后半。荷马为安尼央族人，生于此期之前半，即纪元前八百五十年至八百年之间，正即史诗由奥利安族之手而传于安尼央族之时。其所生地 Smyrna 及 Chios，又适当二族国土相接之处，意者，荷马尝取奥利安族之歌增饰之，移译之，而衍为安尼央族之歌，遂成为《伊里亚》及《奥德西》二篇。故二诗虽为安尼央族之文字，而中多奥利安族之词句，其以此故也欤。史诗之作者千百人，荷马特其中之一人而已。惟其所编撰者，似较余人为皆胜之，故独得而传，虽然各家之本实并行于时。至纪元前七百五十年时，史诗时代告终，其故由国情民俗大变。故自此更无作史诗者，而情诗起而代之（详见后情诗章）。史诗时代既过，遂无歌者（Bards），而有诵者（Rhapsodists）出继其业。其不同之处，即歌者自兼编著之事，即后世之诗人，而诵者只诵述他人之成本，有如后世之伶工。又歌者专娱豪族富人，手一筝自随而已；诵者则于都市之中，广场之上，万众围观之时，粉墨衣冠登场，并描摹书中人之神态，故已甚近于戏剧矣。其后当纪元前五百五十年之顷，培西塔突（Pisistratus）为雅典执政，因见诸多诵者，传述希腊人伐特罗之故事，其事实之先后次序，各不相同，乃择其中最完美者，即荷马所编撰，勒为定本，饬诵者一体遵用，余本作废〔或谓此系梭伦（Solon）在雅典执政时之事，其人在培西塔突之前〕，于是荷马之史诗遂得独普行于希腊，永传于后世。古希腊罗马之名篇，泰半失传或残缺，而《伊里亚》及《奥德西》篇幅独完整，虽其中要有其身后之歌者增删之处，不必尽为荷马原本，然大体无损，得蔚然为千古文章之灵光，亦云幸哉。观于此节荷马史诗作成之迹，可知《伊里亚》及《奥德西》之结构及精神，虽本于荷马之天才，而其篇章形式格调等则由于当日之环境。盖所以便于演唱，又求合于满堂中听众之心理，故即末节细处，亦非偶然也。

荷马史诗与中国文章比较

荷马史诗之事迹，具详于第二节。初读荷马之《伊里亚》，两军作战，颇觉其类吾国之《封神传》及《三国演义》；读《奥德西》流离迁徙，遍历诸国，颇类吾国之《西游记》及《镜花缘》。又以荷马比之《左传》，则《伊里亚》如城濮及邲之战，而《奥德西》则如晋公子重耳出亡也。虽然荷马所作，史诗也，而吾国则固无史诗，今人常言之矣。惟若按究其故，此亦未必为吾国文学之羞。盖史诗必作于上古，必起于自然。否则虽有，不足为贵。故求史诗于吾国文明大启，既有竹帛书法以后，宜乎其不可得也。窃意以史诗与国家民族之关系论，则《书经》实为吾国之史诗。若以其文章之篇幅体制论，则《两京》《三都》诸赋差可为史诗乎。

以上所言，初无当也。吾以荷马史诗比之中国文章，窃谓其与弹词最相近似。试举其相同之点。弹词所叙者多为英雄儿女（即战争与爱情），其内容资料与荷马史诗同，一也。弹词虽盛行，而其作者之名多不传，二也。弹词之长短，本可自由伸缩，有一续二续三续者，有既详其祖并叙其孙，亲故重叠，支裔流衍，溯源寻底，其长至不可究诘，而通常则断其一部为一书者。此正如荷马史诗未作成以前，史诗之材料为人传诵，前后一贯，各相攀连钩挂。又有所谓 Epic Cycles 者，将荷马史诗亦统入其中，为一小部焉，三也。弹词不以写本流传，而以歌者之奏技而流传，歌者亦此为专业，父子师弟相传。虽亦自备脚本，而奏技时，则专恃记忆纯熟而背诵（recite）之，此均与荷马时代之歌者（bard）同，四也。业弹词者，飘泊流转，登门奏技，且多盲。其奏技常于富人之庭，且以夜，主人之戚友坐而听焉。此均与荷马时代歌者奏技之情形同，五也。弹词之歌者，只用一种极简单而凄楚之乐器，弹琵琶以自佐，与荷马时代歌者之用筝（Cithara）者同，六也。弹词之音调甚简单，虽曰弹唱，无殊背诵，不以歌声之清脆靡曼为其所擅长，而以叙说故事绘影传神为主。Story-teller 自始至末同一音调句法，除说白外，亦只七字句与十字句两种，与荷马史诗之六节音律，通体如一者同，七也。弹词意虽浅近，而其文字确非常用之俗语，自为一体，专用于弹词，间亦学为古奥，以资藻饰。凡此均与荷马史诗之文字同，八也。弹词中写一事，常有一定之语句，每次重叠用之，与荷马史诗同（如"晓行夜宿无多话，不日已到北京城"，又如"阎王注定三更死，谁能留人到五更"，皆类荷马之 Darkness clouded his eyes, and his soul went to the shades），又其譬喻亦用眼前常见之事物，九也。弹词中人物各自发言，此终彼继，由歌者代述之（Speeches），而无如章回小说中之详细问答（Dialogue）。此亦与荷马史诗同（又弹词中常云某某即便开言说，正如荷马诗中之 So spake he 也），十也。弹词开端常漫叙史事，或祝颂神佛与皇帝，此与荷马之 Invocation 相近，再则概括全书，与荷马同，十一也。弹词中之故事及人物虽简陋质朴，然写离合悲欢、人情天理实能感动听者。虽绩学而有阅历之人，亦常为之欷歔流涕，故弹词亦自有其佳处、长处，与荷马史诗同（但非国史），十二也。总之，以其大体精神及作成之法论之，弹词与荷马史诗极相类似［《天雨花》《笔生花》等弹词，其出甚晚，其艺术颇工，然已甚雕琢（Artifical），毫无清新质朴之气，与荷马大异。吾所谓弹词非此类也。盖吾意中之弹词，乃今日尚见于内地各省随处飘流而登门弹唱者，吾幼时听之，甚为感动。其脚本就吾所读者略举数例，如《滴水珠全本》（又名《四下河南》）；如《安安送米》则写贞与孝而至性至情之文也；如《雕龙宝扇》（又名《五美图》）；如《薛仁贵征东》则写爱情而又加以降魔平寇之英雄事业者也；如《潜龙传》则附会晋史而全无根据；如《钦命江南》则名字虽不同而实歌颂于成龙之吏治，皆史事之作也。总之，此种弹词质朴简陋，其在文学上之价值虽当别论，然确与荷马史诗有类似之处。故为率尔唐突言之如此］。故窃意若欲译《伊里亚》及《奥德西》为吾国文，则当译之为弹词体矣。

（原载《学衡》1923 年第 13 期）

—— 评 介 ——

  吴宓自幼在浓厚的"关学"氛围中成长，1911 年入清华大学，1917 年赴美留学，初入弗吉尼亚大学，1918 年转入哈佛大学，并于 1921 获得比较文学硕士学位。这种教育经历让吴宓致力于建构融通中西知识的学术体系，而自小接受的传统文化让他特别青睐与之相通的古希腊和古罗马文学，他在《西洋文学精要书目》和《西洋文学入门必读书目》中列出了多部与此相关的必读著作。同时，吴宓也在《学衡》《大公报·文学副刊》等一些刊物上译介和撰写了许多与这方面相关的文章，如《希腊文学史》《希腊对于世界将来之价值》《世界文学史》《罗马之家族及社会生活》等。《希腊文学史》的第一章《荷马之史诗》较为详细地介绍和评述了荷马史诗的作者、内容、结构、影响和传播等诸多问题。就纯学术研究而言，这一章在当时是唯一一篇可称得上研究荷马史诗的学术论文。[①] 这里主要还是谈论吴宓在比较文学的视野下对史诗与弹词异同的认识。

  吴宓比较文学理念的形成始于哈佛学习期间，成熟于他使用比较文学理论研究中国古典文学名著《红楼梦》，不过他的《红楼梦》研究在中国学界的影响不是非常大，远不及王国维、胡适、俞平伯等。吴宓是中国比较文学的先驱，是在国内开设比较文学课程的第一人。在文学研究中，他特别注意比较文学理论的运用，《诗学总论》《英诗浅释》《空轩诗话》等著作都体现了他的这种学术旨趣。在论述荷马史诗的性质时，吴宓便把它与《埃涅阿斯纪》、歌谣及现代小说并置，对它们进行对比分析和分类归纳。他区分了自然史诗和人为史诗，就创作方式而言指出前

---

  ① 吴宓：《希腊文学史》，《学衡》1923 年第 13 期。

者"出于天然非由人意"①，后者"全出人力乃模仿而非创造，命题作文，事皆虚构"②。从效果和社会功能上，他指出前者是一个民族的全体民众共同享有的，而后者只是文士案头阅读的文学作品。当然，这话不无偏颇，因为许多人为史诗与自然史诗一样，都为各自的全体民众所知晓和喜爱，如《埃涅阿斯纪》《神曲》《失乐园》等无不如此。但是，吴宓认为自然史诗远胜于人为史诗，这倒是较为准确的论断。对于史诗与歌谣，他认为二者绝不类似，而且极力推崇史诗，贬低歌谣。他把史诗视为内容和形式结合得非常完美的艺术作品，把歌谣视为意浅词粗，几乎没有艺术性的作品。吴宓对史诗的评价无可争议，但是对歌谣的否定明显带有文人士大夫的偏见，没有看到歌谣也具有浑朴自然的艺术特点。吴宓对歌谣过于贬抑在很大程度上是他对民间文学总体上的成见所致。至于史诗与小说的关系，吴宓更多是从两者反映的内容说明它们的相似性，特别是他把荷马史诗与英国司各特（Walter Scott）的小说相比较，指出两者都追写往古之事和英雄的丰功伟绩，都在不知不觉之中将己身所处的社会思想风俗写入书中③。通过这些比较，史诗的特征更加明晰，更重要的是，吴宓把自己的褒贬寓于比较之中。

吴宓不仅把荷马史诗放在西方文学中观照和比较，而且把荷马史诗与中国文学的某些样式并置，较为系统地分析了两者的相似之处。这种中西文学比较观根植于吴宓熔铸中西文化精华的主张。在哈佛大学留学期间，他就提出了中国新文化应当"兼取中西文明之精华，而镕铸之，贯通。吾国古今之学术德教，文艺典章，皆当研究之，保存之，昌明之，发挥而光大之。而西洋古今之学术德教，文艺典章，亦当研究之，

① 吴宓：《希腊文学史》，《学衡》1923 年第 13 期，第 37 页。
② 吴宓：《希腊文学史》，《学衡》1923 年第 13 期，第 37~38 页。
③ 吴宓：《希腊文学史》，《学衡》1923 年第 13 期，第 38 页。

吸取之，译述之，了解而受用之"①。在创办《学衡》杂志时，吴宓又提出"昌明国粹，融化新知"②的办刊宗旨。他一方面积极引进西方的比较文学理论，另一方面从事中西文学作品比较研究的实践，对荷马史诗与弹词的比较就是显著的一个例子。自从荷马史诗被译介到中国，中国学者就纷纷在中国文学史上寻找与之匹配的"对应物"，梁启超把黄遵宪的长篇叙事诗比作史诗，胡适把《孔雀东南飞》之类的故事诗比作史诗，陆侃如把《生民》诸五篇串在一起视为史诗，诸如此类，不胜枚举。这种比较的方法，吴宓有过之而无不及，他从不同的层面把荷马史诗与中国文学的小说和汉赋做了简要的比较："初读荷马之《伊里亚》，两军作战，颇觉其类吾国之《封神传》及《三国演义》；读《奥德西》流离迁徙，遍历诸国，颇类吾国之《西游记》及《镜花缘》。又以荷马比之《左传》，则《伊里亚》如城濮及邲之战，而《奥德西》则如晋公子重耳出亡也。……窃意以史诗与国家民族之关系论，则《书经》实为吾国之史诗。若以其文章之篇幅体制论，则《两京》《三都》诸赋差可为史诗乎。"③显然，与胡适、陆侃如、郑振铎等人一样，吴宓试图确立中国文学在世界文学中的适当位置，促使中国文学走向世界，加入世界文学的总格局中去；吴宓与他们的不同之处在于，他更多致力于会通中西，强调两者的不同点。对于中国文学的"史诗问题"，吴宓断然指出中国没有史诗，他以一种通脱的态度指出"惟若按究其故，此亦未必为吾国文学之羞。盖史诗必作于上古，必起于自然。否则虽有，不足为贵。故求史诗于吾国文明大启，既有竹帛书法以后，宜乎其不可得也"④。在他看来，像荷马史诗之类的自然史诗是史诗中最上乘的，如果是人为的史诗，即

---

① 吴宓：《论新文化运动》，《学衡》1922年第4期，第14页。

② 《学衡杂志简章》，《学衡》1922年第6期，第1页。

③ 吴宓：《希腊文学史》，《学衡》1923年第13期，第43～44页。

④ 吴宓：《希腊文学史》，《学衡》1923年第13期，第43～44页。

使有也不是值得稀罕的东西，而在有文字和书写之后的中国文学中寻求自然史诗是不可能的。

如果说上述比较只是吴宓的随性而为，那么他把史诗和弹词放在一起比较便是一种自觉的学术比较。纵观整个中国文学史，吴宓很可能是最早把弹词和史诗相提并论的中国学者①。他在《希腊文学史》中以专节的形式列举了弹词和史诗十二个方面的相似点，把它们归纳分类，可以发现吴宓主要是围绕五个层面展开比较的：第一和第十一点是内容层面，第三点是形式层面，第七、八、九、十点是语言风格层面，第二、四、五、六点是演唱语境层面，第十二点是演唱功能层面。通过如此详密的比较，吴宓得出了一个结论，即"以其大体精神及作成之法论之，弹词与荷马史诗极相类似"②。

细考吴宓列举的与荷马史诗做比较的弹词，它们明显不是那种供给案头阅读的弹词，而是以叙述为主，语言又介乎雅俗之间的说唱弹词，这在他的批注中可以得到证明。他说道："《天雨花》《笔生花》等弹词，其出甚晚，其艺术颇工，然已甚雕琢（Artifical），毫无清新质朴之气，与荷马大异。吾所谓弹词非此类也。盖吾意中之弹词，乃今日尚见于内地各省随处飘流而登门弹唱者，吾幼时听之，甚为感动。"③ 在吴宓看来，那些沿街弹唱的弹词，例如《滴水珠全本》（又名《四下河南》）、《安安送米》、《雕龙宝扇》（又名《五美图》）、《薛仁贵征东》、《潜龙传》等才是能够与荷马史诗相提并论的东西。依据吴宓的言论推导下去，弹词理所当然就是史诗了，它们都是民众文学的结晶。但是弹词一向为中国所谓的缙绅士大夫瞧不起，被视为不能登大雅之堂的文学作品，他们不

---

① 艾约瑟在《希腊为西国文学之祖》一文中也曾提到弹词与史诗类似，参见艾约瑟《希腊为西国文学之祖》，载沈国威编著《六合丛谈》，上海辞书出版社，2006，第524页。

② 吴宓：《希腊文学史》，《学衡》1923年第13期，第45页。

③ 吴宓：《希腊文学史》，《学衡》1923年第13期，第45页。

承认弹词在中国文学史上的价值。吴宓没能打破这种一直以来的根深蒂固的传统观念，故而他虽然指出了弹词和荷马史诗具有那么多的相似点，但是不承认弹词具有荷马史诗一样的文学价值，他说道："此种弹词质朴简陋，其在文学上之价值虽当别论，然确与荷马史诗有类似之处。"① 他虽然指出应当以中国弹词的形式来翻译荷马史诗，但是没有勇气挑战中国传统诗学的权威，这也是"学衡派"持有的文化保守主义立场决定的。与吴宓不同，站在新文化运动立场上的郑振铎和朱应鹏旗帜鲜明地提出弹词就是史诗，很明显他们要重新估价弹词在中国文学史上的地位，推动当时中国文艺界对民间文学的进一步了解，指出民间口耳相传的文学作品是真正能代表民众真实感情的文艺，是与荷马史诗一样有着真价值及浓厚的地方色彩和民族性的文艺。概而言之，郑振铎和朱应鹏两人拿荷马史诗和中国弹词并论，其理由可以用朱应鹏在《艺术三家言》一书中转引的顾颉刚的一段话来说明，即"我的坚强的志愿，是要在学术上打破许多贵贱尊卑的势利成见，大家看，同是情歌一类的东西，放在《诗经》里，就崇拜为王道圣功，放在《楚辞》里，就赞为诗人逸兴，从敦煌石室里拿出来的，就惊诧为珍品秘玩；而在当世的歌妓口中唱出来的，便鄙薄为淫词秽语，以为不足以乱缙绅之目而污文士之耳。这种势利的成见实在太可鄙了！它不被打倒时，学术是决没有珠展的希望的"②。撇开这些学术立场而论，吴宓虽然没有肯定弹词在中国文学史上的价值，但是他较早把弹词与荷马史诗比较的开拓之功是不可抹杀的。虽然没有直接的书面材料证明郑振铎、朱应鹏乃至后来的陈寅恪、郭沫若论弹词与史诗的异同受到了吴宓的影响，但是也不能断然否定这种可能性的存在。

---

① 吴宓：《希腊文学史》，《学衡》1923 年第 13 期，第 45 页。
② 朱应鹏：《艺术三家言》，上海书店，1989，第 159 页。

故事诗的起来 （节选）

胡　适

　　故事诗（Epic）在中国起来的很迟，这是世界文学史上一个很少见的现象。要解释这个现象，却也不容易。我想，也许是中国古代民族的文学确是仅有风谣与祀神歌，而没有长篇的故事诗，也许是古代本有故事诗，而因为文字的困难，不曾有记录，故不得流传于后代；所留传的仅有短篇的抒情诗。这二说之中，我却倾向于前一说。《三百篇》中如《大雅》之《生民》，如《商颂》之《玄鸟》，都是很可以作故事诗的题目，然而终于没有故事诗出来。可见古代的中国民族是一种朴实而不富于想像力的民族。他们生在温带与寒带之间，天然的供给远没有南方民族的丰厚，他们须要时时对天然奋斗，不能像热带民族那样懒洋洋地睡在棕榈树下白日见鬼，白昼做梦。所以《三百篇》里竟没有神话的遗迹。所有的一点点神话如《生民》《玄鸟》的"感生"故事，其中的人物不过是祖宗与上帝而已。（《商颂》作于周时，《玄鸟》的神话似是受了姜嫄故事的影响以后仿作的。）所以我们很可以说中国古代民族没有故事诗，仅有简单的祀神歌与风谣而已。

　　后来中国文化的疆域渐渐扩大了，南方民族的文学渐渐变成了中国文学的一部分。试把《周南》《召南》的诗和《楚辞》比较，我们便可以看出汝汉之间的文学和湘沅之间的文学大不相同，便可以看出疆域越往南，文学越带有神话的分子与想像的能力。我们看《离骚》里的许多神的名字——羲和、望舒等——便可以知道南方民族曾有不少的神话。至于这些神话是否取故事诗的形式，这一层我们却无从考证了。

中国统一之后，南方的文学——赋体——成了中国贵族文学的正统的体裁。赋体本可以用作铺叙故事的长诗，但赋体北迁之后，免不了北方民族的朴实风气的制裁，终究"庙堂化"了。起初还有南方文人的《子虚赋》《大人赋》，表示一点想像的意境，然而终不免要"曲终奏雅"，归到讽谏的路上去。后来的《两京》《三都》，简直是杂货店的有韵仿单，不成文学了。至于大多数的小赋，自《鵩鸟赋》以至于《别赋》《恨赋》，竟都走了抒情诗与讽喻诗的路子，离故事诗更远了。

但小老百姓是爱听故事又爱说故事的。他们不赋两京，不赋三都。他们有时歌唱恋情，有时发泄苦痛，但平时最爱说故事。《孤儿行》写一个孤儿的故事，《上山采蘼芜》写一家夫妇的故事，也许还算不得纯粹的故事诗，也许只算是叙事的（Narrative）讽喻诗。但《日出东南隅》一类的诗，从头到尾只描写一个美貌的女子的故事，全力贯注在说故事，纯然是一篇故事诗了。

绅士阶级的文人受了长久的抒情诗的训练，终于跳不出传统的势力，故只能做有断制、有剪裁的叙事诗：虽然也叙述故事，而主旨在于议论或抒情，并不在于敷说故事的本身。注意之点不在于说故事，故终不能产生故事诗。

故事诗的精神全在于说故事：只要怎样把故事说的津津有味，娓娓动听，不管故事的内容与教训。这种条件是当日的文人阶级所不能承认的。所以纯粹故事诗的产生不在于文人阶级而在于爱听故事又爱说故事的民间。"田家作苦，岁时伏腊，烹羊炰羔，斗酒自劳，……酒后耳热，仰天拊缶而歌乌乌"，这才是说故事的环境，这才是弹唱故事诗的环境，这才是产生故事诗的环境。

如今且先说文人作品里故事诗的趋势。

蔡邕（死于一九二年）的女儿蔡琰（文姬）有才学，先嫁给卫氏，夫死无子，回到父家居住。父死之后，正值乱世，蔡琰于兴平年间（约一九五年）被胡骑掳去，在南匈奴十二年，生了两个儿子。曹操怜念蔡邕无嗣，遂派人用金璧把她赎回中国，重嫁给陈留的董祀。她归国后，感伤乱离，作《悲愤》诗二篇，叙她的悲哀的遭际。一篇是用赋体作的，一篇是用五言诗体作的，大概她创作长篇的写实的叙事诗，（《离骚》不是写实的自述，只用香草美人等等譬喻，使人得一点慨略而已。）故试用旧辞赋体，又试用新五言诗体，要试验那一种体裁适用。

……

依此看来，我们可以推想当日有一种秦女休的故事流行在民间。这个故事的民间流行本大概是故事诗。左延年与傅玄所作《秦女休行》的材料都是大致根据于这种民间的传说的。这种传说——故事诗——流传在民间，东添一句，西改一句，"母题"（Motif）虽未大变，而情节已大变了。左延年所采的是这个故事的前期状态；傅玄所采的已是他的后期状态了，已是"义声驰雍凉"以后的民间改本了。流传越久，枝叶添的越多，描写的越细碎。故傅玄写烈女杀仇人与自首两点比左延年详细的多。

建安泰始之间（二〇〇—二七〇），有蔡琰的长篇自纪诗，有左延年与傅玄记秦女休故事的诗。此外定还有不少的故事诗流传于民间。例如乐府有《秋胡行》，本辞虽不传了，然可证当日有秋胡的故事诗；又有《淮南王篇》，本辞也没有了，然可证当日有淮南王成仙的故事诗。故事诗的趋势已传染到少数文人了。故事诗的时期已到了，故事诗的杰作要出来了。

……

我以为《孔雀东南飞》的创作大概去那个故事本身的年代不远，大概在建安以后不远，约当三世纪的中叶。但我深信这篇故事诗流传在民间，经过三百多年之久（二三〇—五五〇）方才收在《玉台新咏》里，方才有最后的写定，其间自然经过了无数民众的减增修削，添上了不少的"本地风光"（如"青庐""龙子幡"之类），吸收了不少的无名诗人的天才与风格，终于变成一篇不朽的杰作。

"孔雀东南飞，五里一裴回。"——这自然是民歌的"起头"。当时大概有"孔雀东南飞"的古乐曲调子。曹丕的《临高台》末段云：

> 鹄欲南游，雌不能随。
>
> 我欲躬衔汝，口噤不能开。
>
> 欲负之，毛衣摧颓。
>
> 五里一顾，六里徘徊。

这岂但是首句与末句的文字上的偶合吗？这里譬喻的是男子不能庇护他心爱的妇人，欲言而口噤不能开，欲负他同逃而无力，只能哀鸣瞻顾而已。这大概就是当日民间的《孔雀东南飞》（或《黄鹄东南飞》?）曲词的本文的一部分。民间的歌者，因为感觉这首古歌辞的寓意恰合焦仲卿的故事的情节，故用他来做"起头"。久而久之，这段起头曲遂被缩短到十个字了。然而这十个字的"起头"却给我们留下了此诗创作时代的一点点暗示。

曹丕死于二二六年，他也是建安时代的一个大诗人，正当焦仲卿故事产生的时代。所以我们假定此诗之初作去此时大概不远。

若这故事产生于三世纪之初，而此诗作于五六世纪（如梁、陆诸先生所说），那么，当那个没有刻板印书的时代，当那个长期纷乱割据的时代，这个故事怎样流传到二三百年后的诗人手里呢？所以我们直截假定故事发生之后不久民间就有《孔雀东南飞》的故事诗起来，一直流传演变，直到《玉台新咏》的写定。

自然，我这个说法也有大疑难。但梁先生与陆先生举出的几点都不是疑难。例如他们说：这一类的作品都起于六朝，前此却无有。依我们的研究，汉魏之间有蔡琰的《悲愤》，有左、傅的《秦女休》，故事诗已到了文人阶级了，那能断定民间没有这一类的作品呢？至于陆先生说此诗"描写服饰及叙述谈话都非常详尽，为古代诗歌里所没有的"，此说也不成问题。描写服饰莫如《日出东南隅》与辛延年的《羽林郎》；叙述谈话莫如《日出东南隅》与《孤儿行》。这是谁也不能否认的。

我的大疑难是：如果《孔雀东南飞》作于三世纪，何以魏晋宋齐的文学批评家——从曹丕的《典论》以至于刘勰的《文心雕龙》及钟嵘的《诗品》——都不提起这一篇杰作呢？这岂非此诗晚出的铁证吗？

其实这也不难解释，《孔雀东南飞》在当日实在是一篇白话的长篇民歌，质朴之中，夹着不少土气。至今还显出不少的鄙俚字句，因为太质朴了，不容易得当时文人的欣赏。魏晋以下，文人阶级的文学渐渐趋向形式的方面，字面要绮丽，声律要讲究，对偶要工整。汉魏民歌带来的一点新生命，渐渐又干枯了。文学又走上僵死的路子上去了。到了齐梁之际，隶事（用典）之风盛行，声律之论更密，文人的心力转到"平头、上尾、蜂腰、鹤膝"种种把戏上去，正统文学的生气枯尽了。作文学批评的人受了时代的影响，故很少能赏识民间的俗歌的。钟嵘作《诗品》（嵘死于五○二年左右），评论百二十二人的诗，竟不提及乐府歌辞。他分诗人为三品：陆机、潘岳、谢灵运都在上品，而陶潜、鲍照都在中品，可以想见他的文学赏鉴力了。他们对于陶潜、鲍照还不能赏识，何况《孔雀东南飞》那样朴实俚俗的白话诗呢？汉的乐府歌辞要等到建安时代方才得着曹氏父子的提倡。魏晋南北朝的乐府歌辞要等到陈隋之际方才得着充分的赏识。故《孔雀东南飞》不见称于刘勰、钟嵘，不见收于《文选》，直到六世纪下半徐陵编《玉台新咏》始被采录，并不算是很可怪诧的事。

（原载《白话文学史》，新月书店，1928）

──────── **评　介** ────────

　　胡适在留美期间不仅不断地学习中国传统文化，而且系统地学习了西方文学①。他接触了荷马史诗，对史诗有了自己的看法和见解。当然，胡适对史诗的认识并非仅仅停留在兴趣上，他最关心的是史诗在中西文化中的异同问题，特别是如何认识中国文学的"史诗问题"。胡适对这一类问题的讨论，主要集中在《白话文学史》一书的第六章"故事诗的起来"中。他把史诗（Epic）等同于故事诗，且将它划入繁杂而充满生机的白话文学范畴。至于他眼中的故事诗（Epic）是属于民间文学，还是属于文人创作的那部分白话文学？胡适把史诗看作一种民众的创作，强调了史诗的人民性和口头性。

　　胡适这种民间文学立场的形成始于北京大学歌谣研究会发起"歌谣运动"之后。在此之前，胡适发表了许多关于白话文、活文学、文学革命的言论，但是大力提倡的都是以《西游记》、《水浒传》、《红楼梦》、《聊斋志异》和《儒林外史》等为范例的白话文学、口语文学和国语文学，几乎没有谈及民间文学。最早向他提到民间文学的学者可能是梅光迪，梅光迪在 1916 年 3 月 19 日给胡适的一封信中说道："文学革命自当从'民间文学'（Folklore，Popular poetry，Spoken language，etc.）入手，此无待言。惟非经一番大战争不可。骤言俚俗文学，必为旧派文家所讪笑攻击。但我辈正欢迎其讪笑攻击耳。"② 此一时期的胡适明显没有意识到民间文学对文学革命的作用，直到刘半农、沈尹默等在 1918 年开展歌谣搜集时，胡适才真正意识到民间文学的价值，这一点他在《白话文学

────────────

① 参见胡适《胡适日记全编》第一、二册，曹伯言整理，安徽教育出版社，2001。

② 胡适：《逼上梁山》，载欧阳哲生编《胡适文集》第一卷，北京大学出版社，1998，第147页。

史》中也有所说明："近十年内，自从北京大学歌谣研究会发起收集歌谣以来，出版的歌谣至少在一万首以上。在这一方面，常惠，白启明，钟敬文，顾颉刚，董作宾……诸先生的努力最不可磨灭。这些歌谣的出现使我们知道真正平民文学是个什么样子。"① "五四"歌谣运动加深了胡适对民间文学的认识，他在这种民间立场的影响下提炼出一种"文学史公式"："文学的新方式都是出于民间的。久而久之，文人学士受了民间文学的影响，采用这种新体裁来做他们的文艺作品。文人的参加自有他的好处：浅薄的内容变丰富了，幼稚的技术变高明了，平凡的意境变高超了。但文人把这种新体裁学到手之后，劣等的文人便来模仿；模仿的结果，往往学得了形式上的技术，而丢掉了创作的精神。天才堕落而为匠手，创作堕落而为机械。生气剥丧完了，只剩下一点小技巧，一堆烂书袋，一套烂调子！于是这种文学方式的命运便完结了，文学的生命又须另向民间去寻新方向发展了。"② 这种以民间文学为文学演进主动力的观点成为《白话文学史》的理论基础，它顺当地解释了各个时代文学之"所胜"和文体盛衰的原因，贯通了各代文学的内在逻辑关联。当然，这种演进动力说也决定了胡适站在民间文学的立场理解史诗，将史诗视为民间的口头创作。

胡适把"Epic"汉译为"故事诗"这一文学事实也值得玩味。"故事诗"一词抓住了史诗故事性这一内涵，即史诗是一种用诗体讲述故事的文类。胡适肯定史诗的故事性是没有错的，但是否认史诗的"教训"功能是有所偏颇的，无论是荷马史诗、《卡勒瓦拉》，还是《格萨尔》《江格尔》《玛纳斯》，除了具有娱乐功能外，它们还具有极强的道德教育和

---

① 胡适：《〈白话文学史〉自序》，载欧阳哲生编《胡适文集》第八卷，北京大学出版社，1998，第145页。

② 胡适：《〈词选〉自序》，载欧阳哲生编《胡适文集》第四卷，北京大学出版社，1998，第550页。

民族认同的功能。另外，"故事诗"很明显没有对史诗内容这个维度进行限定，它比西方史诗观念要宽泛。也就是说，胡适将西方史诗的内容虽然也限定在故事这个维度上，但是撇开了史诗的主人公是神或者半神半人这一要素。根据胡适选取《孔雀东南飞》《日出东南隅》《秋胡行》等为故事诗的范例可以推知这一点，甚至可以看出胡适对史诗篇幅这一标准也不予考虑。那么把"Epic"译为"史诗"是否比译为"故事诗"更贴切？这也未必。从荷马史诗、《摩诃婆罗多》、《格萨尔》、《玛纳斯》等史诗中含有的历史因素看，"史诗"似乎看上去更贴近于"Epic"，但是它又似乎不能更准确地反映出"Epic"含有戏剧化的故事情节这一核心要素。这就牵涉术语的翻译问题，"Epic"毕竟不属于汉语文化的表述系统，要做到一一对应，能指和所指的内涵和外延都完全相同实有难度。其实，把"Epic"汉译成"故事诗"还是"史诗"并不重要，重要的在于如何理解西方文学中"史诗"这个文类，在于如何说明"史诗"这一文学现象，如果讲得透彻，即使不用汉译"Epic"一词，读者亦会明白"史诗"的本质。至于为什么胡适的译法没有被学术界普遍接受，主要原因或许在于中国学者已经习惯接受在他翻译之前已经存在的"Epic"的译法，即汉语译名"史诗"。

继王国维和鲁迅之后，胡适也谈到了中国文学的"史诗问题"，倾向于认为中国文学没有长篇的史诗，他给出的理由是中国民族朴实而不富有想象力[①]。鲁迅在胡适之前便已经在《中国小说史略》中提到过这种解释。但是，详究起来，故事诗的有无与想象力之间是没有因果逻辑关系的，也没有经验的联系，难道《格萨尔》《江格尔》《玛纳斯》存在的必要条件就是蒙古族、藏族和柯尔克孜族具有丰富的想象力吗？况且，中

[①] 胡适：《白话文学史》，载欧阳哲生编《胡适文集》第八卷，北京大学出版社，1998，第 188 页。

国自古以来的许多文学作品已经证明了汉族诗人同样具有丰富的想象力。对于这种解释，茅盾曾经在其 1929 年出版的著作《中国神话研究 ABC》的第一章"几个根本问题"里进行过驳斥①。但是，胡适也并非完全否定中国民族缺乏想象力，他对于中国汉民族想象力不丰富的论断还是有所保留的，主要倾向于解释北方上古没有史诗的原因。至于南方，他则采取了一种谨慎的态度。此外，胡适还不经意地就中国文学的"史诗问题"提出了一个毫无把握的假设，那就是"也许是古代本有故事诗，而因为文字的困难，不曾有记录，故不得流传于后代。所流传的仅有短篇的抒情诗"②。这与鲁迅在判定中国文学没有史诗时使用限定词"然自古以来，终不闻"大致无二，它们都引发中国学者去寻找中国文学"史诗问题"的终极答案，促使中国学者对中国文学"史诗问题"做出断言式的回答。正是因为鲁迅和胡适在中国学界的权威地位，他们对史诗的言论备受中国学者的重视，虽然他们是不经意地表述这种假设的，而且明显不倾向于这种假设，但是 20 世纪 30 年代后的一些学者倾向于赞同胡适的这种假设，倾向于赞同中国文学古来存在过史诗，闻一多、茅盾、钟敬文、陆侃如、冯沅君等是持有这种观点的代表。

　　对于《诗经》中是否有史诗的问题，胡适的答案是否定的，即《诗经》中没有史诗，只有短篇的抒情诗和简单的祭神歌与风谣。这种论断并不是胡适凭空创造的，郑玄早有此说："始祖后稷，由神气而生，有播种之功于民。公刘至于大王、王季，历及千载，越异代，而列世载其功业，为天下所归。文王受命，武王遂定天下。盛德之隆，大雅之初，起

---

① 茅盾：《茅盾全集》第 28 卷，人民文学出版社，1993，第 181～183 页。
② 胡适：《白话文学史》，载欧阳哲生编《胡适文集》第八卷，北京大学出版社，1998，第 188 页

自《文王》，至于《文王有声》，据盛隆而推原天命，上述祖考之美。"①
再翻检《生民》诸诗："卬盛于豆，于豆于登。其香始升，上帝居歆。胡
臭亶时，后稷肇祀。庶无罪悔，以迄于今。"（《生民》）"维此文王，小
心翼翼。昭事上帝，聿怀多福。"（《大明》）"帝谓文王，予怀明德，不
大声以色，不长夏以革，不识不知，顺帝之则。帝谓文王，询尔仇方，
同尔兄弟，以尔钩援，与尔临冲，以伐崇墉。"（《皇矣》）② 这些诗句足
以说明这些诗篇主要还是赞颂先王美德的祭祀歌，虽然亦有对事件的描
绘，但是其目的还是在于更好地"言志"抒情。故严格上说，它们并不
足以称为史诗。

虽然从学理上否定了《诗经》中存在史诗，但是胡适将汉末魏晋
时的《孔雀东南飞》《日出东南隅》《秋胡行》等称作史诗的提法值
得商榷。因为胡适忽视了这样一个事实，即一首诗若要称得上史诗，
宏大叙事和崇高风格是缺一不可的。撇开《孔雀东南飞》诸诗的篇幅
结构不谈，就崇高风格而言，这些诗歌是远远缺乏的，梁启超就直接
批评《孔雀东南飞》虽"号称古今第一长篇诗，诗虽奇绝，亦只儿
女子语，于世运无影响也"③。事实上，就史诗而言，崇高的风格远比
叙事结构要紧得多，许多民歌都可以具有史诗这样或那样的特点，但
唯独史诗的崇高风格却是民歌和一般的叙事诗所不具备的。因此，
《孔雀东南飞》《日出东南隅》《秋胡行》充其量是一种叙事诗，还称
不上史诗。

胡适是 20 世纪前期中国学术界和思想界的一个中心人物，他的史诗
观念直接影响了后来学者对中国文学的"史诗问题"做出的回答，其中

---

① 《十三经注疏》整理委员会整理《十三经注疏·毛诗正义》，北京大学出版社，1999，
第 539～540 页。

② 高亨注《诗经今注》，上海古籍出版社，1980，第 401、373、389 页。

③ 梁启超：《饮冰室诗话》，人民文学出版社，1959，第 4 页。

有人追随他的观点，有人引申发挥他的观点，亦有人批评他的观点，但是无论赞也好，谤也好，都充分说明了一个事实，即研究 20 世纪 50 年代以前中国学者的史诗观念不能忽视他的存在[①]。

---

① 此一论断源于余英时对胡适在近代中国学术思想史上的地位做出的评价，他说道："在许多思想和学术的领域内——从哲学、史学、文学到政治、宗教、道德、教育等——有人亦步亦趋地追随他，有人引申发挥他的观点和方法，也有人和他从容商榷异同，更有人从各种不同的角度对他施以猛烈的批评，但是几乎没有人可以完全忽视他的存在。"参见余英时《中国近代思想史上的胡适》，联经出版事业公司，1984，第 6 页。

《西游记》 玄奘弟子故事之演变

陈寅恪

　　印度人为最富于玄想之民族，世界之神话故事多起源于天竺，今日治民俗学者皆知之矣。自佛教传中土后，印度神话故事亦随之输入。观近年发现之敦煌卷子中如《维摩诘经文殊问疾品演义》诸书，益知宋代说经与近世弹词章回体小说等多出于一源，而佛教经典之体裁与后来小说文学盖有直接关系。此为昔日吾国之治文学史者所未尝留意者也。

　　僧祐《出三藏记集》卷九《贤愚经记》云：

　　　　河西沙门释昙学威德等凡有八僧，结志游方，远寻经典，于于阗大寺遇般遮于瑟之会。般遮于瑟者汉言五年一切大众集也，三藏诸学各弘法宝，说经讲律，依业而教。学等八僧随缘分听，于是竞习胡言，折以汉义。精思通译，各书所闻。还至高昌，乃集为一部。

　　据此。则《贤愚经》者本当时昙学等八僧听讲之笔记也。今检其内容，乃一杂集印度故事之书。以此推之，可知当日中央亚细亚说经例引故事以阐经义，此风盖导源于天竺，后渐及于东方。故今大藏中《法句譬喻经》等之体制，实印度人解释佛典之正宗，此士释经著述如天台诸祖之书则已支那化，固与印度释经之著作有异也。夫说经多引故事，而故事一经演讲，不得不随其说者听者本身之程度及环境而生变易，故有原为一故事，而歧为二者，亦有原为二故事，而混为一者。又在同一事之中，亦可以甲人代乙人，或在同一人之身，亦可易丙事为丁事。若能溯其本源，析其成分，则可以窥见时代之风气，批评作者之技能，于治小说文学史者傥亦一助欤。

鸠摩罗什译《大庄严经论》卷三第十五故事，难陀王说偈言：

> 昔者顶生王。将从诸军众。并象马七宝。悉到于天上。罗摩造草桥。得至楞伽城。吾今欲升天。无有诸梯隥。次诣楞伽城。又复无津梁。

案此所言乃二故事，一为顶生王升天因缘，一为罗摩造草桥因缘。顶生王因缘见于康僧会译《六度集经》卷四第四十故事，《涅槃经圣行品》，《中阿含经》卷十一《王相应品四洲经》，元魏吉迦夜、昙曜共译之《付法藏因缘传》卷一，鸠摩罗什译《仁王般若波罗蜜经》下卷，不空译《仁王护国般若波罗蜜经护国品》，法炬译《顶生王故事经》，昙无谶译《文陀竭王经》，施护译《顶生王因缘经》及《贤愚经》卷十三等，梵文 Divyāvadāna 第十七篇亦载之，盖印度最流行故事之一也。兹节录《贤愚经》卷十三《顶生王缘品》第六十四之文如下：

> （顶生王）意中复念，欲升忉利，即与群众蹈虚登上。时有五百仙人住在须弥山腹，王之象马屎尿落污仙人身。诸仙相问，何缘有此？中有智者告众人言：吾闻顶生欲上三十三天，必是象马失此不净。仙人忿恨，便结神咒，令顶生王及其人众悉住不转。王复知之，即立誓愿，若我有福，斯诸仙人悉皆当来，承供所为。王德弘博，能有感致，五百仙人尽到王边，扶轮御马，共至天上。未至之顷，遥睹天城，名曰快见，其色皦白，高显殊特。此快见城有千二百门，诸天惶怖，悉闭诸门，著三重铁门。顶生王兵众直趣不疑，王即取

贝吹之，张弓扣弹，千二百门一时皆开。帝释寻出，与共相见，因请入宫，与共分坐。天帝人王貌类一种，其初见者不能分别，唯以眼眴迟疾知其异耳。王于天上受五欲乐，尽三十六帝，末后帝释是大迦叶。时阿修罗王与军上天，与帝释斗，帝释不如。顶生复出，吹贝扣弓，阿修罗王即时崩坠。顶生自念，我力如是，无有等者，今与帝释共坐何为，不如害之，独霸为快。恶心已生，寻即堕落，当本殿前，委顿欲死。诸来人问：若后世问顶生王云何命终，何以报之？王对之曰：若有此问，便可答之，顶生王者由贪而死，统领四域，四十亿岁，七日雨宝，及在二天，而无厌足，故致坠落。

此闹天宫之故事也。

又印度最著名之纪事诗《罗摩延传》第六编工巧猿名 Nala 者造桥渡海，直抵楞伽，此猿猴故事也。

盖此二故事本不相关涉，殆因讲说《大庄严经论》时，此二故事适相连接，讲说者有意或无意之间，并合闹天宫故事与猿猴故事为一，遂成猿猴闹天宫故事。其实印度猿猴之故事虽多，猿猴而闹天宫则未之闻。支那亦有猿猴故事，然以吾国昔时社会心理，君臣之伦，神兽之界，分别至严，若绝无依藉，恐未必能联想及之。此《西游记》孙行者大闹天宫故事之起原也。

又义净译《根本说一切有部毗奈耶杂事》卷三《佛制苾刍发不应长缘》略云：

时具寿牛卧在憍闪毗国住水林山出光王园内猪坎窟中。后于异时，其出光王于春阳月，林木皆茂，鹅雁鸳鸯鹦鹉舍利孔雀诸鸟，在处哀鸣，遍诸林苑。出光王命掌园人曰：汝今可于水林山处，周遍芳园，皆可修治。除众瓦砾，多安净水，置守卫人，我欲暂住园

中游戏。彼人敬诺，一依王教。既修营已，还白王知。时彼王即便
将诸内宫以为侍从，往诣芳园，游戏既疲，偃卧而睡。时彼内人，
性爱花果，于芳园里随处追求。时牛卧苾刍须发皆长，上衣破碎，
下裙垢恶，于一树下跏趺而坐。宫人遥见，并各惊惶，唱言：有鬼！
有鬼！苾刍即往入坎窟中，王闻声已，即便睡觉，拔剑走趁。问宫
人曰：鬼在何处？答曰：走入猪坎窟中。时王闻已，行至窟所，执
剑而问：汝是何物？答曰：大王！我是沙门。王曰：是何沙门？答
曰：释迦子。问曰：汝得阿罗汉果耶？答曰：不得。汝得不还，一
来，预流果耶？答言不得。且置是事，汝得初定乃至四定？答并不
得。王闻是已，转更嗔怒，告大臣曰：此是凡人，犯我宫女，可将
大蚁填满窟中，蛰螫其身。时有旧住天神近窟边者，闻斯语已，便
作是念：此善沙门来依附我，实无所犯，少欲自居，非法恶王横加
伤害，今宜可作救济缘。即自变身为一大猪，从窟走出。王见猪已，
告大臣曰：可将马来，并持弓箭。臣即授与，其猪遂走，急出花园，
王随后逐。时彼苾刍急持衣钵，疾行而去。

《西游记》猪八戒高家庄招亲故事必非全出中国人臆撰，而印度又无
猪豕招亲之故事，观此上述故事，则知居猪坎窟中，须松蓬长，衣裙破
垢，惊犯宫女者牛卧苾刍也，变为大猪，从窟走出，代受伤害者，则窟
边旧住之天神也。牛卧苾刍虽非猪身，而居猪坎窟中，天神又变为猪以
代之，出光王因持弓乘马以逐之，可知此故事中之出光王，即以牛卧苾
刍为猪。此故事复经后来之讲说，憍闪毘国之憍以音相同之故，变为高。
惊犯宫女以事相类似之故，变为招亲。辗转代易，宾主混淆，指牛卧为猪
精，尤觉可笑。然故事文学之演变，其意义往往由严正而趋于滑稽，由教
训而变为讥讽，故观其与前此原文之相异，即知其为后来作者之改良。此
《西游记》猪八戒高家庄招亲故事之起原也。又《慈恩法师传》卷一云：

后度莫贺延碛长八百里，古曰沙河，上无飞鸟，下无走兽，复无水草。是时顾影，唯一心念观音菩萨及《般若经》。初法师在蜀，见一病人身疮臭秽，衣服破污，愍将向寺，施与衣服饮食之直。病者惭愧，乃授法师此经，因常诵习。至沙河，逢诸恶鬼，奇状异类，绕人前后。虽念观音，不得全去，即诵此经，发声皆散。在危获济，实所凭焉。

此传所载，世人习知，（胡适教授《西游记考证》亦引之），即《西游记》流沙河沙僧故事之起原也。

据此三者之起原，可以推得故事演变之公例焉。一曰：仅就一故事之内容而稍变易之，其事实成分殊简单，其演变程序为纵贯式。如原有玄奘度沙河逢诸恶鬼之旧说，略加傅会，遂成流沙河沙僧之例是也。二曰：虽仅就一故事之内容而变易之，而其事实成分不似前者之简单，但其演变程序尚为纵贯式。如牛卧必刍之惊犯宫女，天神之化为大猪，此二人二事虽互有关系，然其人其事固有分别，乃接合之，使为一人一事，遂成猪八戒高家庄招亲故事之例是也。三曰：有二故事，其内容本绝无关涉，以偶然之机会混合为一，其事实成分因之而复杂，其演变程序则为横通式。如顶生王升天争帝释之位，与工巧猿助罗摩造桥渡海，本为各自分别之二故事，而混合为一。遂成孙行者大闹天宫故事之例是也。

又就故事中主人之构造成分言之，第三例之范围不限于一故事，故其取用材料至广。第二例之范围虽限于一故事，但就一故事中之材料，其本属于甲者，犹可取而附诸乙，故其取材尚不甚狭。第一例之范围则甚小，其取材亦因而限制，此故事中原有之此人此事，虽稍加变易，仍演为此人此事。今《西游记》中玄奘弟子三人，其法宝神通各有阶级。其高下之分别，乃其故事构成时取材范围之广狭所使然。观于上述此三故事之起原，可以为证也。

予讲授佛教翻译文学，以《西游记》玄奘弟子三人其故事适各为一类，可以阐发演变之公例，因考其起原，并略究其流别，以求教于世之治民俗学者。

（原载《国立中央研究院历史语言研究所集刊》1930 年第二本第二分）

评 介

　　陈寅恪接触史诗是在 20 世纪初期，而把对史诗的认识诉诸文字则是在 1954 年的论著《论再生缘》里。众所周知，陈寅恪的外国文学修养和国学功底非常深厚，是较有资格从事中西比较研究的学者之一，但是他在 1954 年之前一直避免做此类研究，鲜有论及史诗与弹词，而且也没有任何中西比较的学术论文和著作。他在《朱延丰突厥通考序》中清楚地表明了自己的这种学术立场："寅恪平生治学，不甘逐队随人，而为牛后。年来自审所知，实限于禹域以内，故仅守老氏损之又损之义，捐弃故技。凡塞表殊族之史事，不复敢上下议论于其间。"[①]

　　直到 1954 年，陈寅恪才开始从比较文学的角度把史诗放在中西文化的语境中进行考察，把弹词与史诗并置比较它们的结构异同。为何要违背自己的初衷在 1954 年撰写《论再生缘》？究其因，这是陈寅恪数年来对中西诗学思考的结果，是如鲠在喉不得不吐之为快的学术问题。他曾这样描绘自己把弹词和史诗放在一起比较时的心态："寅恪四十年前常读希腊梵文诸史诗原文，颇怪其文体与弹词不异。然当时尚不免拘于俗见，复未能取再生缘之书，以供参证，故噤不敢发。荏苒数十年，迟至暮齿，始为之一吐，亦不顾当世及后来通人之讪笑也。"[②] 这部著作一出版，立即轰动学界。1960 年 12 月上旬，郭沫若在看完陈寅恪的《论再生缘》后感到很惊讶，说道："我没有想出：那样渊博的、在我们看来是雅人深致的老诗人却那样欣赏弹词，更那样欣赏《再生缘》。"[③] 因为陈寅恪对《再

---

①　陈寅恪：《朱延丰突厥通考序》，载《寒柳堂集》，生活・读书・新知三联书店，2001，第 162 页。

②　陈寅恪：《论再生缘》，载《寒柳堂集》，生活・读书・新知三联书店，2001，第 71 页。

③　郭沫若：《郭沫若古典文学论文集》，上海古籍出版社，1985，第 929 页。

生缘》的高度评价以及出于检验陈寅恪对《再生缘》的论述正确与否的目的，郭沫若开始阅读《再生缘》。经过反复的体验、理解和思考，1961年5月4日郭沫若在《光明日报》上发表了一篇关于《再生缘》的长文《〈再生缘〉前十七卷和它的作者陈端生》，他肯定了陈寅恪的观点："近年，陈寅恪有《论再生缘》一文，考证得更为详细，我基本上同意他的一些见解。"① 同年，郭沫若又为中华书局出版的校勘本《再生缘》撰写序文，即《序〈再生缘〉前十七卷校订本》。在这篇序文中，他开篇就表述了他认同陈寅恪之弹词和史诗在文体上并无差异的观点："《再生缘》之被再认识，首先应该归功于陈寅恪教授。陈教授在一九五四年写了《论再生缘》一文，他对于《再生缘》前十七卷的作者陈端生，作了相当详细的考察，对于《再生缘》的艺术价值评价极高。他认为弹词这种体裁，事实上是长篇叙事诗，而《再生缘》是弹词中最杰出的作品，它可以和印度、希腊的有名的大史诗相比。……我每读一遍都感觉到津津有味，证明了陈寅恪的评价是正确的。"②

把《再生缘》和史诗放在一起进行比较是陈寅恪在写《论再生缘》之前一直思考的学术问题，在这部论著中，陈寅恪对此做了详细的说明。他说道："寅恪少喜读小说，虽至鄙陋者亦取寓目。独弹词七字唱之体则略知其内容大意后，辄弃去不复观览，盖厌恶其繁复冗长也。及长游学四方，从师受天竺希腊之文，读其史诗名著，始知所言宗教哲理，固有远胜吾国弹词七字唱者，然其构章遣词，繁复冗长，实与弹词七字唱无甚差异，绝不可以桐城古文义法及江西诗派句律绳之者，而少时厌恶此体小说之意，遂渐减损改易矣。又中岁以后，研治元白长庆体诗，穷其流变，广涉唐五代俗讲之文，于弹词七字唱之体，益复有所心会。衰年

---

① 郭沫若：《郭沫若古典文学论文集》，上海古籍出版社，1985，第858页。

② 郭沫若：《郭沫若古典文学论文集》，上海古籍出版社，1985，第929～933页。

病目，废书不观，唯听读小说消日，偶至《再生缘》一书，深有感于其作者之身世，遂稍稍考证其本末，草成此文。承平㸀养，无所用心，忖文章之得失，兴窈窕之哀思，聊作无益之事，以遣有涯之生云尔。"① 这段自述勾勒出陈寅恪由厌恶弹词转变成重视弹词和研究弹词的四个关揿点：陈寅恪对弹词这一文体的接触始于幼小时期，但因弹词繁复冗长而心生厌恶，所以浅尝辄止，略知内容而不深观，此为一；但是他并没有放弃对弹词的关注，年轻时游学海外，学习了印度史诗、希腊史诗后，认识到长篇叙事诗在印度文学和西方文学中的重要价值，从而激发了他对弹词的兴趣，对弹词文体特征有了更深的认识，此为二；中岁时，他研治元稹、白居易的《长恨歌》《琵琶行》《连昌宫词》等七言长篇叙事诗，在追溯这种歌行体的演进过程中，发现了弹词与唐五代俗讲之文的关系，因此更加明了弹词的渊源流变以及它在中国文学史上的意义和地位，此为三；陈寅恪晚年"深有感于其作者之身世"，真正了解和同情《再生缘》的作者陈端生及其才华和自由思想，此为四。基于这些原因，陈寅恪撰写了一部研究弹词的典范性著作《论再生缘》，其中对史诗和弹词的比较和理论思考皆精当而又有创见。吴宓、朱应鹏、郑振铎虽然在他之前已经把史诗和弹词做了比较，但是与陈寅恪相比，他们在持论的精确、论证的严谨以及学术价值上都稍有逊色。

对史诗与弹词的异同，陈寅恪说道："世人往往震矜于天竺希腊及西洋史诗之名，而不知吾国亦有此体。外国史诗中宗教哲学之思想，其精深博大，虽远胜于吾国弹词之所言，然止就文体立论，实未有差异。弹词之书，其文词之卑劣者，固不足论。"② 要弄清陈寅恪为何断定中国文学存在类似史诗的文体，首先要了解何谓史诗。在亚里士多德以来的古

---

① 陈寅恪：《论再生缘》，载《寒柳堂集》，生活·读书·新知三联书店，2001，第1页。
② 陈寅恪：《论再生缘》，载《寒柳堂集》，生活·读书·新知三联书店，2001，第71页。

典诗学的史诗范例和研究范式里，史诗在形式上是韵文体、叙事类、篇幅巨大的，在内容上是歌颂神和英雄业绩和活动的一种文体。显然，陈寅恪接受了西方古典诗学的史诗观念，把它作为一个参照框架衡量弹词。的确，《再生缘》是一部叙事言情的七言排律长篇巨制，在形式上类似于古印度和古希腊的史诗。试以篇幅而言，《伊利亚特》约 15693 行，《奥德赛》约 12110 行，国外最长的史诗《摩诃婆罗多》也才十万颂，而《再生缘》仅前十七卷已有十万余句了，可以说《再生缘》在篇幅上丝毫不逊色于史诗。陈寅恪提出弹词和史诗"止就文体立论，实未有差异"的观点是立得住脚的。当然，陈寅恪也不是对弹词一概予以肯定，他也承认在弹词中有些文辞卑劣、不值得讨论的作品。考虑到弹词的这种文学现实，陈寅恪谨慎地说道："若其佳者，如再生缘之文，则在吾国自是长篇七言排律之佳诗。在外国亦与诸长篇史诗，至少同一文体。"① 这种取态的谨严正是陈寅恪对弹词和史诗的论述为后来诸多学者所认同的原因所在。

关于自己对中西文化比较所持有的观点、态度和方法，陈寅恪曾在《与刘叔雅教授论国文试题书》中做过详尽的阐述，他说道："即以今日中国文学系之中外文学比较一类之课程言，亦只能就白乐天等在中国及日本之文学上，或佛教故事在印度及中国文学上之影响及演变等问题，互相比较研究，方符合比较研究之真谛。盖此种比较研究方法，必须具有历史演变及系统异同之观念。否则古今中外，人天龙鬼，无一不可取以相与比较。荷马可比屈原，孔子可比歌德，穿凿附会，怪诞百出，莫可追诘，更无所谓研究之可言矣。"② 这种比较文学的研究观念贯穿了陈

---

① 陈寅恪：《论再生缘》，载《寒柳堂集》，生活·读书·新知三联书店，2001，第 71 页。
② 陈寅恪：《与刘叔雅论国文试题书》，载《金明馆丛稿二编》，生活·读书·新知三联书店，2001，第 252 页。

寅恪的整个学术生涯，对弹词和史诗的比较也是如此。他既以历史的眼光，又以时代的和民族的精神审视弹词和史诗，评析两者的优劣得失，指出外国史诗中宗教哲学的思想精深博大，远胜于中国的弹词。陈寅恪在《论再生缘》中对中西小说结构进行比较时，也持这样的观念和方法。他指出那些在西方文学中地位并非高品、思想艺术并非上乘的西洋小说一传入中国就得到中国学者赞赏的原因在于"吾国小说，则其结构远不如西洋小说之精密。在欧洲小说未经翻译为中文以前，凡吾国著名之小说，如水浒传、石头记与儒林外史等书，其结构皆甚可议"①。陈寅恪不仅从文体结构上解释这种文学现象的原因，而且把它放在中国整体的文化背景下，指出中国学者轻视本国小说而推崇西洋那些非上乘小说的根源在于中国学者长期受到古文义法的熏陶而把结构作为衡量作品的首要标准。他说道："哈葛德者，其文学地位在英文中，并非高品。所著小说传入中国后，当时桐城派古文名家林畏庐深赏其文，至比之史迁。能读英文者，颇怪其拟于不伦。实则琴南深受古文义法之熏习，甚知结构之必要，而吾国长篇小说，则此缺点最为显著，历来文学名家轻视小说，亦由于是。一旦忽见哈氏小说，结构精密，遂惊叹不已，不觉以其平日所最崇拜之司马子长相比也。"② 这再次证明了陈寅恪向来能够以小见大的学术眼光，从若干部文学作品观察到支撑它们的那个文学艺术传统③。

自从史诗概念进入中国，中国有无史诗的问题一直困扰着中国学者。直至20世纪50年代后中国少数民族史诗的发现、搜集和整理，才使这个恼人的问题得到了彻底的解决。但是中国文学的"史诗问题"还没有结

---

① 陈寅恪：《论再生缘》，载《寒柳堂集》，生活·读书·新知三联书店，2001，第67页。
② 陈寅恪：《论再生缘》，载《寒柳堂集》，生活·读书·新知三联书店，2001，第67~68页。
③ 汪荣祖曾评价陈寅恪"考证史事，向能以小见大，从一个人或一件事能观察到整个政治社会的背景，或思想文化的嬗变"。见汪荣祖《史家陈寅恪传》，北京大学出版社，2005，第179页。

论，它的论争持续到现在，乃至将来。在陈寅恪看来，唐代俗讲变文衍生了七字体的弹词，它虽然在产生的时间上晚于史诗，但就文体而言，弹词的构章遣词与史诗实无差异。但是为何中国文学在早期没有荷马史诗之类的史诗？陈寅恪从文学的内部结构切入，对这个学术问题做出了自己的解答。他指出骈词俪语与音韵平仄之配合是中国文学最突出的特点，多次强调这种特点是中国诗人难以创作长篇史诗的原因之一，他说道："抑更有可论者，中国之文学与其他世界诸国之文学，不同之处甚多，其最特异之点，则为骈词俪语与音韵平仄之配合。就吾国数千年文学史言之，骈俪之文以六朝及赵宋一代为最佳。其原因固甚不易推论，然有一点可以确言，即对偶之文，往往隔为两截，中间思想脉络不能贯通。若为长篇，或非长篇，而一篇之中事理复杂者，其缺点最易显著，骈文之不及散文，最大原因即在于是。"① 很明显，陈寅恪认为汉民族的文化传统和文学特征决定了中国文学很难产生以荷马史诗为范例的史诗，故而陈寅恪提出史诗与弹词无异的论断是在文体这个限定性的参照框架下做出的。

陈寅恪以惊人的胆识指出《再生缘》的文学艺术价值超过杜甫的诗歌，可与希腊、印度史诗相媲美，这种提法彻底颠覆了中国文学史上一直把讲唱文学视为不入流的文学样式的看法，从理论上充分肯定了中国民间讲唱文学的价值，打破了厚远薄近、厚雅薄俗、厚男薄女、厚外薄中的俗见，对弹词给予了客观正确的评价。以陈寅恪当时在学术界的地位，他对弹词的论断备受中国学者的重视，他说出的话带来的学术影响已非其他一般学者可以匹敌。在陈寅恪之前，吴宓、朱应鹏、郑振铎都有类似的论述，但是他们的言论在学术界远没有引起巨大的反响。陈寅恪此论著一出，学术界研究《再生缘》的热潮遂逐渐兴起。郭沫若乘陈

---

① 陈寅恪：《论再生缘》，载《寒柳堂集》，生活·读书·新知三联书店，2001，第72页。

寅恪之余绪，以他当时的政治地位和社会影响大力宣传《再生缘》。正是由于陈、郭二人的努力，《再生缘》在学界声名鹊起，一度成为中国学者研究的一个热门领域。

陈寅恪还对孙悟空与哈奴曼的关系提出了自己的观点。这个话题要追溯到鲁迅和胡适，他们分别代表了孙悟空的"本土说"和"外来说"。鲁迅认为《西游记》的孙悟空形象来自无支祁，或说吸收了无支祁的神通："知宋元以来，此说流传不绝，且广被民间，致劳学者弹纠，而实则仅出于李公佐假设之作而已。惟后来渐误禹为僧伽或泗洲大圣，明吴承恩演《西游记》，又移其神变奋迅之状于孙悟空，于是禹伏无支祁故事遂以堙昧也。"① 鲁迅对中国小说的精深研究及其在中国学界崇高的学术地位，使他的观点得到了很多学者的响应。1923 年，胡适在《〈西游记〉考证》一文中就猴王孙悟空的来历提出了"外来说"："但我总疑心这个神通广大的猴子不是国货，乃是一件从印度进口的。也许连无支祁的神话也是受了印度影响而仿造的。因为《太平广记》和《太平寰宇记》都根据《古岳渎经》，而《古岳渎经》本身便不是一部可信的古书。宋、元的僧伽神话，更不消说了。因此，我依着钢和泰博士（Paror A Von Staël Holstein）的指引，在印度最古的纪事诗《拉麻传》（Rāmāyana）里寻得一个哈奴曼（Hanumān），大概可以算是齐天大圣的背影了。"② 接着，胡适介绍了《罗摩衍那》的故事梗概，对哈奴曼跃海拔山、变化多端、火烧魔宫等神通做了重点描绘，指出"除了《拉麻传》之外，当第十世纪和第十一世纪之间（唐末宋初），另有一部'哈奴曼传奇'（Hanumān Nātaka）出现，是一部专记哈奴曼奇迹的戏剧，风行民间。中国同印度有

① 鲁迅：《中国小说史略》，载《鲁迅全集》第九卷，人民文学出版社，1973，第 228 页。
② 胡适：《〈西游记〉考证》，载欧阳哲生编《胡适文集》第三卷，北京大学出版社，1998，第 512 页。

了一千多年的文化上的密切交通，印度人来中国的不计其数，这样一桩伟大的哈奴曼故事是不会不传进中国来的。所以我假定哈奴曼是猴行者的根本。"① 1924 年 7 月，鲁迅对此做出了回应："我以为《西游记》中的孙悟空正类无支祁。但北大教授胡适之先生则以为是由印度传来的；俄国人钢和泰教授也曾说印度也有这样的故事。可是由我看去：1. 作《西游记》的人，并未看过佛经；2. 中国所译的印度经论中，没有和这相类的话；3. 作者——吴承恩——熟于唐人小说，《西游记》中受唐人小说的影响的地方很不少。所以我还以为孙悟空是袭取无支祁的。但胡适之先生仿佛并以为李公佐就受了印度传说的影响，这是我现在还不能说然否的话。"② 鲁迅虽然坚持了他先前提出的观点，但是也没有断然对胡适的观点做出正确与否的学术判断。1930 年，陈寅恪发表于《国立中央研究院历史语言研究所集刊》的《〈西游记〉玄奘弟子故事之演变》认为顶生王率领兵众攻打天庭、与天帝分座的故事与出自《罗摩衍那》第六篇工巧猿那罗造桥渡海的故事 "本不相关涉，殆因讲说大庄严经论时，此二故事适相连接，讲说者有意或无意之间，并合闹天宫故事与猿猴故事为一，遂成猿猴闹天宫故事"③。陈寅恪在行文中虽然没有直接对胡适的观点做出肯定，但是他的论述已经证明了《西游记》与《罗摩衍那》乃至与印度文学的密切关系，有力地支持了胡适提出的孙悟空来自印度的说法。由于陈氏的加入，"外来说" 近似成为定论，20 世纪 50 年代前再没有什么很激烈的争论了。

---

① 胡适：《〈西游记〉考证》，载欧阳哲生编《胡适文集》第三卷，北京大学出版社，1998，第 514 页。

② 鲁迅：《中国小说的历史变迁》，载《鲁迅全集》第九卷，人民文学出版社，2005，第 327～328 页。

③ 陈寅恪：《〈西游记〉玄奘弟子故事之演变》，载《金明馆丛稿二编》，生活·读书·新知三联书店，2001，第 219 页。

1958 年，吴晓铃发表于《文学研究》上的《〈西游记〉和〈罗摩延书〉》重新提出“本土说”。他列举了十条与《罗摩衍那》相关的汉译佛典，通过对它们一一分析而指出：“在古代，中国人民是知道《罗摩延书》的，但是知道的人并不很多；而且，对于《罗摩延书》的故事内容的了解是很不够的。”① 又说：“想象从释典翻译文学的夹缝里挤进来的一点点的、删改得全非本来面目的《罗摩延书》的故事的片段竟会影响到《西游记》故事的成长，也是根本不可能的事情。”② 那孙悟空是如何创造出来的呢？他的结论是“西游故事是中国土生土长的，是我们祖先从反映自己的现实生活的愿望中创造出来的，是我们祖先从歌颂自己的优良品质的愿望中创造出来的。智慧、乐观、勇敢、富有反抗精神的孙悟空虽然和《罗摩延书》里的大颌猴王哈奴曼有些相似之处，但是决不能说他是印度猴子的化身，我们的猴子自有他的长成的历史。”③ 但是吴晓铃没有对本土的猴子如何演化为孙悟空的过程进行详尽的阐述。当时，中国政治界和学界都对鲁迅及其学术思想极为推崇。因此，持否定意见的学者因为诸多原因也隐而不发。“外来说”的代表人物季羡林就曾在 1958 年写了题目为《印度文学在中国》的文章，但是当时未能发表，后来稍加整理在 1980 年的《文学遗产》第 1 期上刊登出来。季羡林在这篇文章里认为，“最著名的长篇小说之一《西游记》里面就有大量的印度成分。要想研究孙悟空的家谱，是比较困难的。不可否认，他身上有中国固有的神话传统；但是也同样不可否认，他身上也有一些印度的东西。

---

① 吴晓铃：《〈西游记〉和〈罗摩延书〉》，载郁龙余编《中印文学关系源流》，湖南文艺出版社，1987，第 146 页。

② 吴晓铃：《〈西游记〉和〈罗摩延书〉》，载郁龙余编《中印文学关系源流》，湖南文艺出版社，1987，第 146 页。

③ 吴晓铃：《〈西游记〉和〈罗摩延书〉》，载郁龙余编《中印文学关系源流》，湖南文艺出版社，1987，第 147 页。

他同《罗摩衍那》里的那一位猴王哈奴曼（Hanumān）太相似了，不可能想像，他们之间没有渊源的关系。至于孙悟空跟杨二郎斗法，跟其他的妖怪斗法，这一些东西是中国古代没有的，但是在佛经里面却大量存在。如果我们说，这些东西是从印度借来的，大概没有人会否认的"①。1978 年，季羡林发表了《〈西游记〉里面的印度成分》一文，重新肯定了胡适和陈寅恪的"外来说"，但也没有完全否定鲁迅的"本土说"，而是提出一种折中的观点，即"不能否认孙悟空与《罗摩衍那》的那罗与哈奴曼等猴子的关系，那样做是徒劳的。但同时也不能否认中国作者在孙悟空身上有所发展、有所创新，把印度神猴与中国的无支祁结合了起来，再加以幻想润饰，塑造成了孙悟空这样一个勇敢大胆、敢于斗争、生动活泼的、为广大人民所喜爱的艺术形象"②。这一时期，被否定数十年之久的胡适的学术思想开始在学界被重新估定，季羡林重提"外来说"自然受到了关注。

　　1979 年，季羡林在其专著《〈罗摩衍那〉初探》的"与中国的关系"一节中讨论了《罗摩衍那》中的哈奴曼与孙悟空的关系，进一步强调了自己的观点，即"孙悟空这个人物形象基本上是从印度《罗摩衍那》中借来的，又与无支祁传说混合，沾染上一些无支祁的色彩"③。对那些提出中国没有《罗摩衍那》汉文译本、外借无从谈起的说法，季羡林进行了驳斥，强调了口头文学在文学文化传播中的作用："也许有人会说，《罗摩衍那》没有汉文译本，无从借起。这是一种误会。比较文学史已经

---

① 季羡林：《印度文学在中国》，载《比较文学与民间文学》，北京大学出版社，1991，第109 页。

② 季羡林：《〈西游记〉里面的印度成分》，载《比较文学与民间文学》，北京大学出版社，1991，第 133～134 页。

③ 季羡林：《〈罗摩衍那〉初探》，载《季羡林文集》第八卷，江西教育出版社，1996，第231 页。

用无数的事例证明了，一个国家的人民口头创作，不必等到写成定本，有了翻译，才能向外国传播。人民口头创作，也口头传播，国界在这里是难以起到阻拦作用的。"① 显而易见，季羡林看到了口头文学持有的口耳相传这条传播途径在中印文化文学交流中的意义，指出了研究中印文学关系既要重视文字记载，又不能拘泥古代有没有译本的问题。相比之下，"本土说"依据汉译佛典上有关《罗摩衍那》及其故事的文字记载证明孙悟空并非来自哈奴曼，但对孙悟空这个人物形象的发展演变过程始终没有论述清楚，而且一直忽视了口头传播可能是《罗摩衍那》及其故事进入中国的一条渠道，甚至它比文字传播来得更为重要。因为持有"本土说"的人数并不是很多，而且论证也没有"外来说"那样严谨仔细，所得出的结论大多是推断性的主观臆测，说服力远远不如"外来说"，加之"外来说"代表人物季羡林在学术界的影响，至20世纪90年代，"本土说"已经成为历史的陈迹，而"外来说"则以复杂而多相的形态在继续发展。

---

① 季羡林：《〈罗摩衍那〉初探》，载《季羡林文集》第八卷，江西教育出版社，1996，第231页。

周的史诗 （节选）

陆侃如

《大小雅》的内容和技术略如上述。其中值得我们提出来特别研究的，便是我们理想中的"周的史诗"。当西历前十二世纪时，商民族衰象已见，同时西北方的周民族却渐渐兴起，很有取而代之之势。到前十二世纪的末年，实行灭商，历文武成康之盛，到前十世纪以后，也渐渐衰落下来。在前十世纪的末年，宣王号称中兴；但他的儿子太不争气，故到他孙子的时候便被迫迁都了。我们在上文说过，"雅"是周民族特有的音乐，故这些盛衰之迹都保存在《大小雅》里。我们若把《生民》《公刘》《绵》《皇矣》《大明》《出车》《采芑》《江汉》《六月》《常武》等十篇合起来，可得一个大规模的"周的史诗"。如今先把这十篇内容略述于下：

（1）《生民》。这是一篇很生动的后稷传。他是周民族的始祖，故"周的史诗"当从他叙起。他的母亲姜嫄履上帝之迹而孕，便很平安的诞生后稷。起初弃之隘巷平林之地，居然有牛羊乳他，鸟翼护他，遂得长成。幼时即喜农事，成绩甚佳。后来家于有邰，开周民族之基础。

（2）《公刘》。这是一篇公刘传。依旧说，后稷生不窋，不窋生鞠陶，鞠陶生公刘，故公刘为后稷的曾孙。此诗叙他迁都之事。他带了部属，携了辎重，经过胥原百泉等处，卜居于豳（今陕西邠县）。他规定种种制度，励精图治，四方人民之向往者日众，版图也渐渐扩张到皇过芮水之间了。

（3）《绵》。这是一篇公亶父传。公亶父即太王，为公刘十世孙，为文王的祖父。自公刘到太王的十世间，周民族似乎有中衰之象，故太王可算一个中兴人物。他从沮水漆水（即公刘所居的豳）迁到岐山之下（今陕西凤翔），豳人跟了他走的很多。他置百官，建宫殿宗庙，尤其注重农事。末段叙他征服混夷之事，也连带说及文王。

（4）《皇矣》。这是一篇文王传，也连带说及太伯王季之事。自太王中兴以后，儿子们都能继续发扬光大，到孙子文王时更加兴盛。诗中说文王受上帝之命，征伐密人，因为他侵犯阮共二部落。后来又战胜了崇人，四方归附者更多了。

（5）《大明》。这是一篇武王传，也说及他的父母及祖父母。王季与大任结婚，便生文王。文王与大姒结婚，便生武王。武王受上帝之命，讨伐商纣，兵士既多且精，又有尚父一般名将为佐，所以终于灭商而代之。

（6）《出车》。此诗叙厉王时南仲伐猃狁之事。武王八传到厉王，周民族衰象已见，厉王自己也不是一个贤明之主，所以我们疑心伐猃狁是共和时事。南仲先筑朔方之城，终于征服猃狁，并且平定西戎。

（7）《采芑》。此诗叙宣王时方叔伐蛮荆之事。方叔是一个很有谋画的大将，带着三十万兵士，征伐荆州一带的蛮民；那时北方的猃狁已经平服，故南方的蛮民也震于其威而畏服了。

（8）《江汉》。此诗叙宣王命召虎征淮夷之事。召虎是召奭之裔，故宣王勉他"召公是似"。果然他出师便告成功，不但平定淮夷，并且江汉一带也都归顺；即命召虎治其疆界，至于南海而止。末段记王与召虎谈话颇详细。

（9）《六月》。此诗叙宣王命尹吉甫征猃狁之事。猃狁在共和时已平定，至是又反覆，故吉甫率师出征，时在六月。猃狁此时似乎很厉害，已经深入内地，到了焦、获、镐（千里之镐非周都）、方、泾阳等地，已迫近丰镐了。但尹吉甫能文能武，故终于凯还而归。

（10）《常武》。此诗叙宣王命皇父征淮徐之事。时淮北徐州之夷有不臣之心，故率大军以征之；徐方震于天子之威，终于平定了。

这十篇所记大都周室大事；东迁以前的史迹大都备具了。此外还有几篇不很重要的叙事诗，如《车攻》记宣王（？）田猎，《崧高》记申伯入谢，我们也无须一一说明。

我们常常怪古代无伟大史诗，与他国诗歌发达情形不同。但我们若肯自己安慰自己，作"聊胜于无"之想，则上列十篇便是很重要的作品。说也奇怪，我们要想在这十篇以外另找一篇记载周代大事的诗，再也找不着了。这样整齐的篇数（十），使我们疑心原作者是有意组织一个大规模的"周的史诗"的，不过被不解事的人所拆散罢了。我们再注意十篇中所叙事实的取弃，觉得它不是偶然的。后稷是始祖，公刘是始迁于豳的人，故不能不叙。公刘以后中衰了，便没有了。公亶父中兴，迁居岐下，文王武王剪灭殷商，故都有详细的记载。成康以后渐渐衰落，便没有记载。共和以后又有中兴的气象，故对于当时南征北伐也叙述的很详细。它所选的材料都是为周室增光荣的事迹，故轰动一时的管蔡之乱便弃去了。如果我们的推测不是完全错误，如果原作者确有组织"史诗"之意，则这位无名大诗人大约产生于西周末年，这篇极可注意的《周的史诗》大约是西历前九世纪的作品。

这篇假定的《周的史诗》，合计约六百句弱，还不满二千五百字。与世界上著名的史诗比起来，真是瞠乎其后。在文学的技术方面，有两种重要的缺点：

（1）缺乏想像力。我们若用史诗的标准来观察这十篇，便觉得作者缺乏想像的能力。换句话说，便是嫌他叙述描写的太简单。即以已译成中文的《佛本行经》及《佛所行赞》经来看，原作者想像力的伟大真使我们骇异了。它描写佛之出世，费五百余句，二千余言（《佛本行经》第一）。它描写波旬魔王的魔军，连用三十多个"或"字（《佛所行赞》经第三）。我们再回看这十篇：它叙述殷周的大战只十余句（《大明》末二章），叙述伐猃狁两次合起来还不过三十句（《出车》第三章及《六月》三四五章）。其他写公刘迁豳及大王迁岐，也只能使我们略知其情形，而不能表现一幅生动的画图，不能使我们对于主人公生敬仰之心；换句话说，即是不能把古英雄的人格的全体，充分的刻画出来。后稷、公刘、公亶父——他们与廿四史本纪里的人物差不多，不能使我们感到他们的伟大。为什么？是因为诗人说的太简单。为什么简单？是因为诗人没有伟大的想像力。

（2）缺乏组织力。我们若用史诗的标准来观察这十篇，便觉得作者缺乏组织的能力。他选择材料是有意的，但若连合观之，便觉与《儒林外史》一样，接写下去可长至无穷尽，若停止却随时都可以。或者有人说，作者原无连合之意，每篇自为起讫。但即就一篇言，叙述也有很杂乱的。例如《大明》，我们读了好像是一篇诗的前半截，好像没有完似的。我们若拿来同《桑柔》《正月》等篇比较一下，便知这位诗人的组织力实远不如他同时作讽刺诗的诗人了。

这两种缺点可说是中国诗人普遍的缺点。中国不能产生长篇杰作，便是为此。三千年无数作家中，惟有楚民。

> 徐方震惊。
>
> 王奋厥武，
>
> 如震如怒。……
>
> 截彼淮浦，
>
> 王师之所。

这几句总算能把天子亲征的庄严威武描写出来。虽是诗人笔下的夸大语，但尚能使我们想像当时周室天子的气概。所以在《大雅》中，这几篇的位置是很高的；在《小雅》中，它们较之其他的诗也不必多让；在古代诗史里，它们是极可注意的；在中国文学史上，总之，它们是开一新局面的。

（原载《中国诗史》，商务印书馆，1935）

评　介

　　20 世纪 50 年代前，学术界否定《生民》、《公刘》、《绵》、《皇矣》和《大明》诸五篇为史诗是中国文学"史诗问题"的主流话语。胡适认为《生民》不是史诗，仅是祀神歌而已[①]；顾实在《中国文学史大纲》中认为《诗经》中虽有叙事的倾向，但是在本质内容上难以与印度的《摩诃婆罗多》和希腊的《伊利亚特》相比[②]；闻一多更是在手稿本《中国上古文学》中明言《大雅》非史诗[③]。当然，许多学者也赞同《生民》诸五篇是史诗，其中最有影响和最具有代表性的是陆侃如和冯沅君。陆侃如之所以能够大胆地提出与当时主流话语不同的看法，是因为他具有扎实的国学和西学功底，以及他在北大时期培养出来的那种敢于挑战学术权威的胆识。在他看来，中国文学中"只有诗词歌曲差强人意——如小说，如戏剧，均远逊于外人，散文亦然"[④]。这种认为中国文学中的诗歌能够与世界文学匹配的意识一定程度上使得陆侃如相信中国文学史上有史诗一类的东西，因此，他在 1925～1930 年完成的《中国诗史》中指出《生民》、《公刘》、《绵》、《皇矣》和《大明》串起来堪称一部"周的史诗"，甚至把《崧高》《烝民》《韩奕》《江汉》《常武》等亦划入"周的史诗"的范畴[⑤]。虽然陆侃如给"周的史诗"这一观点打上了一个引号，似乎对自己的说法有一点保留的意思，但是从上下文的表述可以推测出

---

① 胡适：《白话文学史》，载欧阳哲生编《胡适文集》第八卷，北京大学出版社，1998，第 188 页。

② 顾实：《中国文学史大纲》，商务印书馆，1928，第 37 页。

③ 闻一多：《闻一多全集》第十卷，湖北人民出版社，1993，第 44 页。

④ 陆侃如：《〈古代诗史〉自序》，载《陆侃如古典文学论文集》，上海古籍出版社，1987，第 101 页。

⑤ 陆侃如、冯沅君：《中国诗史》，百花文艺出版社，2000，第 40～41 页。

他肯定《生民》诸五篇是史诗的成分还是远远大于否定的成分。

陆侃如和冯沅君出于证明中国文学史具有与西方文学史同样的源头和发展模式的目的，放宽了西方史诗概念的外延和内涵，使得《生民》诸五篇能够纳入西方史诗的框架，从而一举消解了中国文学与西方文学不合拍造成的尴尬，把中国文学纳入了具有世界性的西方文学格局中。不过，当时学坛许多巨擘都对《生民》诸五篇是史诗的观点持否定意见，陆、冯两人的学术观点充其量只是当时强势话语下的一种弱势的声音。但是，20世纪50年代后，特别是20世纪80～90年代，陆侃如的观点得到了众多学者的响应，一时间在中国学术界成为与否定性意见相对峙的意见。较早响应的是刘大杰，他在《中国文学发展史》中把《大雅》中的《生民》《公刘》《绵》《皇矣》《大明》五篇诗歌视为中国民族史诗的代表作①。刘大杰的响应扩大了"周的史诗"在中国学术界的影响，随后出现的几种具有代表性的中国文学史著作也都把《生民》诸五篇视为周民族的史诗，如郭预衡主编的《中国古代文学史长篇》②、袁行霈主编的《中国文学史》③、章培恒和骆玉明主编的《中国文学史》④ 等都持有这种观点。

20世纪80～90年代，"周的史诗"的观点开始在许多《诗经》的撰述和注释中出现。陈子展在《诗经直解》中对《生民》诸五篇的表述是具有代表性的一种表述。他说道："《大明》与上篇《文王》，同是周人自述开国史诗之一。……作为周代开国之伟大人物，半神半人具有史诗性质之英雄人物，依次有后稷、公刘、太王、王季、文王、武王六人。作为周人自述之开国史诗，则有《生民》、《笃公刘》、《绵》、《皇矣》、

---

① 刘大杰：《中国文学发展史》（上卷），复旦大学出版社，2006，第28－29页。
② 郭预衡主编《中国古代文学史长篇》，首都师范大学出版社，1996。
③ 袁行霈主编《中国文学史》，高等教育出版社，2002。
④ 章培恒、骆玉明主编《中国文学史》，复旦大学出版社，1996。

《文王》、《大明》六篇，但诗之编次不如此耳。"① 高亨的《诗经今注》
（上海古籍出版社 1980 年版）、周满江的《诗经》（上海古籍出版社 1980
年版）、陈铁镔的《诗经解说》（书目文献出版社 1985 年版）、程俊英的
《诗经译注》（上海古籍出版社 1985 年版）等都肯定了《生民》诸五篇
是史诗的观点。这些学者虽然在对《生民》诸五篇的认定上非常一致，
但是对《诗经》中其他诗歌是否为史诗持不同的意见。陆侃如和冯沅君
在《中国诗史》中指出《崧高》《烝民》《韩奕》《江汉》《常武》诸五
篇是史诗片段的佳构："《大雅》中叙宣王朝的史迹者，如《崧高》写申
伯，《烝民》写仲山甫，《韩奕》写韩侯，《江汉》写召虎，《常武》写南
仲等，也都是史诗片段的佳构。"② 陈子展在《诗经直解》中把《商颂》
诸五篇看成史诗，他说道："其夸获天福，荷天宠，确似天帝之子，半神
半人之英雄人物。此固奴隶社会对于英雄崇拜、祖先崇拜、天神崇拜，
作为统一体而歌颂之典型作品。不知此，不足以完全读通《雅》、《颂》，
不仅《商颂》已也。合《商颂》五篇读之，可作为殷商史诗读，则与已
读之《小、大雅》多篇关于周先世开国之诗具有史诗性质者同也。"③ 高
亨认为《商颂》中的《玄鸟》属于史诗，他说道："这篇是宋君祭祀殷
高宗武丁时所唱的乐歌。叙述商的始祖契诞生的传说以及成汤的立国为
王，歌颂武丁中兴的功业。是一首简单的史诗。"④ 《诗经》中这些诗篇
虽然在陆侃如、冯沅君、陈子展、高亨等那里各自得到了相应的肯定，
但是尚未被中国学界普遍接受。这或许因为学者们还没有对这些诗歌是
史诗的观点展开具体而科学的论证，故而赞同把《生民》诸五篇之外的
《诗经》中其他诗歌视为史诗的人不是很多。20 世纪 50 年代后，《生民》

---

① 陈子展：《诗经直解》，复旦大学出版社，1983，第 868 页。

② 陆侃如、冯沅君：《中国诗史》，百花文艺出版社，2000，第 41 页。

③ 陈子展：《诗经直解》，复旦大学出版社，1983，第 1210 页。

④ 高亨：《诗经今注》，上海古籍出版社，1980，第 527 页。

诸五篇诗歌为史诗的说法虽然已为越来越多的中国学者所肯定，但是否定的意见也有不少。如张松如在《中国诗歌史论》里便指出《生民》诸五篇诗歌称不上严格的史诗："试看《玄鸟》与《生民》这类作品，岂不正是包含着信史胚种或历史传说的神话文学吗？如果把《商颂》和《大雅》中有关商周两族这类记载的诗篇加以连缀，岂不也可以看作我国最早出现的'史诗'吗？不过，这些确实都是一般乐歌或祭歌，最长的如《閟宫》也才八章一百二十句，并没有发展为成熟的叙事体诗，只是很简略地叙述一段故事，甚至是极不完整的故事片断，没有人物性格形象，至多相当希腊史诗前身的'荷马颂歌'，其规模，其结构，其形象，其故事情节，都是比较简单的，所以充其量也只是具有史诗的苗头或趋势而已。"① 对《生民》诸五篇为史诗持否定意见的观点在中国学术界虽然没有像 20 世纪 50 年代前那样呈现压倒性的强势，但是仍然足以与肯定性意见相对峙，足可分庭抗礼。

其实，肯定意见与否定意见的论争实际上体现了两者对史诗概念不同的理解。史诗概念是一个舶来品，要彻底弄清中国学术界这两种观点的分歧所在，就要追根溯源了解西方史诗概念的内涵和外延。史诗是西方文学中最崇高的文学样式，不少西方学者都曾对史诗做过这样或那样的定义，亚里士多德和黑格尔是西方古典诗学史诗观念的代表，他们都没有以一种简明扼要的命题形式定义史诗，而是以荷马史诗为范例，从情节、结构、种类、格律和性质等诸多维度界定史诗。他们观念中的史诗是歌唱神和英雄们业绩的长篇叙事诗，具有篇幅宏大、风格庄重崇高、内容丰富而整一等特点。可以说，在 20 世纪后半叶以前，以他们为代表的西方古典诗学的史诗范例和诗学范式是在国际史诗学术界呈现一种压倒性优势的主流话语。20 世纪后半叶，世界各地口传史诗的重新发现促

---

① 张松如：《中国诗歌史论》，吉林大学出版社，1985，第 229 页。

使国际史诗学者改变以往对史诗和史诗传统的认识，西方古典诗学的史诗观念和诗学范例由主流话语变成一家之言，越来越多的史诗学者从世界性的、区域的和地方的传统话语等不同层面重新界定史诗，具有民俗学学科背景的史诗学者在这方面表现得尤为突出。虽然从亚里士多德到晚近的国际史诗学者，史诗概念被给出了诸多不同的尺度和标准，但是一些核心的尺度是史诗之所以能被称为史诗所必须具有的基本维度：其一，在形式上，史诗以韵文体为常见形式，篇幅巨大（不见得要规定诗行数量，但须有故事的完整性）；其二，在内容上，史诗的主角为英雄甚或是神祇，故事内容为重大事件，往往涉及一个民族乃至全人类的命运；其三，在功能上，史诗构成特定社区的范例，具有广泛的文化包容性，并具有多重社会功能；其四，在语境上，史诗的形成历史悠久，往往在无文字社会中得到发展，在形成和发展中与其他文类形成交错互渗关系①。以这四个维度衡量《生民》诸五篇，显然，它们与史诗有着很大的差别，远称不上史诗。

在形式上，《生民》诸五篇中篇幅最长的是《皇矣》，有 96 个诗行，篇幅最短的是《绵》，有 54 个诗行，把这五篇诗歌全部加起来共有 383 个诗行。反观荷马史诗，《伊利亚特》约 15693 个诗行，《奥德赛》约 12105 个诗行，这种篇幅是《生民》诸五篇不可比的。当然，到底多少诗行才能称得上史诗的规模，学者的说法不一。亚里士多德认为史诗以等于能一次看完的几部悲剧的长度的总和为宜，如果以公元前 5 世纪的希腊悲剧的长度为基准，三部悲剧的总行数应当在四千至五千行左右②。哈托（A. T. Hatto）认为几千诗行的口头诗歌只能算是叙事短歌（lay），只

---

① 此为朝戈金在国家社科基金项目"口传史诗文本研究"中对史诗界定的思考。
② 亚里士多德：《诗学》，陈中梅译，商务印书馆，2005，第 168～172 页。

有上万行的才能称为史诗①。芬兰学者劳里·航柯认为史诗长度的最低限度应该是一千诗行②。不管国际学者如何划定史诗长度的标准，《生民》诸五篇的长度都很难被纳入这个世界性的统一模式中来。撇开诗行的标准，就故事的完整性而言，《生民》诸五篇也很难达到要求。《皇矣》对伐密与伐崇之战的描写、《大明》对牧野之战的描写都缺乏史诗那种戏剧化的情节，虽然描述的事件勉强可以算得上完整，却没有像史诗那样使用足够的长度编织一个完整划一，有起始、中段和结尾的行动，它们更多的是记载发生在某一个历史时期内的事件和宣扬周王朝的军威和正义仁德。

在内容上，史诗的主人公在整个故事中有着极其重要的地位，一部史诗往往以主人公的名字命名，如中国北方少数民族的三大史诗《格萨尔》、《江格尔》和《玛纳斯》，再如《罗兰之歌》、《贝奥武甫》和《伊戈尔出征记》等。当然，这些史诗的主人公在各自的故事中所占的分量与史诗的题材和内容有着密切的关联，与他们所完成的不同寻常的功业关系密切，他们的行动往往决定了一个民族、一个国家乃至全人类的命运。依照这个标准，《生民》诸五篇中的主人公后稷、公刘、古公亶父、王季、文王、武王都可称得上英雄，因为他们的业绩直接造就了周民族的兴盛，可他们又不同于史诗中的英雄。史诗的主人公个个形象生动，个性鲜明，无论是刚愎自用的阿伽门农、武艺超群的阿喀琉斯、机智多谋的奥德修斯，还是世界雄狮格萨尔、英明盖世的江格尔、民族英雄玛纳斯莫不如此，而且他们更多的是英雄崇拜的产物，而不是被塑造为道德的楷模。后稷、公刘、古公亶父、王季、文王、武王等却不是如此，

---

① Lauri Honko, *Textualising the Siri Epic*, Helsinki：Academia Scientiarum Fennica, 1998, p. 36.

② Lauri Honko, *Textualising the Siri Epic*, Helsinki, Academia Scientiarum Fennica, 1998, p. 36.

他们没有被塑造成动人而鲜明的人物形象，更多的是祖先崇拜的产物。可以说，他们是道德的化身和周民族的始祖神，享受着民众的膜拜，给人一种高高在上、遥不可及的距离感，而史诗中的主人公却与人类非常相近，具有七情六欲。

另外，史诗是一个民族的百科全书，内容丰富，极为广阔地反映了一个民族在形成和发展过程中的社会生活和精神面貌，对当时的社会形态、思想观念、宗教活动、风俗礼仪、军事斗争等各方面都有着生动的描绘，而《生民》诸五篇虽然也描绘了周民族在最初形成和发展过程中进行的各种斗争及其英雄在斗争中创造的丰功伟绩，但是内容的丰富性和宏大程度不可与史诗同日而语。

再说功能，史诗是一个民族文学的最高范例。荷马史诗是西方文学的源头，在它的影响下，许多鸿篇巨制的叙事诗出现在希腊和欧洲文学史上，如维吉尔的《埃涅阿斯纪》、但丁的《神曲》、歌德的《浮士德》、弥尔顿的《失乐园》等。《诗经》在这方面亦可与西方史诗相媲美，它对中国文学的影响正如西方史诗对西方文学的影响一样，但《诗经》作为中国诗歌的源头引导着中国诗歌走上了一条以抒情为传统的道路。不过，《生民》诸五篇对中国诗歌的这种选择并没有起到非常重要的作用，与其把它们视为中国诗歌抒情传统的范例，还不如把它们看成初具后世叙事诗规模的诗歌。因此，就其对后世文学的影响和囊括的文化内容而言，《生民》诸五篇远达不到史诗的标准。当然，《生民》诸五篇初期的功能也是单一的，它们主要被用于祭祀仪式上，歌颂祖先的功德和业绩，具有浓厚的道德色彩。《生民》的"后稷肇祀，庶无罪悔，以迄于今"①、《皇矣》的"皇矣上帝，临下有赫。监观四方，求民之莫"②、《大明》的

---

① 高亨：《诗经今注》，上海古籍出版社，1980，第 401～402 页。
② 高亨：《诗经今注》，上海古籍出版社，1980，第 387 页。

"明明在下，赫赫在上"① 等都可以给予证明。春秋时期，它们才开始在诸侯宴会和欢庆仪式上被演唱②。但无论如何，唱诵《生民》诸五篇的场合极其有限，史诗则不同，它的功能是多样的，不仅具有祭祀功能，还具有道德教化和娱乐等功能，它不仅能在上层社会歌唱，也能在下层社会歌唱，它没有固定的演唱场所，街头巷尾、节日集会、宫廷盛筵等都可以成为歌手演唱史诗的舞台，荷马史诗和中国少数民族三大史诗的演唱情况都是如此。

考察史诗的语境，史诗的形成往往有着一段漫长的时期，其间以自身为导向消化了神话、传说、谚语、赞词、挽歌等许多其他的民间文学样式。如荷马史诗就把希腊的神话、传说和挽歌等能够独立存在的口头文类纳入其中，并改变了它们原初的形式以适合史诗的演唱。再如藏族史诗《格萨尔》，它把藏族的神话、传说、故事、谜语、世系歌、游戏、歌曲等都毫无例外地整合入这个史诗传统中。这是《生民》诸五篇所不能比拟的，它们只是周王朝的史官和乐工利用流传在民间的口头传说材料创作的作品。而且，文王抗密伐崇和武王伐纣之事离《皇矣》和《大明》创作的时间不是很遥远，所以这两篇诗歌很有可能是当时的史官和乐工根据自己所知道的史实，并结合自己的想象创作出来的，根本不必利用民间的口头材料。

持肯定意见的中国学者则扩大西方文艺理论界史诗概念的内涵和外延，最突出的做法是把史诗概念中长篇这一核心要素改成短篇或一定长度的篇幅。这种做法不符合学理是显而易见的。不可否认，在不同的诗歌传统中对史诗做出的定义会不同程度地烙上各自传统的印记，威廉·

---

① 高亨：《诗经今注》，上海古籍出版社，1980，第373页。
② 《十三经注疏》整理委员会整理《十三经注疏·春秋左传正义》，北京大学出版社，1999，第503～504页。

约翰逊（John Williams Johnson）的定义带有非洲色彩，布兰达·贝卡（Brenda Beck）的定义带有印度色彩，劳里·航柯（Lauri Honko）的定义带有芬兰色彩。同时，世界各地诸多口传史诗的重新发现使得国际史诗学者在多样性的史诗传统下对史诗诗行的数量做出的规定也各不相同，不过他们一致认为，史诗长度这个标准必须坚持，而且把史诗诗行规定至少在一千个诗行的观点越来越为国际学术界所接受①。如果为了肯定《生民》诸五篇为史诗而把史诗的长度规定由长篇改为不上百行的短篇，那么许多叙事诗和民歌都可以划入史诗这个文类范畴，这样就很难描绘史诗所具有的独特的话语特征，而把史诗与一般叙事诗混淆在一起，抹杀了史诗特有的文类边界以及它与叙事诗之间的界限。因此，把史诗由长篇改为短篇在学理上很难说得通，如果硬要这样做的话，那史诗就不能称为史诗了，史诗就成了空泛的概念。

肯定意见的第二个理由是《生民》诸五篇具备了马克思提出的史诗应具有的必要条件：神话、歌谣和历史传说。马克思在论述艺术和经济发展不平衡时指出："就某些艺术形式，例如史诗来说，甚至谁都承认：当艺术生产一旦作为艺术生产出现，它们就再不能以那种在世界史上划时代的、古典的形式创造出来；因此，在艺术本身的领域内，某些有重大意义的艺术形式只有在艺术发展的不发达阶段上才是可能的。……阿基里斯能够同火药和弹丸并存吗？或者，《伊利亚特》能够同活字盘甚至印刷机并存吗？随着印刷机的出现，歌谣、传说和诗神缪斯岂不是必然要绝迹，因而史诗的必要条件岂不是要消失吗？"② 其实，《生民》诸五篇中只有《生民》一篇在描绘后稷的出生和成长时带有神话色彩，其他

---

① Lauri Honko, *Textualising the Siri Epic*, Helsinki：Academia Scientiarum Fennica, 1998, pp. 30 – 36.

② 马克思：《〈政治经济学批判〉导言》，载《马克思恩格斯选集》（第二卷），人民出版社，1976，第 113 ~ 114 页。

四篇几乎没有任何神话的踪迹。《公刘》描绘了公刘率领周人由邰迁移到豳地，发展农业生产的历史；《绵》记述了古公亶父率领周人从豳地迁徙到岐山之南的周原，建造城郭、宫室、庙宇，营建政治机构以及文王开国的历史；《皇矣》歌颂了太王、太伯、王季等人的美德，叙述了文王抗密伐崇的历史；《大明》讲述了王季到武王灭商的史实。这样看来，与其说《公刘》《绵》《皇矣》《大明》是吸纳神话和历史传说创作的，还不如说它们是对历史事实的记述。

肯定意见的第三个理由是《生民》诸五篇具有鲜明生动的形象和一定的故事情节。《生民》诸五篇较为完整地叙述了周始祖后稷诞生到武王伐纣克商这一过程中发生的一系列重大历史事件，塑造了后稷、公刘、太王、王季、文王和武王六位对周民族有着重要贡献的英雄祖先。如果从以祖先的英雄事迹为题材来看，《生民》诸五篇似乎符合史诗的标准。但是说这五篇诗歌塑造了鲜明生动的英雄形象则过于牵强，除了对后稷的描写算得上较为生动和具有一定的感人力量之外，其他几位英雄的形象就远谈不上鲜明生动了，更不用说与荷马史诗及其他众多史诗中的英雄形象的塑造相比了。"故事"是史诗的核心要素，这从"史诗"一词的本义"说话"或"故事"可以推知，而《生民》诸五篇是否在讲述故事还值得商榷。《公刘》和《绵》记载了周人由邰至豳及由豳至岐两次迁徙的情形，描述了当时政治、经济、军事、民俗等方面的情况。《皇矣》和《大明》紧接前面三首诗，叙述了文王抗密伐崇和武王灭商的重大事件，所不同的是这两篇诗歌更像是在叙述当时的历史事实。因此，肯定《生民》诸五篇为史诗等同于说史诗是用韵文体对民族历史的叙述，或者说把那些叙述一个民族历史的诗歌都看成史诗。这种史诗概念与国际史诗学界通用的史诗概念（Epic）是两回事，前者充其量是后者的引申用法或者说前者是具有史诗要素的诗歌。因为中国学界的史诗概念是从西方文艺理论中引入的，所以要正确理解和运用史诗概念，必须以西方的话语系统为内在前提，如果不经过学理上的论证就随意消解西方文艺理论界对史诗做出的一些界定，那么就不可避免地使史诗概念过度泛化，从而使史诗失去本身具有的内在意义。换句话说，史诗的本质是故事而不是历史，如果把《生民》诸五篇视为史诗，则很可能会把史诗与在中国文学诗歌史上具有深远影响的"诗史"传统混淆在一起。"诗史"传统是中国古典诗论及文学批评中一个特定的美学范畴，最早是用来评价杜甫的诗歌创作的，后来泛指那些以诗为史、具有纪事写实特征和叙事风格的诗歌。其实，上古时期，中国的诗本是记事的，也是一种史①，《生民》《公刘》《绵》《皇矣》《大明》等很可能出自史官的手笔，因此与其说《生民》诸五篇是史诗还不如说它们是诗史更为准确些。

　　"周的史诗"的提出，是中国学者面对西方文学以一种强势话语进入中国而采取的一种应对方式。民国初年，中国国力衰微，已经难以与西方抗衡，这种弱势使得中国学者在面对如大潮般涌进的西方文学时也呈现一种不平衡的心理。在把中西文学做对比的情况下，中国学者不禁对自己发问：为什么中国文学没有荷马史诗那样的诗歌？在这个问题的背后潜藏着两层心理：一是西方史诗那样宏大，为什么我们没有？二是中国文化那么悠久，怎么可能没有史诗？这两层心理促使中国学者一方面解释中国文学无史诗的原因，一方面开始试图寻找中国文学的史诗。经过一番努力的寻找，"周的史诗"的这种观点缓解了中国文学无史诗带来的文化焦虑，使得原本属于"地方性知识"的中国文学进入了西方文学构成的世界性的"学术共同体"。这样既维护了中国文学的民族自尊，又证明了西方文学的源头起源于神话和史诗这个定式的合理性。但是，扩大西方史诗内涵的做法不但会把作为一种文类的史诗弄乱了，而且漠视了中国文学本身特有的诗歌传统。其实，中国文学和西方文学属于不同

---

　　① 闻一多：《闻一多全集》第十卷，湖北人民出版社，1993，第11页。

的文化传统，有着不同的文学取向和诗歌传统，有着各自的荣耀。中国文学有的，西方文学未必有；西方文学有的，中国文学未必有。正如中国文学有《诗经》和《楚辞》而西方文学没有，西方文学有史诗《伊利亚特》和《奥德赛》而中国文学没有。如果单纯地以西方史诗来衡量中国文学，或以《诗经》和《楚辞》来衡量西方文学，并以此做出孰优孰劣的价值判断，那么得出的结论必然是不科学的，这种做法不符合比较的原则。以己方之有衡量他方，以他方之有衡量己方，是一种不妥当的做法。但是在民国初期，西方的学术权威已经成为中国学术界的衡量标准，文学价值的有无都以它为参照框架来权衡，比附西方学艺的趋势不可避免。在这种学术背景下，一些中国学者提出了"周的史诗"的观点。

时至今日，中国的政治、经济、文化、科技、艺术、工艺等综合国力已非民国初期可比，文化自觉意识也更加强烈，因而摆脱凡事向西方学术话语看齐的心态也日渐成为中国学者的共识。以西方史诗的观念来衡量中国文学的古典诗歌，几近可以断言：中国文学没有史诗。晚近的一些中国学者对"周的史诗"的认识呈现两种心理：一是难道必须像荷马史诗那样规模宏大才能称得上史诗吗？二是为何一定要以西方史诗为范例，以西方文艺学的概念来衡量中国古代的文学作品呢？与民国初期的中国学者相比，20世纪50年代后的中国学者摆脱以西方学艺为衡量标准的意识更加强烈了，民族文学的自尊心态也更加强烈了。正是在这种学术心态下，"周的史诗"得到了越来越多的学者的认可，现在通行的一些文学史著作和研究《诗经》的学者都直接把《生民》诸五篇称为史诗。可以说，除了史诗学术界对这种说法有异议外，其他的一些学术界已经接受了这一说法。对于史诗研究者而言，"周的史诗"是不合于学理的比附，这样的做法不但造成了不必要的理论混乱，还导致中国诗歌的特色得不到很好的阐述。比较好的做法是回归本土传统，坦诚地承认汉语文学的古诗中没有像史诗那样的诗歌，且以此为基础做中西诗歌的比较研究，而不应该使用扩大史诗概念的方法到中国诗歌传统中找寻史诗。只有这样做，才能够更加确切地揭示中国诗歌的特色，更加明了中西诗歌的不同和更科学合理地解释中国文学为何没有形成长篇史诗。

史　诗

郑振铎

　　史诗（Epic Poetry）是叙事诗（Narrative Poetry）的一种。叙事诗中，除了史诗外，还有英雄传说（Hero Sagl）、冒险记（Gest）、寓言（Fable）、短歌（Idyl）、牧歌（Pastoral）、歌谣（Ballad）等，而史诗独为其中的最重要者；如英雄传说、冒险记、禽兽寓言及民歌歌谣等，差不多都是史诗的原料。史诗的最初的骨子，如牧歌、短歌等，则在文学上的地位殊不重要；如寓言，则近来所作，已都为散文，且已另成一类。所以有许多人直捷的称叙事为史诗。

　　史诗在希腊文的原义是"故事"（story）之意；他们无论在古代在近代都是有一种有韵的可背诵的故事。一般的批评家对于史诗上定义往往偏重于古代的而忽视了近代的事实。他们都以为史诗是描写一个得胜的英雄的历险或纪述他征服别的民族或神异之物的事迹的。独有盖莱（C. M. Gayley）在他的《诗歌的原理》上所论述的史诗定义，能包括并表现出它全部意义。现在略举其大意如下：

　　　　一般的史诗无论是古代的或近代的，都可以算是一种非热情的
　　背诵，用高尚的韵文的叙述，描写出在绝对的定命论的控制之下的
　　一种大事件，或大活动的，这种事件或活动里所有的是英雄的人物

与超自然的事实。

史诗之构，决不是一朝一夕之功，民族的史诗，是史诗的最古的形式，而他的构成，大概都是以一个大事件，或大人物为主要的线索，而集合了许多民间流传的神话、英雄传说、禽兽寓言、民间歌谣等等而融凝在一块的。当我们初发现史诗时，六脚韵诗（Hexameter Verse）已被择为它的工具。这个时候的史诗，不全是关于战事与个人的故事，而且是带有教训的目的，或宗教的礼仪的色彩的。可惜那许多口述的原始的史诗，现在都已不见，不能拿来证明现在所传下的史诗的原始形态了。

史诗以它自然的区分，可别之为下列的二类：

一　民族的史诗。

二　个人的史诗

民族的史诗，是古代的即各民族由古代流传下来的伟大的韵文的故事，他们所述的大概，都是一个或几个民族间的战事；或一个英雄的冒险的经历或他的各种雄伟的勋绩。

这种民族的史诗，除了中国及其他不重要的几个国家外，差不多没有一个国家没有。如希腊有她的《依利亚特》（Iliad）与《亚特赛》（Odyssy），印度有她的《玛哈巴拉搭》（Mahabharata）与《拉摩耶那》（Ramayana），法国有她的《洛蒲特》（Chansonde Rabard），德国有她的《尼拔龙勤莱》（Nibelungenlied），英国有她的《悖孚尔福》（Beowulf），西班牙有她的《西特》（The Cid），俄国有她的《依鄂太子远征记》（Story of Prince Igorés Raid），他们的事迹在历史上大概都是有些根据的。如《依利亚特》所述的托洛哀（Troy）战事，现在已证明希腊是有托洛哀城破毁的遗迹；又如俄国的依鄂太子征战的事，在最古的史书上也曾有过记载，且事实也几乎完全相合。

民族的史诗，其特质约有数点：

第一，他们的著作者都是不知姓名的，也许可以说都是"非个人的"。希腊的《依利亚特》和《亚特赛》虽以前都公认为是一个大诗人名荷马（Homer）的所作，而经了许多次的辩论，终于决定荷马是一个悬拟人物。至于其他各史诗，则作者更不能指名了。大概古代的时候，到处都有许多游行的歌者，以背诵故事为职业。不知经了多少人的合作与增润，一篇完全的史诗才得流传下来，他们构成的时间，也不知要经历多少时候。

第二，他们所叙的事实，大概都是关于一个或几个民族的战事，或其他与战事有关的大举动的，他们大概相信定命论。十八世纪的批评家以史诗为"好战的冒险之韵文的叙述"，这个形容词在民族的史诗上是极为恰当的。

第三，他们所叙的事实大概都是超自然的，天神与魔鬼都常在史诗里出现。自然界中的动物与植物及其他，在他们里面也常得占一个地位。由这些地方，可以看出原始的民族史诗，实曾融合神话与寓言在里面的；个人的史诗是近代的，即由一个作家创造出来的伟大的韵文的故事。

个人的史诗与民族的史诗，有不相同之点二：第一，他们的著作者是可以指出的，如我们读《神曲》（Dinine Comedy），即知其作者为但丁（Dante），读《仙后》（Fairy Queen）即知其作者为斯宾塞（Spencer）。

第二，他们是带有作者的个性的，是带有作家的理想的，如孚琪尔（Vergil）的地下世界，但丁与米尔顿（Milton）的天堂与地狱，都是作者自己创造的。至于民族史诗中的神怪的分子，则个人的史诗仍然不能弃掉。

个人的史诗，作者并不甚多；由罗马孚琪尔的《阿尼特》（Aenied）起至英国米尔顿的《失乐园》（Paradise Lost）上著名的史诗作者，几乎寥寥可数。这大概是因为史诗的工作过于伟大，非有极大的天才不能胜任之故。

在中国则伟大的个人的史诗作者，也同民族的史诗一样，完全不曾出现过。中国所有的叙事诗，仅有一篇《孔雀东南飞》，算是古今第一长诗，而以字计之，尚不足一千八百字。其他如白居易、杜甫诸人所作的，则更为短促了。所以中国可以说没有史诗——如果照严格的史诗定义说起来，所有的仅零星的叙事诗而已。

史诗的叙述法，无论是民族的或个人的，大概都是并用直叙与对话的。他们当中，都带有很多抒情分子；这就是使他们成为优美的诗篇的重要元素。

史诗到了现在，差不多已经没有作者。这个缘故，一则是因为民族的史诗已经不再出现，古代的史诗的游行背诵者既已不见，中世纪的民间传说与神话英雄故事，又已另换了一个"传奇"（Romance）与"神仙故事"的散文的工具，来装载他们，因此，所谓民族的史诗便自然而消歇了。二则因为近世以来，小说渐渐发达，作者多喜欢换用这个比史诗更好的器皿，来盛他们的理想与情感；因此，个人的史诗便也自然而然的消歇了。

不过史诗的歌声，在现代虽然是消歇，而他们在文学史上的价值，却仍是光芒万丈，不能蔑视的，他们虽然可算是已过的，而他们的过去，却曾给了不少的花和蜜与近代的文学界。

（原载《文探》，新中国书局，1933）

评　介

郑振铎是"五四"新文化运动的倡导者之一，他不仅积极地翻译和介绍外国文学，而且把中国传统文学放在世界文学这个参照系内重新估定其价值。他具有强烈的世界文学的意识，他于 1923～1927 年撰写的《文学大纲》和 1935 年创办的《世界文库》便是他对这一学术思想的实践。史诗是世界文学的一个重要组成部分并被视为西方文学的源头，郑振铎在这两次学术实践活动中都不惜笔墨地谈论了史诗。《文学大纲》不但设专章全面系统地介绍荷马史诗、印度史诗和中世纪的欧洲史诗，而且详细讲述了文人史诗《埃涅阿斯纪》《神曲》《失乐园》，等等。郑振铎对史诗不是纯粹的介绍，而是在介绍中每每有着自己独到的见解和分析。对于荷马史诗，郑振铎认为它是"终古的'光芒万丈长'，永为后人心灵上和艺术上的修养的无穷尽之汲取的泉源"①，指出如果缺少荷马和维吉尔等人的著作，那么古典文库就不能称为古典文库。对于《摩诃婆罗多》《罗摩衍那》等其他史诗，郑振铎也强调要给予同等的关注。

梁启超、王国维、鲁迅、胡适、周作人和茅盾等诸多中国学者都曾在不同的学术背景下使用过"史诗"一词，而且使用时，"史诗"在他们的脑海中都呈现一种较为清晰的图像。但是史诗的性质是什么？什么是史诗？史诗属于哪种性质的体裁？他们没有回答这些与史诗理论有着直接关联的问题，而郑振铎尝试性地对这些问题做出了自己的回答。1923 年，郑振铎在《诗歌的分类》中把史诗置于西方文学的演进过程中阐明其特点，描绘了抒情诗（Lyrical Poetry）、史诗（Epic Poetry）、剧诗（Dramatic Poetry）三者产生的次序，即史诗最先，剧诗其次，再次抒情

---

① 郑振铎：《郑振铎全集》第十五卷，花山文艺出版社，1998，第367页。

诗。这种观点显然不同于以黑格尔为代表的西方古典诗学对这三种文类发生先后——史诗最先，其次抒情诗，再次剧诗——的排列。郑振铎的这种排列顺序是他接受当时进化论这一知识界的主流话语，推导出的三大文类的演进秩序。它在表层上与黑格尔等人的古典诗学观不同，而本质上实则无异，都有线性进化论之僵硬的特征。其实，抒情诗未必后于史诗，鲁迅在解释诗歌起源时提出过"杭育杭育派"，这种歌可以称得上一种抒发情感的抒情诗，它似乎可以说明抒情诗未必晚于叙事诗和史诗。19 世纪后期，许多西方学者已经对西方古典诗学关于诗歌的分类及其公式化体系和顺序提出了质疑，其中影响最大的是俄国比较文艺学家亚·尼·维谢洛夫斯基（1838~1906）。依据民俗学者对口头诗歌的重新发现，他对亚里士多德以来以西方古典文学为范本推演出来的规范化诗学提出挑战，意识到史诗、抒情诗乃至剧诗不是呈现公式化的演进规律，而是时常呈现一种混合的状态，而且他也看到了存在抒情诗先于史诗的文学现象①。因此，他主张突破亚里士多德诸人的规范化诗学的模式，不再纠缠于三者先后之关系，而是要关注三者的语言风格、起源和演变规律。郑振铎虽然一直坚持抒情诗是后起的一种诗体，但是他也看到了抒情诗的源头和雏形并不晚于史诗和剧诗，以及抒情成分对史诗和剧诗的重要性。至于史诗，郑振铎在《诗歌的分类》一文中指出它是长篇的叙事诗歌，注重讲述事实，而其中又带有不少的抒情分子。他否定了许多批评家提出的"抒情诗与剧诗都是个人的，都是表现个人的性格与情绪的"，而史诗是"表现一个民族的精神与历史的"观点②。因为在他看来，史诗不仅包括古代史诗，还包括近代史诗，而近代史诗，尤其是短的史诗，差不多都是表现个人的事迹与情感的。

---

① 维谢洛夫斯基：《历史诗学》，刘宁译，百花文艺出版社，2003，第 264~382 页。
② 郑振铎：《郑振铎全集》第三卷，花山文艺出版社，1998，第 463 页。

如果说《诗歌的分类》对史诗的论述比较粗略，那么郑振铎《史诗》一文对史诗的论述就较为明晰了。前者发表于1923年《文学》第85期，后者发表于同一刊物的第87期。前者没有详细区别史诗与叙事诗，也没有较为清晰地论述史诗的类型，只是提到长篇史诗与短史诗、古代史诗和近代史诗这些模糊的概念，而后者则较为清晰地解答了这些问题。首先，郑振铎把史诗（Epic Poetry）视为叙事诗（Narrative Poetry）里最重要的亚类，指出除了史诗以外，叙事诗还包括英雄传说、冒险记、寓言、短歌、牧歌、歌谣。他肯定民族史诗是长期发展和演变的结果，其间消化了多种不同文类。[①] 与胡适、鲁迅等学者不同，郑振铎站在史诗本体的立场上认识史诗这个文类的形成和重要地位。但是，与他们一样，在中国丰富的少数民族史诗没有得到充分挖掘的情况下，郑振铎只能以古希腊、古罗马等诸多西方史诗和东方的印度史诗为范例，以西方学者的史诗理论为借镜阐述自己对史诗的见解，《诗歌的分类》《抒情诗》《史诗》等文章皆是明证。

郑振铎探讨了史诗的分类问题，将史诗划分成民族的和个人的两大类。他的分类标准是可商榷的，因为个人史诗未必都是近代的作品，维吉尔的《埃涅阿斯纪》显然要比《尼伯龙根之歌》《罗兰之歌》乃至中国的《格萨尔》等史诗更远古。因此，就这个角度而言，郑振铎这种分类是不够严密的。郑振铎以史诗创作者是个人还是非个人为界定维度区分出民族的史诗和个人的史诗两种类型，这种维度是一个区别性的维度。他强调个人史诗的作者不仅是非匿名的，而且带有作者的个性和作家的理想，并以但丁的《神曲》、斯宾塞的《仙后》、维吉尔的《埃涅阿斯纪》、弥尔顿的《失乐园》为旁证。

同时，郑振铎以西方史诗和印度史诗为范例对民族史诗的特点做出

---

① 郑振铎：《郑振铎全集》第十五卷，花山文艺出版社，1998，第363页。

了较为全面的归纳。首先，它们的"著作者都是不知姓名的，也许可以说都是'非个人的'"①。他分析了荷马史诗、《摩诃婆罗多》和《罗摩衍那》的作者，得出这些史诗不是个人创作的而是经历数年形成的一种集体创作的结论。这种论断无疑是正确的，符合文学艺术创作规律和民族史诗的实际。以中国后来发掘的少数民族史诗《格萨尔》《江格尔》《玛纳斯》作为考察对象，亦可发现这种观点的正确性。其次，这些史诗"所叙的事实，大概都是关于一个或几个民族的战事，或其他与战事有关的大举动的"②。综观世界所有的民族史诗，这个特点确实是它们普遍具有的共同特点。无论西方的《伊利亚特》《奥德赛》《贝奥武甫》《尼伯龙根之歌》《罗兰之歌》《熙德之歌》等，还是东方的《摩诃婆罗多》《罗摩衍那》《格萨尔》《江格尔》《玛纳斯》等，反映的无不是一个民族重大的历史事件，牵涉的无不是民族的生存乃至政治经济利益和命运。再次，这些史诗"所叙的事实大概都是超自然的，天神与魔鬼都常在史诗里出现。自然界中的动物与植物及其他，在他们里面也常得占一个地位"③。荷马史诗中的诸神、印度史诗中的神猴哈奴曼皆可印证此点。其实不仅这两个民族的史诗，《格萨尔》《玛纳斯》《江格尔》等史诗都具有神话的属性。细观这三个特点，它们的确概括出了民族史诗在内容方面所具有的特点，但是因为郑振铎接触的皆为英雄史诗，所以更确切地说，它们是英雄史诗的特点。至于史诗这一伟大的文学体裁是如何消失的，郑振铎认为民族史诗不再出现是由于行吟背诵的消失与"传奇""神仙故事"等新文体的产生，而个人史诗的衰落是因为小说这种新文体的发达。诚然，郑振铎举出的这些因素是史诗消歇的原因，但是史诗消歇

---

① 郑振铎：《郑振铎全集》第十五卷，花山文艺出版社，1998，第364页。
② 郑振铎：《郑振铎全集》第十五卷，花山文艺出版社，1998，第364页。
③ 郑振铎：《郑振铎全集》第十五卷，花山文艺出版社，1998，第364页。

归根结底还是因为史诗赖以产生的社会历史条件已经不复存在了。况且，并非所有的民族史诗都消歇了，远的不说，就说中国的三大史诗《格萨尔》《江格尔》《玛纳斯》，它们仍然在人们中间传唱着，而且在不断地发展着。

　　论述史诗时，郑振铎也注意到中国文学的"史诗问题"，确切地说是汉族文学没有史诗的问题。他对这个问题的回答复杂而又充满矛盾。首先，他在《诗歌的分类》中把《孔雀东南飞》《长恨歌》《卖炭翁》等叙事诗包括在"史诗"之内，称之为"短史诗"。或许是出于提高中国文学在世界文学中的地位和维护中国文学自尊的需要，或许是承续胡适故事诗的观点，他肯定中国存在史诗。但是在随后的《史诗》中，郑振铎又否定了自己的这个观点。因为《孔雀东南飞》在中国文学史上虽可算是古今第一长诗，但是字数尚不足一千八百字，而白居易、杜甫诸人所作的叙事诗更为短促，故而他指出如果按照严格的史诗定义，那么中国可以说没有民族的史诗，也没有个人的史诗，"所有的仅零星的叙事诗而已"[1]。其次，郑振铎讨论了《诗经》中的"史诗问题"。他最初谈到这个问题是在其1932年出版的专著《插图本中国文学史》中，他认为《公刘》是歌咏周民族先祖公刘的故事诗，推测《荡》或许是史诗作者的一篇歌咏文王的故事诗中的一段[2]，但是，在同一章中，郑振铎把《文王》《大明》《绵》《思齐》《皇矣》《灵台》《生民》《公刘》诸篇视为叙事诗，把它们看成是"各时代的朝廷诗人，追述先王功德，或歌颂当代勋臣的丰功伟绩，用以昭示来裔，或竟是祭庙时所用的颂歌"[3]。显然，郑振铎不赞成1925年陆侃如、冯沅君提出《生民》诸五篇是"周的史诗"

---

① 郑振铎：《郑振铎全集》第十五卷，花山文艺出版社，1998，第365页。

② 郑振铎：《插图本中国文学史》，人民文学出版社，1982，第42页

③ 郑振铎：《插图本中国文学史》，人民文学出版社，1982，第46页。

的观点①。

可是，在其 1938 年开始撰写的《民族文话》中，郑振铎又肯定《生民》《公刘》《绵》《皇矣》及《大明》为史诗②。这可能与当时中国的政治形势有关。那时日军入侵中国，民族已在危急存亡之际，为了弘扬中华民族的伟大和激发民族抗战的信心，郑振铎专辟一节论周民族的史诗。1953 年，郑振铎在《中国古典文学中的诗歌传统》中以荷马史诗和印度史诗为范例指出史诗是"有故事的"和"表现民族传统、民族历史、命运、生活的"，亦是"叙事诗发展的最高形式"和"民族的百科全书"，认为中国古代没有史诗，"《诗经》中虽有几篇类似的东西，但和印度、希腊的史诗还很不相同"③。显然，这是对抗战时期自己提出的周民族的史诗的观点做出的一种反拨。

至于中国为何没有史诗呢？郑振铎肯定了中国文学有足以构成史诗的资料，存在过叙述大英雄伟大事迹的简短的民歌。至于为何这些零散的资料没能集合成一篇大史诗而流传下来，郑振铎认为中国没有荷马之流的伟大天才诗人把它们熔铸成史诗，而且孔丘、墨翟等只知致力于救治当时政治、社会和道德上的弊端，对国民的文学资料的保存无所用心，从而导致古代许多民间传说为时代所湮没④。郑振铎还指出中国"律诗"体式的过于严整限制了中国诗人，使他们不能创作维吉尔《埃涅阿斯纪》、弥尔顿《失乐园》、但丁《神曲》之类鸿篇巨制的伟大诗篇⑤。钱锺书的《谈中国诗》也指出"一篇诗里不许一字两次押韵的禁律限止了

---

① 陆侃如、冯沅君：《中国诗史》，百花文艺出版社，2000，第 40 ~ 41 页。
② 郑振铎：《郑振铎全集》第四卷，花山文艺出版社，1998，第 44 ~ 46 页。
③ 郑振铎：《郑振铎全集》第六卷，花山文艺出版社，1998，第 96 页。
④ 郑振铎：《郑振铎全集》第十卷，花山文艺出版社，1998，第 160 ~ 161 页。
⑤ 郑振铎：《郑振铎全集》第十卷，花山文艺出版社，1998，第 392 页。

中国诗的篇幅”①。不过，钱锺书更强调中国学者缺乏伏尔泰所谓的“史诗头脑”是中国文学没有史诗的主要原因②。陈寅恪也曾提出骈词俪语与音韵平仄的配合限制了中国文学创作长篇巨构的作品的观点，即“对偶之文，往往隔为两截，中间思想脉络不能贯通”③。

郑振铎对中国“史诗问题”持有的观点与当时学者的观点大致相同，在一定程度上较为合理地解释了汉族文学没有史诗的原因，为此后探讨这个话题提供了必要的启示和参考。

在世界文学知识背景下阐述史诗，必然要具有比较研究的视野和方法。郑振铎在1923年底发表的《明年的〈小说月报〉》就直接宣告自己撰写的世界文学通史《文学大纲》具有“比较文学史”的性质④，而此著作也确是一部真正意义上的比较文学史。仅就史诗而论，郑振铎在这部著作中以荷马史诗为典范，以宏观的目力对世界史诗进行了叙述和评价⑤，并以荷马史诗和印度史诗为参照系估定《诗经》、唐传奇等诸多中国文学作品的价值。他使用譬喻的方式，把唐传奇与荷马史诗等诸多史诗并置，肯定了唐传奇对中国文学发展的深远影响。他将《目连救母变文》中详尽叙述地狱的情节与《奥德赛》（Odyssey）、《阿尼特》（Aenied）及《神曲》诸史诗进行了平行比较，重新评价了《目连救母变文》的艺术价值⑥。郑振铎认为《三宝太监西洋记》比《奥德赛》更为怪诞，

---

① 钱锺书：《谈中国诗》，载《钱锺书集》，生活·读书·新知三联书店，2002，第163页。

② 钱锺书：《谈中国诗》，载《钱锺书集》，生活·读书·新知三联书店，2002，第162页。

③ 陈寅恪：《论再生缘》，载《寒柳堂集》，生活·读书·新知三联书店，2001，第72页。

④ 郑振铎：《郑振铎全集》第三卷，花山文艺出版社，1998，第469页。

⑤ 对于荷马史诗，郑振铎在《文学大纲》里专设一章讲述它，详细描绘了《伊利亚特》和《奥德赛》的故事梗概和艺术特质、荷马与荷马史诗在世界文学中的地位。在介绍印度两大史诗和中古欧洲英雄史诗时，他经常把它们与荷马史诗做比较。参见郑振铎《郑振铎全集》第十卷，花山文艺出版社，1998，第21～374页。

⑥ 郑振铎：《插图本中国文学史》，人民文学出版社，1982，第456页。

直可视为与《罗摩衍那》不相上下的一部叙录神奇的历险与战争之作①。

郑振铎以西方史诗和印度史诗为范例，对中国文学进行了不同程度的跨文类比较研究，涉及的内容相当广泛，诗歌、弹词、变文、传奇、小说、戏剧无不入其中。这里仅以"弹词"为重点论述郑振铎在跨文类比较研究方面的开拓和贡献。郑振铎把弹词视为可以与史诗相提并论的文类，乃至把弹词直接称为史诗。他认为弹词是"一种被笼罩于黑雾之间，或被隔绝于一个荒岛中而未为人发见的文艺支干"②。郑振铎把弹词和史诗并置在一起进行比较的做法与他提出"整理旧文学"和俗文学的立场不无关联。长期被低估的弹词是郑振铎关注的对象，郑振铎把它与史诗对照的做法有利于重新发现和估定弹词的文学价值，把弹词原有的地位和价值还给它。他认为弹词"不类小说，亦不类剧本，乃有似于印度的《拉马耶那》，希腊的《依里亚特》《奥特赛》诸大史诗"③。鉴于弹词与史诗有诸多的相似和弹词研究的薄弱，郑振铎不禁略带遗憾地评述弹词道："其描写之细腻与深入，已远非一般小说所能及的了。有人说，中国没有史诗；弹词可真不能不算是中国的史诗。我们的史诗原来有那么多呢！谈弹词的人，如今也还没有。"④ 其实最早将弹词与史诗进行比较的学者并非郑振铎，而是吴宓。但吴宓囿于传统文学的观念，在骨子里还是看不上弹词这种平民的作品，这也是他虽阐述了弹词和史诗的相同之处而不愿直截了当地肯定弹词的文学价值等同于荷马史诗的原因。与之相反，本着打破学术上贵贱尊卑的成见以及以平等的眼光对待中国文学的目的，郑振铎将弹词与史诗相提并论，提升了难登大雅之堂的弹词在中国文学史上的地位。新文化运动时期，郑振铎不仅倡导世界文学，

---

① 郑振铎：《插图本中国文学史》，人民文学出版社，1982，第916页。
② 郑振铎：《郑振铎全集》第五卷，花山文艺出版社，1998，第300页。
③ 郑振铎：《郑振铎全集》第五卷，花山文艺出版社，1998，第305页。
④ 郑振铎：《郑振铎全集》第五卷，花山文艺出版社，1998，第300页。

而且在实践上积极介绍、翻译和评述世界文学，史诗作为世界文学最重要的一个组成部分理所当然地得到了他相当程度的关注。他介绍西方史诗、印度史诗和史诗学理论，同时把史诗引入中国文学批评，以之为范例重新估定中国传统文学的价值，把那些缙绅士大夫素来瞧不起的平民文学抬高到类似史诗的地位，而且把它们与史诗并置在一起做跨文类的比较研究，这是一种具有深远意义的学术行为。

长篇诗在中国何以不发达

朱光潜

中国诗和西方诗的发展的路径有许多不同点，专就种类说，西方诗同时向史诗的、戏剧的和抒情的三方面发展，而中国诗则偏向抒情的一方面发展。我们试设想西方文学中没有荷马、爱司克里司、梭菲克里司、浮吉尔、但丁、莎斯比亚、密尔敦和腊辛诸人，或是设想歌德没有写过《浮士德》，莎斯比亚只做过一些十四行体诗，就可以见出史诗和悲剧对于西方文学的重要了。中国恰是一个没有荷马和悲戏三杰的希腊，杜甫恰是一位只做过十四行体诗的莎斯比亚。长篇诗的不发达对于中国文学不能说不是一个大缺陷。

史诗悲剧和其他长篇诗在中国何以不发达呢？我以为这最少有五种原因。

（一）最大的原因就是我在上篇所说的哲学思想的平易和宗教情操的浅薄（见本刊上期《中西诗在情趣上之比较》）。史诗和悲剧不同抒情诗，抒情诗以一时一境的主观情趣为主，只须写出人生的一片段；史诗和悲剧都同时从许多角色着眼，须写出整个的人生，整个的社会，甚至于全民族的哲学思想和宗教信仰。史诗和悲剧的作者都须有较广大的观照，才能在繁复多变的人生世相中看出条理线索来；同时又要有较深厚的情感和较长久的"坚持的努力"，才能战胜情性和环境的障碍，去创造完整伟大的作品。广大的观照常有赖于哲学，深厚的情感和坚持的努力常有赖于宗教。这两点恰是中国民族所缺乏的。

先说史诗。西方史诗都发源于神话。神话是原始民族思想和信仰的具体化，史诗则又为神话的艺术化。从《左传》《列子》《楚辞》《史记》诸书看，中国原来也有一个神话时代，不过到商周时代已成过去。神话时代是民族的婴儿时代。中国是一个早慧的民族，老早就把婴儿时代的思想信仰丢开，脚踏实地的过成人的生活。孔子"不语怪力乱神"，可以说是代表当时一般人的心理。西方史诗所写的恰不外"怪力乱神"四个字，在儒教化的"不语怪力乱神"的中国，史诗不发达，自然不是一件可奇怪的事。

再说悲剧。西方悲剧发祥于希腊。希腊人岁祀达阿尼苏司（Diony-sus，主酒及谷畜的神），时有合唱队在神坛前唱歌跳舞，并扮演神的事迹。希腊悲剧便从这种祀典发达出来。近代欧洲悲剧一半是学希腊的，一半是起源于中世纪教会中所扮演的"圣迹剧"。王静安在《宋元明戏曲史》里也说中国的戏曲发源于巫蛊祭祀。这种中西的暗合可证明悲剧与宗教关系的密切。发源相同，何以后来中西的成就却不一致呢？西方悲剧不外两种，一种描写人与命运的挣扎，一种描写个人内心的挣扎。没有人与神的冲突，便没有希腊悲剧；没有内心中两种不同的情绪或理想的冲突，便没有近代悲剧。中国人的特点在处处能妥协，"上不怨天，下不尤人"，是他们的处世的方法。这种妥协的态度根本与悲剧的精神不合，因为它把冲突和挣扎都避免了。

（二）西方民族性好动，理想的人物是英雄；中国民族性好静，理想的人物是圣人。西方所崇拜的英雄为希腊的亚凯里司（Achilles），拉丁民族的夏尔曼（CharleMagne）和罗兰（Rolland），日耳曼民族的西格弗里德（Sieg - fried）和伯阿伍夫（Beowuef），都是气盖一世的伟男子，具有扛鼎搏虎的膂力，一生全在困苦艰难中过活，打过无数的胜仗，杀过无数的猛兽，如果没有他，全民族就要灭亡。中国儒家所崇拜的圣人如二帝三王，大半都是在"土阶茅茨"之中"端冕垂裳而天下治"的君主，敬天爱民之外，不必别有所为。圣人之中只有治水的夏禹颇似西方的英雄，但是孔子称赞他，却侧重"菲饮食而致孝乎鬼神，恶衣食而致美乎黻冕，卑宫室而尽力乎沟洫"三点，这些还是"太平天子"的美德。

中西的人生理想所以有这种分别者，也和社会开化的早晚有关。中国社会安定极早，没有很大的内忧外患，所以当时所需要的人物只是"无为而治"的"太平天子"。西方民族在文学初露萌芽时代，还在和天灾人祸奋斗，所以当时所需要的人物是"杀人不敢前，须如蝟毛磔"的战士。这种人生理想的差异在文学上也留下很深刻的影响。史诗和悲剧都必有动作，而且这种动作必须激烈紧张，才能在长篇大幅中维持观众中的兴趣。动作的中心必为书中的主角，主角必定为慷慨激昂的英雄，才能发出激烈紧张的动作，所以西方所崇拜的英雄最宜于当史诗和悲剧的主角。在西文中"主角"和"英雄"两个名词都只有 hero 一个字，也可以证明西方人生理想对于史诗和悲剧的影响很大。中国"无为而治"的圣人最不适宜于作史诗和悲剧的主角，因为他们根本就少动作。

（三）文艺上主观的和客观的一个分别固然不是绝对的，但是侧重主观或是侧重客观是可能的。依融恩（Jung）的研究，民族和个人的心理原型都有"内倾""外倾"两种。"外倾"者好动，好把心力支到外面去变化环境，表现于文艺时多偏重客观。"内倾"者好静，好把心力注在自己的身上作深思内省，表现于文艺多重主观。中西民族相较，西方民族属于外倾类，中国民族属于内倾类，所以通盘计算，西方文学偏重客观，以史诗悲剧擅长，中国文学偏重主观，以抒情短章擅长。

中国诗偏重主观，所以史诗和悲剧所必要的客观的想像不发达。我们拿中国游仙派诗人所见到的仙境比较西方诗人所描写的天国，立刻就可以见出客观的想像贫乏是长篇诗在中国不发达的一个大原因。"游仙派"诗人所见到的仙境大半根据道家的传说，它的意象很模糊隐约，我在上篇《中西诗在情趣上之比较》已经说过。神仙的极乐仍是清静无为，所以我们在游仙诗中寻不出动作，找不出一个首尾贯串的故事来，最多只有骑鹤乘云、持芙蓉、吹玉笙、饮琼浆、启玉齿之类做哑戏似的静止的姿势。这种仙境的意象只可以产生图画雕刻而不能产生史诗。西方史诗中的天国却不如此简单，例如荷马所写的巴腊司仙山，但丁所写的天堂，密尔敦所写的乐园，都是一座轰轰烈烈的戏台，其中神仙仍然有婚嫁宴享，有刑赏争战，开很长的会议，起很激热的辩论。他们所居的宫殿园囿，所用的衣服器皿，也件件都写得尽态极妍。一顶冠有几种颜色的宝石，一座楼台有几根楹柱、几扇窗牖，都很明了的呈现在我们眼前。李白以"遥见仙人彩云里，手把芙蓉朝玉京"区区十四字就写尽仙境的状况和仙人的姿态，但丁和密尔敦却都要用一部书来写。郭璞以"灵妃顾我笑，粲然启玉齿。蹇修时不存，要之将谁使？"区区二十字写尽一篇仙境的浪漫史，法国诗人德维尼（De Vigny）写仙女爱罗娃（Eloa）钟情于撒旦的故事却铺张到七八百行。客观想像的强弱于此可见。

（四）史诗和悲剧都是长篇作品，中国诗偏重抒情，抒情诗不能长，所以长篇诗在中国不发达。就这一点说，史诗悲剧和其他长篇诗的缺乏并非中国文学的弱点，也许还可以说是中国人艺术趣味比较精纯的证据。西方从古希腊到十九世纪都特别看重长篇诗，以为长篇诗才可以有"庄严体"（Grand Style）。但是十九世纪以来，学者的意见已逐渐改变。有两点最值得注意。第一点就是西方学者现已看出一切诗都是抒情的，悲剧诗和史诗也还各是抒情诗的一种。首倡此说者为法国美学家幽佛罗瓦（Jouffroy），近来意大利美学家克罗齐（Croce）主张此说尤力。第二点值得注意的就是西方学者现已看出凡是抒情诗都不能长，长篇诗不必全体是诗。这一说倡于美国诗人亚伦波（Edgar Ablen Poe）。他说："'长诗'简直是一个自相矛盾的名词。"他以为荷马史诗和《失乐园》之类的长篇诗，都是许多短诗凑合起来，其中有许多不是诗的地方。近代考据学者对于史诗为如形成一个问题所得的结论亦颇与亚伦波的学说暗合。古代史诗都是许多短篇叙事诗集成的。

（五）史诗和悲剧都是原始时代宗教思想的结晶，与近代社会状况与文化程度已不相容。欧洲近代所以还有人做史诗做悲剧者，因为有希腊的蓝本可模仿。假使希腊人没有留下悲剧和史诗的形式和技巧，假使他们没有替史诗和悲剧在文学中占得一种极优先的地位，近代欧洲能否有这两种文学，也还是疑问。而且史诗和悲剧在近代文学中也并没有站得住脚。史诗已蜕化为小说，悲剧已蜕化为"问题剧"和"风俗剧"，都是由诗变为散文。这种变迁似乎可以证明人类的情趣已渐由委婉而趋直率，从前人须以诗表现的，现在用散文就够了。中国散文发达极早，像《左传》《史记》一类的材料在西方古代都是史诗的材料，而在中国却只是散文作品，这也许由于史诗的时代在当时本已过去，而前此又无史诗可为蓝本。小说在中国发达比西方较早，汉魏六朝时记神仙鬼怪的散文极多。像《穆天子传》《汉武帝故事》《西京杂记》《飞燕外传》《搜神记》之类，都可以做长篇叙事诗的材料，但是因为史诗无蓝本而小说格式已成立，所以作者都取小说的形式。至于中国戏剧的形式的成立为时极晚，最早也不过在唐朝，悲剧的时代早已过去。最擅长戏剧的元人的作品大半仍是抒情诗，不能和西方戏剧相提并论。

以上五种原因凑合起来，似乎可以完全解释史诗悲剧和其他长篇诗在中国何以不发达的道理。这五种原因有些起于中国民族的弱点，也有些起于中国民族的优点。如依谨严的逻辑，我们似不应把它们相提并论。不过这个问题本来还没有定论，我们正不妨列举所见，以备将来研究这个问题者的参考。

（原载《申报月刊》1934年第3卷第2号）

<hr>

评 介

王国维采用西方文艺学的分类理论把中国文学分为抒情和叙事两个大类，指出中国文学的荣耀在于抒情传统，叙事传统则处在幼稚阶段。他在 1906 年的《文学小言》第十四则中说道："上之所论，皆就抒情的文学言之（《离骚》、诗词皆是）。至叙事的文学（谓叙事传、史诗、戏曲等，非谓散文也），则我国尚在幼稚之时代。元人杂剧辞则美矣，然不知描写人格为何事。至国朝之《桃花扇》则有人格矣，然他戏曲则殊不称是。要之，不过稍有系统之词，而并失词之性质者也。以东方古文学之国，而最高之文学无一足以与西欧匹者，此则后此文学家之责矣。"① 在论述叙事类诗歌时，王国维很明显是以希腊史诗和戏剧为参照对象，指出中国文学在世界文学格局里并非那么值得自傲，至少在中国叙事文学史上没有一部能够与西欧匹敌的伟大作品，中国文学没有史诗。王国维这一论断直接引发了许多中国学者加入讨论这个问题的行列，鲁迅、胡适、周作人、茅盾、郑振铎、陆侃如、冯沅君、朱光潜等都对这一问题发表过各自的观点。而且这一中国文学的"史诗问题"一直持续到当代，张松如、林岗等人也就此问题做过专门的阐述。可以说，始于王国维的"史诗问题"繁衍至今成为一桩学术公案。

朱光潜认为，中国诗歌的抒情传统限制了中国长篇叙事诗的发展："史诗和悲剧都是长篇作品，中国诗偏重抒情，抒情诗不能长，所以长篇诗在中国不发达。"② 但他并不认为这种缺失是中国文学的弱点，提出它

<hr>

① 王国维：《文学小言》，载傅杰编校《王国维论学集》，中国社会科学出版社，1997，第 313～314 页。

② 朱光潜：《长篇诗在中国何以不发达》，载《朱光潜全集》第八卷，安徽教育出版社，1993，第 355 页。

"也许还可以说是中国人艺术趣味比较精纯的证据"①。"也许"二字虽然蕴含着朱光潜对这个论断在学术上的不自信，但他对中国文学也给予了充分肯定。对于中国文学为何没有史诗或者说为何叙事诗不发达这一问题，王国维认为原因之一是中国"美术之无独立之价值也久矣"②。他对中国历代诗人强调诗歌"微言大义""寄托讽刺""兴观群怨"等政治教化、社会改良的宗旨极为不满，历数从杜甫、韩愈到陆游等许多诗人对忠君爱国、劝善惩恶的创作的依赖，严厉批判了中国自古以来抱持的"言志"、"载道"和"诗外尚有事"的"金科玉律"，指出它们的确是阻碍乃至迫害了中国纯粹哲学和美术之独立的原因。这种批评非常符合中国古代文学的历史遭际。中国古代诗歌充斥着描写人生主观方面的题材，而描写人生客观方面以及纯粹客观自然而具有纯粹审美价值的作品非常稀少。王国维对此说道："更转而观诗歌之方面，则咏史、怀古、感事、赠人之题目弥满充塞于诗界，而抒情叙事之作什佰不能得一，其有美术上之价值者，仅其写自然之美之一方面耳。"③ 正是因为不能超脱现实利害关系才使得中国文学的叙事作品稀缺，而且这种注重抒情的传统限制了中国诗人创作那种以小说的布局或戏剧的情节支撑冗长结构的诗歌，戏曲、小说等充满叙事技巧的长篇巨构也受到抒情传统的影响，"亦往往以惩劝为旨，其有纯粹美术上之目的者，世非惟不知贵，且加贬焉"④。显然，王国维把中国叙事文学处于幼稚阶段的原因归结为中国文学的抒

---

① 朱光潜：《长篇诗在中国何以不发达》，载《朱光潜全集》第八卷，安徽教育出版社，1993，第 355 页
② 王国维：《论哲学家与美学家之天职》，载傅杰编校《王国维论学集》，中国社会科学出版社，1997，第 296 页。
③ 王国维：《论哲学家与美学家之天职》，载傅杰编校《王国维论学集》，中国社会科学出版社，1997，第 296 页。
④ 王国维：《论哲学家与美学家之天职》，载傅杰编校《王国维论学集》，中国社会科学出版社，1997，第 296 页。

情传统和不能超脱利害关系而无美术之独立，把弥补叙事诗不发达这一缺憾视为"此则后此文学家之责矣"。

朱光潜认为史诗必须写出整个人生、整个社会，甚至整个民族的哲学思想和宗教信仰，而中国的哲学思想的平易和宗教情操的浅薄阻碍了史诗的形成和发展。他说道："史诗和悲剧的作者都须有较广大的观照，才能在繁复多变的人生世相中看出条理线索来；同时又要有较深厚的情感和较长久的'坚持的努力'，才能战胜情性和环境的障碍，去创造完整伟大的作品。广大的观照常有赖于哲学，深厚的情感和坚持的努力常有赖于宗教。这两点恰是中国民族所缺乏的。"[①] 这是对王国维的观点的继承和阐发。王国维认为，荷马史诗能够表达国民的精神，其宗教哲学思想可成为国人的精神慰藉，而中国文学缺少这种以写人生和解除人生之怀疑和苦痛的诗歌。王国维曾在多处强调文学目的在于描写人生："美术中以诗歌、戏曲、小说为其顶点，以其目的在描写人生故。"[②] 但是诗歌中这种作品已经很少见了，他在《屈子文学之精神》一文中说道："诗歌者，描写人生者也（用德国大诗人希尔列尔之定义）。此定义未免太狭，今更广之曰描写自然及人生，可乎？然人类之兴味，实先人生而后自然，……其写景物也，亦必以自己深邃之感情为之素地，而始得于特别之境遇中，用特别之眼观之。"[③] 纵观历代诗歌，王国维阅读到的诗歌大多"所描写者，特人生之主观的方面；而对人生之客观的方面，及纯处

---

① 朱光潜：《长篇诗在中国何以不发达》，载《朱光潜全集》第八卷，安徽教育出版社，1993，第352～353页。

② 王国维：《〈红楼梦〉评论》，载《王国维论学集》，中国社会科学出版社，1997，第354页。

③ 王国维：《屈子文学之精神》，载《王国维论学集》，中国社会科学出版社，1997，第316页。

于客观界之自然，断不能以全力注之也"①。虽然诗歌中没有描写人生客观方面的作品，但是王国维把戏剧中的《桃花扇》和小说中的《红楼梦》视为中国叙事文学中近似于写人生的范例，且将后者的美学价值置于前者之上，他说道："故《桃花扇》之解脱，他律的也；而《红楼梦》之解脱，自律的也。且《桃花扇》之作者，但借侯、李之事，以写故国之戚，而非以描写人生为事。故《桃花扇》，政治的也，国民的也，历史的也；《红楼梦》，哲学的也，宇宙的也，文学的也。此《红楼梦》之所以大背于吾国人之精神，而其价值亦即存乎此。"② 虽然在中国文学中找到了描写人生和以解脱人生为旨归的叙事文学，但王国维认为中国文学终究因为不能凭借叙述人生和宗教需要而创作出代表国民精神的类似于荷马史诗的作品。

黑格尔对中国叙事诗或史诗不发达也持这种观点。他说道："他们的观照方式基本上是散文性的，从有史以来最早的时期就已形成一种以散文形式安排的井井有条的历史实际情况，他们的宗教观点也不适宜于艺术表现，这对史诗的发展也是一个大障碍。"③ 汉族的历史意识在上古时已经很发达了，商代已经有了史官，甲骨卜辞中的"作册""史""尹"等便是史官的名称，同时商代也制定了官方记事制度。西周时，史官制度更加繁复，并有了细致的分工，按照《周礼·春官宗伯》的说法，分为大、小、内、外、御五史，各有职掌④。可见，史学传统和史官文化发展至周代已经有了很深的积累，而史官尚简、用晦的散文性历史写作对

---

① 王国维：《屈子文学之精神》，载《王国维论学集》，中国社会科学出版社，1997，第316页。

② 王国维：《〈红楼梦〉评论》，载《王国维论学集》，中国社会科学出版社，1997，第358页。

③ 黑格尔：《美学》（下册），朱光潜译，商务印书馆，1996，第170页。

④ 《十三经注疏》整理委员会整理《十三经注疏·周礼注疏》，北京大学出版社，1999，第446～447页。

汉族史诗的形成和发展必然会产生一定的影响。相反，这类制度在古希腊的史学中则难以找到痕迹。如此说来，黑格尔把散文性的观照方式作为中国文学没有史诗的原因之一的说法并不是完全出于臆断。其实，史诗与宗教思想也是分不开的，荷马史诗有着十分强烈的宗教感，其中"神人一体化"的倾向特别明显。以《诗经》为例，虽然《生民》《公刘》《绵》《皇矣》《大明》五篇诗歌提出了"上帝"和"天神"的概念，但是已是人神分离的宗教思想，周民族更注重那些能感知的世界，对鬼神持"敬而远之"的态度①。周人这种理性主义或多或少决定了他们对史诗中那些"怪""力""乱""神"的要素采取拒斥的做法。这与黑格尔所说的汉族宗教思想不适宜史诗形成和发展的观点相似。朱光潜对此说道："中国是一个早慧的民族，老早就把婴儿时代的思想信仰丢开，脚踏实地的过成人的生活。孔子'不语怪力乱神'，可以说是代表当时一般人的心理。西方史诗所写的恰不外'怪力乱神'四个字，在儒教化的'不语怪力乱神'的中国，史诗不发达，自然不是一件可奇怪的事。"②

朱光潜还从民族性的角度探讨了中国文学没有发展出像荷马史诗那样的史诗的原因。他指出西方民族性的好动和英雄情结使得他们的文艺形式偏重客观，易于史诗的产生，而中国民族性的好静与圣人情结使得他们的文艺形式偏重主观，易于创作出抒情短章的作品："史诗和悲剧都必有动作，而且这种动作必须激烈紧张，才能在长篇大幅中维持观众中的兴趣。动作的中心必为书中的主角，主角必定为慷慨激昂的英雄，才能发出激烈紧张的动作，所以西方所崇拜的英雄最宜于当史诗和悲剧的主角。……中国'无为而治'的圣人最不适宜于作史诗和悲剧的主角，

---

① 《十三经注疏》整理委员会整理《十三经注疏·礼记正义》，北京大学出版社，1999，第1484～1486页。

② 朱光潜：《长篇诗在中国何以不发达》，载《朱光潜全集》第八卷，安徽教育出版社，1993，第353页。

因为他们根本就少动作。"① 其实，使用民族性这个抽象的大词来解释这个学术问题只能得到似是而非的答案，林岗在《二十世纪汉语"史诗问题"探论》中对此说道："上古神话不成系统，或曾有系统现已散亡；传唱它们的史诗或无从产生或已经销歇。这都是事关文学源头的具体问题，求其答案，必须直接相关，这样才能给人以真知。而民族性的答案并非直接相关，民族性只是一个抽象的大词，不能确证。"② 一些学者，如胡适和鲁迅，把汉民族想象力匮乏作为中国文学没有长篇史诗的原因，这只是一个极其表面的观察。显然，说汉民族缺乏想象力也是偏颇的，从屈原到李白，再到吴承恩、蒲松龄，他们的作品无不充满丰富的想象力，无不受到汉族伟大的想象传统的哺育。因此，把中国文学没有史诗说成是因为汉族想象力匮乏是缺乏合理性的。

我们还可以举出许多其他学者对中国的史诗不发达的原因做出的各种探讨。张松如认为，黑格尔和鲁迅没有把中国文学中史诗因素未能发展成长篇史诗的根本原因解释出来。依据对荷马史诗产生的社会政治原因的分析，他概括出史诗的发生与城邦经济的高涨、城邦的政治民主制、好战与蓄奴的自由城邦生活等密切相关，进而指出缺乏那种适于演唱史诗的城邦生活方式是中国文学没有长篇史诗的根本原因。③ 张松如的观点当然也不是没有缺陷，林岗曾对这一观点进行了反驳。他说道："不能根据分工水平，无论是物质生产的分工还是精神生产的分工水平来断定史诗的产生与否。经济和政治的发展程度和史诗传唱根本就是分属不同的

---

① 朱光潜：《长篇诗在中国何以不发达》，载《朱光潜全集》第八卷，安徽教育出版社，1993，第354页。

② 林岗：《二十世纪汉语"史诗问题"探论》，《中国社会科学》2007年第1期，第136页。

③ 张松如：《论史诗与剧诗》，《文学遗产》1994年第1期，第7～10页。

范畴，不能根据一般政治经济学原理进行断定。"① 林岗的话不无道理，审察汉族周围的中国少数民族史诗，《格萨尔》、《江格尔》和《玛纳斯》等依存的社会形态都不具备发达城邦的社会政治条件，而且商品经济也不是非常发达，中国南方的一些少数民族史诗所依存的社会形态甚至还处于原始氏族公社的状态。但是，这些长篇史诗仍然在其各自的民族中经久不衰地传唱着。

一些学者提出汉族的书写工具不适宜作长篇记录，以及史家主张的尚简用晦阻碍了人们对故事做冗长的描写，以饶宗颐为代表②。实际上，史家主张的尚简和用晦属于精英文化，属于上层文化和书写文化，而民间传唱的史诗属于下层文化和口头文化，因为它们分别属于两个不同的传统，所以史家的观点与史诗的形成和发展并无直接的关系，许多民族的史诗都证明了两个传统可以并行不悖，史家主张简约，而口头史诗依然按照它自己的方式存在和流传。一些学者提出人神杂糅和神话的历史化是中国文学没有长篇史诗的原因，以鲁迅和茅盾为代表。但是神话历史化对中国文学无史诗要承担多大的责任？它是否与中国文学无史诗有着直接的关联？这些问题还须进一步探讨。细观现今还在民间传唱的中国少数民族史诗，可以发现它们与神话历史化并无多大的关联，它们沿着各自的传统发展着。另外，神话历史化阻碍中国史诗形成的观点在中国文学的文献典籍中也很难找到相关的史料。人神杂糅的观点也很难经得起推敲，如果参考现代民俗学知识和中国少数民族史诗，可以发现史诗《江格尔》《玛纳斯》都融合了人神杂糅的萨满教传统，史诗《格萨尔》中人神关系也不像荷马史诗那样判然两分。因此，人神杂糅是不是

---

① 林岗：《二十世纪汉语"史诗问题"探论》，《中国社会科学》2007 年第 1 期，第 139 页。

② 饶宗颐：《近东开辟史诗》，辽宁教育出版社，1998，前言，第 1 页。

史诗得不到充分发展的原因还有待进一步考证。

王国维、朱光潜、饶宗颐、张松如等人的解释表明中国文学没有形成长篇史诗的原因很复杂，它是由汉族文学的个性特点，汉族的文化传统、社会形态、宗教哲学思想等诸多因素造成的。他们对中国文学为何没有形成长篇史诗做出的不同的假设和解释，虽说不能完全解答这个问题，但是它们有一定的合理性是不可否认的，至少为我们寻找可能的解答提供了必要的启示，让我们知道问题出在何处。

"蛮三国"的初步介绍

任乃强

一　何谓蛮三国

藏族僧民，以至任何使用藏文，或信奉喇嘛教之民族，脑海中都莫不有唯一超胜的英雄——格萨在。他是西康古国名"林"的王族，故又通称为"林格萨"。记载林格萨事迹之书，汉人叫作蛮三国，藏语曰格萨郎特。译为格萨传。或译格萨诗史，因其全部多用诗歌叙述，有似我国之宣卷弹词也。

余于民国十七年入康考察时，即沃闻蛮三国为蕃人家弦户诵之书。渴欲知其内容，是否即三国演义之译本？抑是摩拟三国故事之作？当时通译人材缺乏，莫能告其究竟。在炉霍格聪活佛私寺中，见此故事壁画一巨幅，楼窗内有男妇相逼，一红脸武士导人援梯而上，似欲争之。通事依格聪活佛指，孰为蛮曹操，孰为蛮关公。谓关公之妻为曹操所夺，关公往夺回也。此其事与古今本三国演义皆不合，故知其书非译三国故事。

最近入康考察，由多种因缘，获悉此书内容，乃知其与三国故事，毫无关系。顾人必呼之为蛮三国者，亦自有故。

（一）此书在藏族社会中，脍炙人口，任何人皆能道其一二，有似三国演义在汉族社会中之成为普遍读物。汉人闲话，必指奸人为曹操，鲁莽人为张飞。故俗谓闲谈为"说三国"。藏人闲话，必涉格萨故事，故汉人亦呼之为"说蛮三国"。

（二）历史小说，例必描写最忠最奸，最智最愚，最精最粗者各一人。三国演义如此，格萨传亦然。最初听说格萨故事之汉人，就其人物性情，随意比附，遂谓格萨为蛮关公，甲萨为蛮关平，濯堆为蛮周仓，格噶为蛮曹操……曾在八邦寺见关帝关平周仓三小雕像（自中华运入者），喇嘛指关帝云"甲格萨"（甲义为汉人），指关平曰"甲甲萨"，周仓曰"甲濯堆"。易地则皆然也。使藏人粗解三国演义，或亦将呼之为"甲格萨郎特"矣。

（三）格萨传叙事，以平定霍尔三国为中坚。此亦为被呼作蛮三国之一原因。霍尔三国者：霍尔格拿，义为黑帐胡人。霍尔格噶，义为白帐房胡人。霍尔格鲁，义为黄帐房胡人。

或谓西藏拉萨之关帝庙所祀神为林格萨。是则不然。拉萨关帝庙，为乾隆时满汉官员所建，清初朝野皆崇拜关羽，谓其随处显灵护国，故所在建立关帝庙。其时汉人尚不知格萨为何如人也。真正之塑格萨像，在拉萨大招寺内，虽至今日，汉人尚不识之，只藏僧能辨其为格萨耳。

二　普遍流传的禁书

西藏政府，虽承认格萨为喇嘛教一大护法，供塑像于大招内；但对于叙述格萨史事之"蛮三国"，则禁止刊行。黄教寺院，并禁止僧侣阅读此书。惟在寺外偷看，亦不严稽。今日康藏寺院，十分之八皆属黄教，故向喇嘛寺寻访此书，僧侣皆怃而不对。惟花教寺院（藏云萨迦巴）则不禁。德格更庆寺经版中，有巨幅之格萨雕像，供各地嗜格萨传者购印供奉。但无格萨传文之雕版。康、藏、蒙印各地所流行之格萨传，全属写本。有若干花教寺僧，藏有其全部底本，即以替人钞写此书为业。余此次入康，所见此书钞本甚多：有书写甚恭楷者，亦有颇潦草者。书页大小，装璜精粗，亦不一。有全用墨钞者，亦有夹书红字或金银字者，又有正楷与行书夹钞者。大抵神名用红字，散文用行书，诗歌作楷写。钞此书者，盖亦视之如经典，工作甚为庄严，非钞小说、剧本可比。

格萨全传，今有二十余部，每部皆在一百藏页左右。甘孜夺拖寺（花教）有一僧，能钞全部，工料各费，约需法洋十余万元。常人购钞，率不过二三部，或仅一部。其此一部，属于何卷，则由喇嘛率意付与。故各地所见之蛮三国，内容各不相同，竟鲜有知其全书之一贯的内容者。又西藏拉达克地方之流行本，与西康流行本，内容亦互有出入。盖钞书之喇嘛，颇有迁就本地风光，意为修改之处也。

无论何种钞本，是何卷帙，皆有绝大魔力，引人入胜，使读者津津有味，听者眉飞色舞，直有废寝忘餐，欲罢不能之势。以我国小说比拟，则兼有三国、封神、西游、水浒、儒林外史、绿野仙踪之长。诙谐奇诡，深合藏族心理。而旨趣，则在勉人为善，奉佛，兼有灌输常识之长。实可称为西藏第一部文学著作。无怪喇嘛寺虽禁读，僧侣则无不读之。政府虽禁刊，民间自流行也。

黄教政府（现代西藏政府为黄教所包办）所以禁刊此书之原因，据查理贝尔之解释，谓因史书趣味丰富，经书内容苦涩，教皇惧僧侣因治史学而废经典，故一体禁读史书。甘孜人传说，则谓黄教某大护法神，为格萨诛杀，见于此书。畏读此书干彼神怒。黑教徒，则谓格萨信奉黑教，故黄教徒禁传其故事。红教徒，则谓格萨信奉红教，故为黄教所排。

前述之格聪活佛，系黄教徒，室中有格萨故事壁画，又拉萨大招寺，在黄教势力掌握之下，而护法像中仍有格萨。此为黄教徒不能自禁其僧阅读此书之明证。八邦寺为白教传法祖寺。余于其寺主室中，见供有甚精之格萨绘像，此与德格之有格萨像雕版，同为白教徒花教徒崇信格萨之明证。至于黑教、红教，更无待言。

余初见此书于民国十七年，在瞻化蕃戚家，曾倩人段读，令通事译告。环听者如山，喜笑悦乐，或愠或嚎，万态毕呈，恍如灵魂为书声所夺。去年入康，过甘孜贡陇村，待换乌拉。见保正家有书，询为蛮三国，令试讲述。其人诵习如流，乌拉已齐，催行再四，彼尤苦读不止，未尝念及听众之当别去。后至桑珠寺夜宿无聊，嘱杂科保正觅此书。其人即有全部写本而读之烂熟者，闻余等嗜此，甚喜。归取书，遂批被来，拟作长夜讲述。县府谢科员任翻译，亦素嗜此书者。二人讲述已半夜，余等倦眼欲合，讽以辍讲，彼如酒徒临饮，期期不肯止。直至余等皆已入梦，始自罢辍。藏民嗜好此书之情状，于此可见一般。

三　卷帙概略

据谢科员说，此书共十八部，夺拖寺喇嘛藏有，自己实未全见。据杂科保正说，为十九部，并列举其名称云：

（一）诸天会议　叙述一怨诟佛法之妇人发愿转世为魔，摧毁佛法。莲花佛知由此愿力，将产生三个力能摧毁佛法之子，为霍尔三王（见前）。召集诸天神佛会商，推举一神下凡，转生为摧破三魔国之人，即格萨也。

（二）降生　叙述此神投胎，生产与幼时生活情形。谓其为林国王私通女奴所生之子。初甚贱视，名为足日。足日，义为苦孩子或滥娃娃。但足日能以卫自立。

（三）赛马　叙林国王将以赛马获胜者承袭王位。足日与诸世族子竞赛，遭受种种扼抑欺弄，终能以术解脱，卒获冠军，遂即王位。格萨之名由此而得。

（四）林与中华　叙中国皇帝得一魔妇，多方摧毁佛法。其公主五人，皆度母化身，以隐语召格萨来。用种种方法破毁魔妇之术，卒宏佛法。

（五）底纳折　以魔王名为题。即首章发愿摧毁佛法之妇人，转生后，产育三魔子之事情。

（六）霍尔侵入　叙述霍尔格噶设法秽灭格萨灵智，攻入林国，劫去其爱妻卓嬚，迫为配偶事。

（七）攻克霍尔　叙述格萨清醒后，备历艰苦召集党徒，巧袭霍尔，夺回爱妻，斩除三魔酋事。

（八）觉林　叙觉阿撒打甲波与林格萨争斗，及其子叶拉投降格萨事。相传其国在巴塘南。

（九）喜折　叙平喜折王国事。

（十）挞惹　叙征服大食国（今波斯国）事。

（十一）林与蒙古上　叙征服上蒙古（西部蒙古）。

（十二）林与蒙古下　叙征服下蒙古（东部蒙古）。

（十三）昔日　昔日，北方国名。此叙格萨征服其国事。

（十四）卡契　藏人谓印度回教徒为卡契。此述格萨自卡契取宝石事。

（十五）祝姑　叙格萨夺取海外奇器事（祝姑国在印度之外）。

（十六）白热　叙征服白热国事或谓白热即白布国，今之尼泊尔也。或谓在波密之南，即白马冈。或谓即西康之白利。

（十七）日勒得通好　日勒得为西方女国。此叙通好之事，谓藏俗执贽必衬哈达（丝织之长巾）始于此。

（十八）取九眼珠　九眼珠为石理自成图案文之宝石，价昂于黄金数倍，此叙格萨求取事。

（十九）林与地狱　此叙格萨入地狱救其妻事，与我国所传目莲救母事仿佛。

李鉴明云：格萨诗史，原作只有五部，后经藏中文学家摩拟其体，陆续增修，已至二十三部。近世某花教僧续撰一部，为二十四部。近年热振呼图克图执政时，赏某白教僧文学，复命其续撰一部，已二十五部矣。

法国女子大卫尼尔，与其义子藏人雍登活佛，合力研究藏俗，注意此书。自以英文翔译，成书发行。名林格萨之超人生活。华西大学边疆研究所陈宗祥君曾译成汉文，其书又只九部。首部亦为天神会议，大体与杂科保正所传前半部各章内容相同。

最近承庄学本君，自印度购寄，拉达克流行之格萨传。系藏英文对照本。于其序中，知此书德、法、英文皆有译本。乃我国尚无汉文译本，且尚不知其内容梗概，岂不可慨。

拉达克本，只有七部，首部非诸天会议，乃叙林国十八位英雄之出身。第二部，为格萨尔出身。第三部，格萨与卓嬷结婚。第四部，格萨到中华。第五部，格萨降魔。第六部，霍尔劫去卓嬷。第七部，格萨平服霍尔。中惟格萨与中华、霍尔侵入、攻克霍尔标目略同，内容有无小异，尚未详译。

于此可知格萨故事，源作只有出身、娶卓嬷及到中国、征服三霍尔部落之铺叙。余皆后人所续增。原作何人，撰于何时，因其久为禁书，钞写者未录序跋，故不可考。道路传说邓柯县林葱土司有雕版三部，青海之隆庆土司（囊谦同）家，有十九部。余等在德格，知林葱、隆庆两土妇，皆德格家女，故向德格土妇转求。土妇坚云未闻。时隆庆土妇尚在此，延见询之，亦云未闻，又托德格土司家专函向林葱代求印本，迄今未至。大约所传林葱有雕版者亦不实，但只有三部钞本耳。

四　格萨确有其人

李鉴明云：林葱安抚司，自称为格萨之后。土司驻地，今云俄兹，在邓柯县东两站。土署与新旧两花教寺，共绕一大围墙，俨如一城，旧寺地名松竹达则，义为狮龙虎峰即格萨奠都之处，著在传记。明代因地震倒塌，乃建新署新寺。格萨生地，在石渠县东界外，雅龙江西岸，地名雄坝。今尚为林葱土司辖境。林葱土司建一神殿于此，奉为家祠。相传格萨诞生处，有草四时长青，今于其处立坛，即在祠内。祠内又尚保存有格萨所用之武器，与象牙图章。此外大部古物，则被一神通喇嘛运藏于隆庆之香达纳。又云依藏历推算，格萨降生，距今为九百年。林葱土之老相臣云：格萨生在阿底夏之前，莲花生之后。李君于民国三十年赴德格各地考察，足迹甚广，其后赴德格祝庆寺学法，今已三年，为该寺大喇嘛之一。此其所说，当非道听涂说者比。

余考格萨，确为林葱土司之先祖，即宋史吐蕃传之唃厮啰也。宋史云：

> 唃厮啰者，绪出赞普之后。本名欺南陵温钱逋。钱逋，犹赞普也。羌语讹为钱逋。生高昌磨榆国。既十二岁，河州羌何郎业贤客高昌，见厮啰貌奇伟，挈以归，置鄯心城。而大姓耸昌厮均，又以厮啰居移公城欲于河州立文法。河州人谓佛唃，谓儿子厮啰。自此名唃厮啰。

此段，说其出身本微，因相貌奇伟，为河州羌所重，拟奉立之。唃厮啰乃河州羌语佛儿子之义。与格萨传出身卑微，初名足日之文仿佛可合。不过汉人解为佛儿子，藏人解为苦儿子，不同。藏文同音异义之字甚多，此不过由传述者信口解释，遂不同耳。（河州羌自晚唐时皆用藏文）足日与唃厮，固原是一字也。

> 于是宗哥僧李立遵，邈川大酋温逋哥，略取厮啰如郭州，尊立
> 之。部族寝强，乃从居哥城，立遵为论逋佐之。……论逋者相也。
> 立遵贪，且喜杀戮，国人不附……厮啰遂与立遵不协，更从邈川，
> 以温逋哥为论逋。有兵六七万。与赵德明（西夏将）相抗……

此段，说唃厮啰骤贵，此以赛马登位情形仿佛。其反复无常，贪而
好杀之李立遵，颇似濯堆。世虽呼濯堆为蛮周仓，不过由其面黑多髯，
常在格萨左右而已。传中所记，乃系一反复奸险之人，微似说唐传之程
咬金，封神传之申公豹。实与三国演义之周仓，不甚相似。

> 大中祥符八年，厮啰遣使来贡，诏赐锦袍、金带、器币、供帐、
> 什物、茶、药有差。凡中金七千两，他物称是。其年厮啰立文法，
> 聚众数十万，请讨西夏以自效。……

此段，说唃厮啰，朝贡中华，大得赏赐。格萨传于其建国之后，首
叙入中国，次叙其与霍尔攻战，与此时次皆合，霍尔，为藏人对北方部
落之通称。三霍尔国，盖指西夏之三属部，或三路将领言之耳。

> 已而逋哥为乱，囚厮啰，置阱中。出收不附己者。守阱人间出
> 之，厮啰集兵杀逋哥。徙居青唐。……

此次逋哥之乱，当由潜附西夏故。与格萨传霍尔侵入，格萨被秽懵
昧，情致相合。逋哥应即霍尔格噶（蛮曹操）。传固云格噶系格萨同母
弟，为霍尔人所养。盖以喻逋哥与唃厮啰原为一家，后乃成仇也。青唐，
疑即今之俄兹。

> 数以奇计破元昊。遂不敢窥其境。……嘉祐三年，擦罗部阿作

等叛厮啰，归谅祚。谅祚乘此引兵攻掠境上，厮啰与战败之。获酋豪六人，收橐驼战马颇众。因降陇逋、公立、马颇三大族。会契丹遣女妻其少子董毡，乃罢兵归。

是唃厮啰既屡与西夏元昊攻战。又曾与谅祚战。谅祚附契丹，是役或亦有契丹兵加入。又疑三霍尔王，其一指元昊，一当为谅祚。尚待译出全文后，再以西夏史参证。

> 治平二年……厮啰其年冬死，年六十九。……

以此推知唃厮啰生于宋太宗至道三年，与林葱家臣所云莲花生后，阿底夏前合。莲花生与唐肃代二宗同时，阿底夏于宋仁宗时入藏。唃厮啰适当其间。

> 厮啰三妻，乔氏有色，居历精城。所部可六七万人。号令明，人惮服之。……其二妻皆李立遵女也。……

此与格萨传所云龙女情形相合，李立遵本为僧，而有二女嫁唃厮啰，足为当时其境信奉黑教之证。

> 其国，大抵吐蕃遗俗也。……尊释氏……信咒诅。……

此亦为信奉黑教之证。林葱原系康北大国，信奉黑教。国名只一林字，葱字之义为族，乃与中华交通时行文上所追加。其在宋代，版图尚宽。元时始改奉花教。明代尚为康北第一土司。即朵甘卫都指挥是。宣德时诰敕，今尚保存。入清以后，始渐衰小。

德格世谱，亦明载其地原属林国。林国设有疆臣分地而治。袭垭与麦宿两地，尚存林国疆臣所住碉堡之遗址。相传袭垭为蛮关平甲萨驻地。麦宿为格萨大将某人驻地（格萨有大将三十员）。道孚对岸之特日山，为古打惹王都城，即格萨征服之打惹国。又传格萨向祝姑盗大鹏卵地，即今瞻化通宵村之格萨穷错神山。如此传说甚多，不尽可信。大抵格萨国境，东抵道孚，南至巴塘，西包隆庆，北逾青海与西夏接壤。其一身事业，在连中华以拒西夏。其与中华往来，道皆出自河州，国史遂以河州羌目之。对其所居河州附近地名，如宗哥城，如邈川，记之较详。对其所经营之国都青塘，记之较略，以道远未能详悉故也。

五　引人入胜之点

此书引人入胜之点，据一般称说，皆云文字优美。文字优美到如何程度？非深通藏文者无由欣赏。余所感觉到的：只他那种布局，已经超过俗手了。例如西康本的头段：

> 夕阳将坠，草原里一望苍茫，老太婆驱遣她的羊群，听他们不规则地前进。有似一顷柔浪，滚滚向前移转。转过浅冈，望见山侧金碧辉煌的喇嘛寺，反映夕阳，显得分外的鲜艳华美，仿佛有万道毫光，非常锐利的排开宇宙的阴霾，把她微弱而愉快的心脏，很亲蜜甜美的把握住。她忘记了羊群，不知不觉地下拜了。下意识使她喃喃不绝的诵着皈依三宝……

由此说到她弃家朝佛，道死野葬。其媳遭运不顺，诅诉佛法，引起全部书的事迹。单只这段，把牧场风趣，牧妇心理，与喇嘛寺的吸引力，都写得情致如画。纵不解其文，但聆此意，亦当感其不凡。

第二优点，是他设想诙奇，深能把握藏人心理。比如，他说霍尔格噶，劫去格萨之妻卓嬷，强逼同宿。卓嬷千变万化，多方拒绝。格噶亦千变万化，与她纠缠。最后卓嬷变一枚针，隐在僻处，格噶变一根线，作龙蛇蜒蜿，在室中寻觅。将相遇时，针向满室飞舞，线亦满室跟追。他们宛转追逐，绕流如电。结果竟被这线，穿进针孔去了。卓嬷服了，他们成为夫妇。似此奇想，岂不较我国西游记的灌口二郎斗法，高雅几倍。

第三优点，是他常有诙谐插句，随处博人笑乐。尽管在极紧张的场面里，听众惊心动魄，爪卷趾缩的时候，他偏从容闲暇，来几句幽默插科。恰与儿女英雄传中，安公子临到开肠破肚时，却慢慢叙述飞来的那颗弹子，有同样的风趣。似此安插的诙谐语句，几乎每页皆有。

第四优点，是他灌输康藏人的常识甚多，而插叙非常自然，非常轻松。使人不知不觉，增长了知识，而且开拓了心灵。比如，他灌输鸟类常识，在叙述霍尔格萨劫取龙女前，召集各种鸟类，商量如何去引诱龙女出室。善鸟如凤凰、孔雀、野鸽、金鸡、雁鹅等等，各各发言反对。恶鸟如夜鹰、乌鸦、老雕、老鹳等等，各各发言赞成。其各所言，言时所表姿态，皆能绘出各鸟之个性。仿佛今世流行之童话。亦可谓巧。（结果乌鸦自告奋勇，去诱龙女出来。）其他草木、虫鱼、仙佛、山水，以及一切事物品类都能随缘，编入书中。

第五优点，是他充满了教育的意义。譬如说，格萨既属天神下界，俗手为之，必云一往顺利。他却从卑贱的苦孩子叙起，说到赛马即位。无形中给许多自弃的人一种鼓励。格萨既然富有神通，英雄无敌，又得天神呵护，宝马与三十员神将扶助，应可无失败了。但他却叙到一败涂地，爱妻被掳，神马饿乏，国破民散，再历多种艰苦，方获复兴。深合我国忧劳逸豫之诫。至于诱导观众崇信佛法，那更是西藏作家天赋的本领了。

还有第六个优点，是他把西藏一切情俗，描写得淋漓酣畅，使人如睹影片，有似卧游。欲图了解藏俗的人，与其读民俗记，莫如径阅此书。无怪乎英法德文，早已有本也。

这书却亦多有弱点。第一是，布局单调，叙事只有点与线的联缀，不如三国演义、红楼梦等纵横成纲，头头是道。除林与霍尔几部外，其余更是一段一段，生接成的。就结构说，不算上等。第二是，每到势迫计穷，设想已绝时，即有莲花佛出为援救。颇似西游记之有观音菩萨。就玄想力说，较封神榜之奇变无穷，便差一等。第三，是藏人对于域外知识，所得甚少，而此书各作者偏喜叙述域外事情。除霍尔三国之部，皆属藏中固有风光，特能字字落实外，他如中华、大食祝姑、白热等部，一律皆用西藏情俗描写，不通之处甚多。使其国之人读之，随处皆可喷饭。例如谓中华皇帝朝五台山，舟行海中，发现浮海美人，纳以为妃。妃自深闭宫中，如百日不与外人见面，佛法即毁。如有外人见面，则妃必死。格萨尔变一乞丐，在妃宫墙下叫化，妃不觉开窗呵之，于是遂死。将死又嘱皇帝闭尸暗室中，如百日不见阳光可以复活。格萨于皇帝前献技，跑马射箭，箭射达此暗室，破窗通光，女妖遂化白骨。著者盖未知中华皇宫之制度，漫以藏式宫殿拟之，以为乞丐可至宫下，窗前可以驰射也。

六 何以叫蛮关公

藏人绘塑神像，各有定型，万手一致，入目可辨其为何神。格萨像，皆骑马，左手仗戟，右手扬鞭。马现侧面。人首与胸正面，甚英武。盔上有四旗。顶缨为幢形。著甲与靴，皆同汉式。臂上腰间，复有袍与袖。戟缨下有长斿与风带。盔白色，帽旗红地绿缘。脸暗红色，甲金红色。绿腰围。袖袍绿色。白裤。绿靴。马赤色，蓝鬃白腹。是为定式。与我国关帝造像相较，赤脸、绿袍、赤马、金甲、绿靴，皆全吻合。但盔与武器异耳。蛮关公之名，由此而得。若其一生事迹，则与汉关羽殆无同点。即蛮曹操、蛮关平、蛮周仓等名称，亦皆由蛮关公三字引伸而得。比较其行事，并无似处。

关羽在历史上，并非如何特出人物，经罗贯中演义，特笔描写，大受清朝皇帝崇拜，列入祀典。提倡哥老会者，亦复借题发挥，推为圣人。死后尊荣，实出小说家力。格萨在西藏，亦不过中古时代若干大酋长之一员，连宋拒夏，足以安定疆土，成名一时。在吐蕃史中，不过尚恐热一流，并非卓绝。一经文学家特笔描写，遂获成为家尸户祝禁不可止之神。佞佛者亦复借题发挥，推为首屈之大护法。其在藏族中之地位，正与关羽在汉族中之地位相当，死后成名之途径，亦出一轨。人马腹色又不约而同。此无怪汉人呼格萨为蛮关公，藏人呼关羽为甲格萨也。

（原载《边政公论》1945 年第 4 卷第 4、5、6 期）

——————— 评 介 ———————

随着日军的大举入侵，中国东南内地大部分沦陷，西部边疆地区成为抗日的大后方。为了抗日和国家统治的需要，国民党中央组织部于1941年向国民党八中全会提交了"请设置边疆语文系与西北、西南边疆文化研究所，培植筹边人才，而利边政实施案"[①]，国民党政府慨然接受了这些提议，并相应制定了一些建设边疆的施政方案。这给中国民族学学者在西北和西南等边疆地区开展田野作业提供了一个良好的社会和政治环境。此时，一大批中国民族学学者与民族学的教学机构和研究机构也因避战乱而纷纷离开敌占区，迁移到西部，投身边疆的建设。广袤的西部给他们提供了验证本学科理论的实验基地，社会政治现实又促使民族学学者们更主动地把自己所学知识和实践结合起来。在这种大的政治时势和民族学的学术背景下，《格萨尔》得到了开拓性的探讨，而且其中一些开创性的观点为后来国内的《格萨尔》研究打下了基础。

抗战时期是中国《格萨尔》研究的初创时期，代表人物是任乃强、王光璧、韩儒林和陈宗祥等。任乃强是最早汉译和推介《格萨尔》的国内学者，1929年他记录和整理了其妻姐寂墨卓玛说唱的《格萨尔》，并于1930年12月在《四川月报》上以《蛮三国》和《蛮三国举例》为标题刊登发表。这一学术创举揭开了当代中国学者关注《格萨尔》的序幕，一批学者开始以各种方式或介绍或研究《格萨尔》。较早响应任乃强的学者是韩儒林，1941年他在《华西协合大学中国文化研究所集刊》第2卷上发表了《罗马凯撒与关羽在西藏》一文，总结了国内外对《格萨尔》的研究，纠正了一些错误的观点，指出汉藏文化交流中人们对格萨尔产

---

① 王建民：《中国民族学史》上册，云南教育出版社，1997，第223页。

生误解的原因。1943 年，马长寿在《钵教源流》一文中指出传说中的格萨尔是一个具有法术的巫师，他使用地方材料和文献典籍将岭地考证为 4 世纪到 7 世纪的猛共，认为格萨尔是钵教的忠实信徒。1945 年，通过调查和搜集，任乃强在《边政公论》第 4 卷第 4、5、6 期上发表了《"蛮三国"的初步介绍》。1945 年，他又在《康导月刊》第 6 卷第 9、10 期上发表了《关于蛮三国》。这两篇文章是抗战时期较早系统研究《格萨尔》的论文，得到了国内外学者高度的重视和评价。

抗战时期《格萨尔》研究兴起的原因之一在于它具有一个范围不大的相互提携、团结合作的学术团体。1942 年，陈宗祥把汉译好的《超人岭格萨尔传》交予任乃强审阅，任乃强读后立即写了一篇序言，并把译文推荐给《康导月刊》发表。彭功侯就业无门，任乃强便把他留在自己主办的康藏研究社工作以维持生计，并把自己珍藏的弗兰克英译拉达克本《格萨尔传》送给彭功侯阅读，指导他把此书翻译成汉文。原因之二在于《格萨尔》研究具有自身的学术阵地。有关《格萨尔》的论文多在《边政公论》、《康导月刊》和《康藏研究》上发表，《康藏研究》的发起者和领导者是任乃强，《康导月刊》的主编是王光壁。这两个刊物给抗战时期的《格萨尔》研究提供了一个便利的学术交流平台，任乃强、王光壁除了自己撰写有关《格萨尔》的文章外，还积极支持国内《格萨尔》研究者在这两个刊物上发表文章，并刊登汉译过来的国外学者的研究成果。

抗战时期《格萨尔》研究的一个特点是具有跨学科的性质。任乃强、韩儒林、王光壁、陈宗祥都有史诗学以外的学科背景。任乃强初学农学，后转地理学，再入历史学和民族学研究，故他不但具有深厚的史地知识造诣，而且视野开阔。他多使用历史学和民族学方法研究《格萨尔》，欲探讨为何听众能够通宵达旦乃至连日不断聆听艺人演唱《格萨尔》，"蛮三国"与《三国演义》是否为同一个故事等。韩儒林是治史出身的民族学学者，一直从事史学的研究，他既继承了中国考据的传统，又吸收了欧洲东方学者的研究成果和研究方法。马长寿毕业于社会学系，长期致力于民族史研究，又涉猎宗教学。他对《格萨尔》的认识多以史观为指导，从宗教学的视野论述格萨尔其人。李安宅治民族学、宗教学和藏学等，他主要研究格萨尔与藏族宗教派系的关系。陈宗祥从事社会学、民族学研究，他对《格萨尔》产生兴趣是因为在北京时他被《格萨尔》的内容情节所感动。正如其他学科一样，《格萨尔》研究最初也不是由史诗学科的专业人员倡导和推动的，而是由从事民族学、宗教学、历史学和社会学的中国学人发起的。这些经过不同学术训练的学者各有侧重地介绍和探讨了《格萨尔》，在促进《格萨尔》研究学术发展上贡献了自己的力量，为《格萨尔》史诗学的建立奠定了基础。

在任乃强的带动和影响下，韩儒林、刘立千、彭公侯、陈宗祥等一批民族学学者开始关注《格萨尔》，他们对《格萨尔》的文类属性提出了各自的看法。韩儒林对《格萨尔》的文类归属甚是混乱："藏人称格萨尔曰战主（Dmag gi rgyal-po）。称《格萨尔野史》曰 ge-sar sgrungs，此云《格萨尔传说》。"[1] 又云："昔唐·吉诃德（Don Quichotte）喜读英雄故事，而变为武士迷，令幼年人狂笑，中年人深思，老年人伤悲。明末张岱演《及时雨》剧，遣使四出，访求貌类三十六人之角色。《格萨尔故事》之引人入胜，当不下《水浒传》等英雄小说。故《格萨尔故事》之读者，亦不让张岱辈专美于前也。"[2] 可见，韩儒林把《格萨尔》视为野史、小说、传说或故事。韩儒林把《格萨尔》视为小说和故事是因为他受汉文化的影响，由《格萨尔》内容与汉文小说及故事相仿而得出此看法。也有学者把《格萨尔》归入神话类，如马长寿，他接受了大卫·尼

---

① 韩儒林：《韩儒林文集》，江苏古籍出版社，1985，第665页。
② 韩儒林：《韩儒林文集》，江苏古籍出版社，1985，第665页。

尔（Alexandra David-Neel）《超人岭格萨尔传》（The Superhuman Life of Geser of Ling）的观点，把《格萨尔》列为神话。经历了一段时间的田野作业，任乃强随后提出"《格萨尔》诗史"之说："记载林格萨尔事迹之书，汉人叫作'藏三国'，藏语曰'格萨尔郎特'，译为格萨尔传。或译格萨尔诗史，因其全部多用诗歌叙述，有似我国之宣卷弹词也。"[①] 细考这些民族学学者对《格萨尔》的讨论，可以发现不管是"野史""传说""故事""小说"，还是"诗史"，乃至"神话"，他们皆注意到《格萨尔》历史方面的内容。韩儒林把《格萨尔》说成是传说和野史，其观照《格萨尔》中的历史因素不可否认。马长寿虽说《格萨尔》是神话，但随后即补上"亦有不少史略流布其间"[②] 一语。这些观点都在一定程度上将《格萨尔》视为历史书写的一种文学。这些民族学学者无一例外地提及《格萨尔》的历史书写，原因在于他们更多地受到中国传统治史方法的影响。此时期的《格萨尔》研究带有浓厚的历史学考据的烙印，这是当时学风的反映。对于《格萨尔》的文类属性，任乃强是这些学者中论述较当的一位。虽然他与其他民族学学者一样都强调《格萨尔》的历史内容，但是，他指出《格萨尔》是一种诗体叙事。这已把《格萨尔》与小说、故事、野史区分开来了。至于他把《格萨尔》视为诗史，这个"诗史"是否即为西方文艺理论中的"史诗"，或者说他是否把《格萨尔》划为荷马史诗一类的作品，这需要进一步探讨。荷马史诗早期传入中国时，确曾被称为"诗史"，但是到了抗战时期，文学界已经不用"诗史"一词称呼荷马史诗之类的文学作品了，而大多使用"史诗"一词。严格地说，任乃强使用的"诗史"并非西方的"史诗"，而更多取自中国古典叙事文学传统中的诗史，即以诗咏史、以史纪事之意。不过，任乃强确已论及

---

① 任乃强：《任乃强民族研究文集》，民族出版社，1990，第181页。
② 马长寿：《马长寿民族学论集》，人民出版社，2003，第308页。

史诗的两个基本内核：一是韵文体的叙事；二是讲述英雄的业绩，具有历史、传说、故事的特性。简而言之，抗战时期的民族学学者对《格萨尔》的文类属性做出了尝试性的探讨，虽然未能完全准确地定性《格萨尔》的文类归属，却为以后的《格萨尔》研究打下了基础。

当时内地汉人常把叙述格萨尔事迹的书称为"蛮三国"，其与《三国演义》及三国故事究竟有何异同，时人多无考证。20世纪30年代起，中国民族学学者纷纷入康藏地区考察，这个问题遂而得解，其中对此贡献最大的是任乃强和韩儒林。任乃强早在1930年12月的《四川日报》副刊及民国23年（1934）出版的《西康图经·民俗篇》中就谈到了此问题，他说道："第二次再宿此家，已与此女子熟识，请其夜间来说'蛮三国'，令通事逐段翻译；乃所载尽仙佛故事，与三国演义无涉。始知草地称说故事为'蛮三国'，犹内地之称'说聊斋'、'摆龙门阵'，事实不必真说《聊斋》说《征东》也。"① 继而韩儒林在《关羽在西藏》一文中亦简要地讲述了"蛮三国"的内容："蒙古野史除由汉文翻译之《三国演义》（蒙文译名 ghurban ulus-un teüke）外，尚有《三国志》一书，叙述格萨尔（gesar）征讨白帐突厥（Horgur dkar）、黑帐突厥（Hor gur nag）及黄帐突厥（Hor gur ser）三族故事，蒙藏诸地，均甚流行，俗称《蛮三国》。"② 这就指出了《格萨尔》与《三国演义》的相同之处在于它们都讲述了三个国家或部族的故事。可见，韩儒林把《格萨尔》和《三国演义》并置，认为它们在性质上是相同的，故而没有把二者截然分开。

在韩儒林的这篇论文发表后几年，任乃强的另一篇关于《格萨尔》研究的论文《"蛮三国"的初步介绍》刊登在《边政公论》上，此文否定了《格萨尔》是《三国演义》的译本或模拟三国故事的作品。根据能

---

① 任乃强：《西康图经·民俗篇》，南天书局有限公司，1987，第190页。

② 韩儒林：《韩儒林文集》，江苏古籍出版社，1985，第664页。

辨识格萨尔像的藏僧的口述和寺庙内的壁画，任乃强弄清了《格萨尔》与《三国演义》的关系："在炉霍格聪活佛私寺中，见此故事壁画一巨幅：楼窗内有男妇相逼，一红脸武士导人援梯而上，似欲争之。通事依格聪活佛指，孰为藏曹操，孰为藏关公，谓关公之妻为曹操所夺，关公往夺回也。此其事与古今本《三国演义》皆不合，故知其书非译三国故事。"① 既然如此，时人为何将《格萨尔》称为"蛮三国"？任乃强赞成韩儒林之说，指出"格萨尔传叙事，以平定霍尔三国为中坚，此亦为被呼作藏三国之一原因"。除此之外，任乃强还提出两点原因：一是《格萨尔》在藏族社会中，脍炙人口，任何人皆能道其一二，有似《三国演义》在汉族社会中之成为普及读物。汉人闲话，必指奸人为曹操，鲁莽人为张飞。故俗谓闲谈为"说三国"。藏人闲话，必涉及格萨尔的故事，故亦呼之为"说蛮三国"。二是最初听说格萨尔故事的汉人，就其人物性情，随意比附，遂谓格萨尔为蛮关公，贾察为蛮关平，超同为蛮周仓，格噶为蛮曹操。② 这便从汉藏文化交流的角度解释了《格萨尔》与《三国演义》之所以混同的原因。

对于格萨尔其人的考证，以任乃强和韩儒林用力最勤，论述最为精当。韩儒林通过对历史文献的爬梳和田野调查厘清了关羽和格萨尔混同的原因，他认为二者混同是民众思想情感，即英雄崇拜所致："民间说书人宿喜'崇拜英雄'，故不惟为格萨尔建立庙宇，香火供奉，且往往张冠李戴，竟以关圣帝君呼之。于是蒙藏民间传说中之英雄，一变而为唐代北方战将，再变而为三国汉寿亭侯。"③ 他认为，汉人实是以自身民间崇拜的关羽称呼格萨尔，也正如同藏人以自身民间崇拜的格萨尔称呼汉人

---

① 任乃强：《任乃强民族研究文集》，民族出版社，1990，第181页。
② 任乃强：《任乃强民族研究文集》，民族出版社，1990，第182页。
③ 韩儒林：《韩儒林文集》，江苏古籍出版社，1985，第664页。

的关羽。根据《十万谕旨》中叙述的赞普纳尼婆罗（Nepāl Bal-po）、大唐两公主与佛教输入吐蕃的史实以及《嘉喇卜经》的记载，韩儒林推断藏人视格萨尔为唐初人。

任乃强根据藏汉文献典籍，结合其在康藏地区的田野调查，指出格萨尔是林葱土司之先祖，即《宋史·吐蕃传》中的唃厮罗，又以西夏史参证推知唃厮罗生于宋太宗至道三年（997）。20 世纪 80 年代以后，任乃强的这一观点得到王沂暖、佟锦华、上官剑壁、徐国琼等的肯定，他们都认为岭氏家族（林葱土司家族）与岭·格萨尔有关。其中，一种观点是唃厮罗说。王沂暖在《西北民族学院学报》1979 年第 1 期上发表的《〈格萨尔王传〉中的格萨尔》倾向于认为格萨尔是唃厮罗[①]。1982 年，开斗山和丹珠昂奔在《西藏研究》第 3 期上合作发表的《试论格萨尔其人》使用诗史互证的方法论证了格萨尔即宋初的唃厮罗[②]。另一种观点是林葱土司祖先说，它是任乃强对格萨尔其人论述的另一种延续。较早回应这种说法的是上官剑壁。她在《史诗〈格萨尔王传〉及其研究》中从地理位置、藏文典籍、族谱等多个角度证明了四川历史上的林国与格萨尔的密切关系[③]。受到上官剑壁的影响，王沂暖在《藏族史诗〈格萨尔王传〉》中改变了原来的观点，承认上官剑壁的说法所提供的证据更充分[④]。1984 年，吴均在《民族文学研究》上发表《岭·格萨尔论》，该文利用丰富的藏文资料，论证了岭·格萨尔是以林葱地方的头目为模特儿而逐步塑造出来的[⑤]。此后的一段时期内，唃厮罗说逐渐为林葱土司祖先说所取代，以林葱土司祖先为原型的说法逐渐成为一种主流观点。

---

① 王沂暖：《〈格萨尔王传〉中的格萨尔》，《西北民族学院学报》1979 年第 1 期。
② 开斗山、丹珠昂奔：《试论格萨尔其人》，《西藏研究》1982 年第 3 期。
③ 上官剑壁：《史诗〈格萨尔王传〉及其研究》，《西藏研究》1982 年第 1 期。
④ 王沂暖：《藏族史诗〈格萨尔王传〉》，《中央民族学院学报》1981 年第 3 期。
⑤ 吴均：《岭·格萨尔论》，《民族文学研究》1984 年第 1 期。

随后，佟锦华的《格萨尔王与历史人物的关系——格萨尔王艺术形象的形成》以地理位置和历史时间为导引，探索了有关历史人物和他们活动的时代，考察了有关历史事件及其发生的时期与演变过程，从人物、事件、时间和地点四个方面对格萨尔与唃厮罗、松赞干布、赤松德赞等历史人物的关系做出了考证，肯定了林葱土司祖先与格萨尔的关系，指出不应该把格萨尔与他们中的某一个历史人物联系在一起，更不能等同起来，而应该把格萨尔看成一个综合了这些英雄和其他藏族历史英雄的典型人物①。20 世纪末至今，对这个话题的讨论还在继续。但是，它们大多是 20 世纪中期以前讨论的余绪，见解和观点也没有超越前人。其实，史诗是一种文学艺术创造，不是历史编年，对于格萨尔其人的探讨应该与史诗形成和发展的一般规律联系起来。从任乃强到王沂暖、吴均，再到佟锦华，中国学者逐渐摆脱了将史诗主人公格萨尔与藏族历史事件和历史人物相互印证的拘囿来探求格萨尔这一英雄形象原型的研究范式，开始从文学艺术创作本身所具有的规律方面认识这个问题，这不仅从根本上解决了格萨尔这一英雄形象的根源和形成问题，而且标志着对"格萨尔其人"的探讨已经由侧重历史的研究转向侧重文学性的分析和把握。

至于格萨尔的关羽说，任乃强赞同韩儒林的观点。他认为，西藏拉萨的关帝庙所祭祀的神并不是格萨尔，而是汉人的关羽。乾隆时官员对关羽十分崇拜，他们感于关羽的灵圣而在拉萨各地建立关帝庙。据《卫藏通志》记载，清政府曾在札什城之南、磨盘山顶、札什伦布营官寨前等处建造关帝庙，大臣和琳与福康安等曾撰写碑文②。其实，此时的汉人不知道格萨尔是何人，而格萨尔塑像与关羽塑像的造型甚是相同，除了盔与武器不同外，赤脸、绿袍、赤马、金甲、绿靴都吻合，任乃强推断

---

① 佟锦华：《藏族文学研究》，中国藏学出版社，1992，第 254～281 页。

② 松筠撰《卫藏通志》，西藏人民出版社，1982，第 273～290 页。

这是格萨尔被呼为"藏关公"的原因之一。由于如此相像，任乃强说道："真正之塑格萨尔像，在拉萨大昭寺内，虽至今日，汉人尚不识之，只藏僧能辨其为格萨尔耳。"①

另一个关于格萨尔其人的观点，即格萨尔外借说不得不提。韩儒林曾批评外借说，即外国学者根据格萨尔和凯撒语音相近而提出的"凯撒说"："罗马大将凯撒声威无远弗届，东欧与西亚诸土，或以其名作皇帝一字用，如德国皇帝曰kaiser，俄帝称car'o皆凯撒一音之转，或以其名名其城（Cesaree）。有人以格萨尔与凯撒音近，遂望文生义，妄加附会，认为格萨尔即宁作阿尔卑斯中三家村村长而不甘当罗马副执政之凯撒，且以为西藏喇嘛为印度玄想和尚之高足，于凯撒故事辗转传说，迭加渲染，遂成今日之《蛮三国》矣。"② 显然，这个问题直接关联东西方学术对《格萨尔》研究持有观点的根本不同。韩儒林的观点与其个人的学识甚是相关，韩儒林出身史学，又充分涉猎国外东方学家的著作，专于中西交流史，精于西北舆地之学，故而能够创见性地指出西方学者研究《格萨尔》持有的学术观点的偏颇。此一论题在20世纪80年代成为格萨尔研究的焦点话题，其导火索是石泰安在其专著中主张格萨尔是由西方外借而来的。由此，中国学者发起了针对此论点的反驳，形成了20世纪80年代研究《格萨尔》的一个重要关注点——"格萨尔论"。

抗战时期，中国民族学学者相继走入田野，介绍格萨尔遗迹和寺庙的文章也纷纷见诸学术刊物。除任乃强介绍了格萨尔寺庙和塑像外，还有夺节、庄学本、谢国安等人。在此时期，任乃强还关注《格萨尔》说唱，他既探讨了《格萨尔》引人入胜的原因以及文本的情况，又描述了《格萨尔》说唱中的说唱艺人和受众："环听者如山，喜笑悦乐，或愠或

---

① 任乃强：《任乃强民族研究文集》，民族出版社，1990，第182页。
② 韩儒林：《韩儒林文集》，江苏古籍出版社，1985，第665页。

噱，万态毕呈，恍如灵魂为书声所夺。……后至桑珠寺夜宿无聊，嘱杂科保正觅此书。其人即有全部写本而读之烂熟者，闻余等嗜此，甚喜，归取书，遂披被来，拟作长夜讲述。县府谢科员任翻译，亦素嗜此书者。二人讲述已半夜，余等倦眼欲合，讽以辍讲，彼如酒徒临饮，期期不肯止。直至余等已入梦，始自罢辍。"①

　　任乃强和韩儒林对于《格萨尔》的形式和内容均有专篇专论，澄清并纠正了当时知识界对《格萨尔》的一些误读。以现在的《格萨尔》研究乃至国内外史诗研究的学术成果反观抗战时期的《格萨尔》研究，可能会发现他们研究中的不足，毕竟那个时候史诗的理论研究还是相当薄弱的。例如，冠在《格萨尔》头上的"诗史""野史""传说"等确实没能抓住《格萨尔》的本质，而是过多地试图探寻史诗主人公格萨尔的历史真实性。但是无论如何，我们必须承认他们所取得的有价值的成就，他们对《格萨尔》的产生年代、人物原型、史诗部本结构、内容和艺术价值、民间影响做了开拓性的探讨并纠正了文化交流中与之相关的一些误解等，而且他们注重"史"的研究传统一直延续到 20 世纪 80 年代乃至以后，成为《格萨尔》研究的一种重要范式。

---

① 任乃强：《任乃强民族研究文集》，民族出版社，1990，第 184 页。

史诗问题[*]（节选）

闻一多

　　神话不只是一个文化力量，它显然也是一个记述。是记述便有它文学一方面。它往往包含以后成为史诗、传奇、悲剧等等的根苗，而在文明社会的自觉的艺术以内，被各民族的创作天才利用到这种方面去。有的神话只是干燥的陈述，几乎没有任何起转与戏情，另外一些则显然是戏剧性的故事。例如社会的优先权，法律的证书，系统与当地权利的保障，都不会在感情领域进行多远的，所以没有文学价值的要素。信仰，在另一方面，不管是巫术信仰或宗教信仰，则与人类深切的欲求，恐惧与希望，热情与情操等等关系密切。爱与死的神话，失掉了"黄金时代"一类故事，以及乱伦与黑巫术的神话，则与悲剧、抒情诗、言情小说等艺术形式所需要的质素相合。

　　不像其他上古传说只留下一鳞半爪，或简单轮廓，上述的故事，独具曲折的情节，想必因其本身的传奇性与戏剧性，被人爱好而不断的讲述。它是具备了文学题材的资格的，究竟曾否被制成文学作品呢？那是很可能的。那作品又采取着什么形式呢？我们以为最可能的是诗。

---

　　* "史诗问题"是作者中国文学分期第一段第一大期的第一个问题。

神话传说的社会功能。文化愈浅演愈不能没有神话传说。

《虞夏书》容经后人增饰修改，但故事的本质非战国时代所必须产生，故知必非当时人伪造。即以形式论，改动处恐亦不多，因叙述方式甚奇，与春秋以来任何文体不合。

殷中叶以前的社会形式——产生史诗的适当条件。

1. 游牧部落产生英雄故事（一入农业国则否）。

游牧农业——（初期农业为畜牲食料）混合经济，牧畜相当重要。[文献中所见如下记载，都是游牧农业的反应：]商——（1）《史记》："自契至汤八迁。"（2）《盘庚》："兹犹不常宁，不常厥邑，于今五邦。"（3）卜辞祭牲之多。（4）争夺草原。（5）卜年卜雨。周——（1）《绵》："民之初生，自土沮漆。古公亶父，陶复陶穴，未有家室。"（2）"来朝（周）走（刍）马。"与之俱来，即有：自然崇拜——天象——命运的支配者——神与英雄；战争——草原的抢夺；文明的破晓——有了闲暇而又十分安定，有了收获而又不失为新奇，生之惊异与命运的喜悦产生神秘的故事和神话传说——神与英雄。

2. 中国历史上夏及殷中叶以前正当此时期。文献中所见古代部落英雄故事之残余，果以此时为多（大雅非史诗）。

部落——国家在开始形成中。殷王——部落群中的盟主。（1）《左传》载"殷民六族"；（2）盘庚演说还保存着氏族民主主义的形式。首领与大众接近——祭祀仪式大众皆参加（在幼稚生产力的水平下，凡开辟草莱、斩伐林木等工作，都需要氏族共同体的集团协力）——带有社会娱乐性质——产生史诗的良好机会。

3. 夏殷代表夷夏两民族——汉族最基本的二构成员——文化形态的两个决定因素。

大抵夏人先起今河南嵩山山脉中。在伊洛上流，其势力逐次沿伊洛向东北下游移殖。一方自河南省西部北渡黄河，西达今山西省之南部，东及太行山南端尽头之迤西。又一方沿河南岸东下，渐次达于今山东河北境，遂与东方黄河下游之夷族势力相遇而产生冲突。商以居黄河入海之三角洲，土壤肥沃，开化似较速。夏人似本无文字。文字乃商人之发明。其铜器制造尤精，书法尤美。周人起于四方，仍循夏人形势东侵，征服殷人，而渐次移殖于大河下游一带之平原。如此，黄河上下游互相绾结，遂造成中国文化之基础。

4. 两民族的斗争——夷夏之斗争。

［两个故事。］

1. 天文故事："昔高辛氏有二子，伯曰阏伯，季曰实沈，居于旷林，不相能也，日寻干戈，以相征讨。后帝不臧，迁阏伯于商丘，主辰，商人是因，故辰为商星；迁实沈于大夏，主参，唐人是因……故参为晋星。"是一段人事的反映。

两个系统——三代的分系

舜益皆虞人之官盖本同氏

东—夷	虞—舜、益	殷商	殷
西—夏	夏—禹、启	夏	周

2. 一个史诗式的故事：启胜益后，淫于声乐，作《九歌》。其妻有仍氏女，"鬓黑而甚美，光可以鉴，名曰玄妻"。子太康烝之。遂叛启，逃于洛汭，御玄妻以从，故又称洛嫔，一曰宓妃，曹植所谓赋洛神者也。启征之不胜。益之同族有穷后羿，乘机攻太康，杀之。而娶玄妻（羿妻嫦娥）。羿臣曰浞，又与玄妻通（嫦娥窃羿之不死药奔月）。浞与羿之家众，谋杀羿，又娶玄妻。浞因羿室生浇及豷，浇居有过。初太康死，弟仲康逃居斟寻。仲康死，子相继立。相妻后缗，亦有仍氏女。浇伐斟寻，

灭相。后缗方娠，逃归有仍，生少康焉，为有仍牧正。初，羿之死，其子亦被害。其妻曰女艾（岐），居观扈，思报父与夫仇而莫由。少康之在有仍也。浇求之急，乃逃奔有虞，遂与女艾谋，佯与浇通，将诱杀之。方浇在女艾室中，少康入袭，误断女艾头。浇逸出。至户，少康又嗾犬追及，杀之。夏乃中兴。① 以上故事杂见于《尚书》《左传》《天问》《离骚》等。

故事流传之媒介，大概不外三种方式——是时尚无文字：

1. 图画的（《天问》）；

2. 舞蹈的；

3. 语言的——不带动作的诗歌，即史诗。

图画、舞蹈仍须语言的解释，故主要的还是语言。

最进步的方式是以语言讲故事。分二种——说白（散文）与歌诗（韵文）。长篇必为歌诗，因节奏明显，便于记忆。歌诗形式决定于吟唱时伴奏的乐器：

敲击乐器——节奏

管弦乐器——旋律

管，用口，不能同时吟唱，故只弦乐适用。然弦乐周初尚无，故夏商伴奏只有敲击乐（钟亦无，只鼓缶柷敔之类）。史诗形式不能超过大雅的形式——四言为主的韵语。前述故事内容加四言韵语形式——当在古本《虞夏书》内。《孟子》载舜事带故事意味——当出古《虞夏书》之类。

---

① 以上故事，作者手稿附有大量资料，如为说明启得天下淫于声乐，即摘录了《墨子》《天问》《离骚》《山海经》中的有关记载。

今《虞夏书》犹多四言
先秦人引《尚书》多韵语　　　　　　　　}诗体
今《尧典》《皋陶谟》叙事繁缛多对话
古本《五子之歌》或即史诗的残骸。

（原载《闻一多全集·中国上古文学》，湖北人民出版社，1993）

评 介

1928 年，闻一多开始致力于中国上古文献和文学史的研究。他的学术研究特点之一是不时地以他接受的外国文学知识和理论作为一种参照系，自觉地把中国文学放在世界文学的格局中进行估定，其对中国文学"史诗问题"的思考就是一个例证。最早可以让世人了解闻一多关注中国文学"史诗问题"的文字资料，是他于 1939 年 6 月 5 日在昆明《中央日报》副刊《平明》第 16 期上发表的《歌与诗》①。闻一多也困扰于那个"恼人的问题"，即"我们原来是否也有史诗"？与王国维、鲁迅、钱锺书等人不同，闻一多倾向于肯定中国文学存在史诗，且运用传统的训诂学方法对"诗""志"做字句训释来支撑自己这个学术观点。闻一多认为解决中国文学"史诗问题"的关键之一在于弄清与史诗密切关联的"诗"与"史"的关系。他对二者的阐述是从"诗"训为"志"的观念入手的②，他还罗列了一些证据坐实了"诗"与"史"之间不可分离的关系。根据诗最初本质乃是史的论断，闻一多下结论道："'我们原来是否也有

---

① 闻一多在 1922 年撰写的《律诗底研究》一文中，肯定了中国文学没有戏曲（Dramatic）诗，认为"叙事诗（Epic）仅有且无如西人之工者"。但是这篇文章闻一多生前未曾正式发表。参见《闻一多全集》第十卷，湖北人民出版社，1993，第 153 页。

② 闻一多把"诗"与"志"视为同一个字，志的三个意义，即记忆、记录和怀抱，正代表了诗的发展的三个阶段，而前两个阶段即诗是史的阶段。摆出了这样一种观点后，闻一多便在古书里博求具有"记忆"和"记载"之意的"志"的句子，以证明自己的结论："《诗》本是记事的，也是一种史。在散文产生之后，它与那三种（属于史类的《书》《礼》《春秋》——引者按）仅在体裁上有有韵与无韵之分，在散文未产生之前，连这点分别也没有。诗即史，……"（参见闻一多《闻一多全集》第十卷，湖北人民出版社，1993，第 11 页）同时，为了避免"单文孤证"，闻一多又援引孟子在《离娄·下篇》和《诗大序》中的相关言论给予旁证。

史诗'也许就有解决的希望。"① 其言下之意是，把"诗"与"史"这两个词联系在一起进行新的阐发，便可以旁证出中国文学存在史诗。显然，闻一多把西方的史诗概念简单地化约为使用韵文体讲述历史的诗歌，忽视了故事性在史诗中的重要地位，确切地说，在这篇文章里闻一多所谓的史诗呈现的是一种诗史观。

就纯粹的学术而言，企图通过重新建构"诗"与"史"的关系以解决中国文学的"史诗问题"的做法很难在学理上得到认可，甚至可能直接导致西方的史诗概念和中国古典传统的诗史观念互相混淆。但是，深厚的中西学识让闻一多在这条学术思路上不可能走得太远，注定他要回过头来重新反思中国文学的"史诗问题"，寻找新的解决途径。这种努力在他于 1943 年 12 月在《当代评论》第 4 卷第 1 期上发表的《文学的历史动向》一文中有所体现。在这篇文章中闻一多在世界文学的格局下把中国、印度、以色列和希腊四大文化并置，既找寻出了它们之间存在的共性，又细察了它们各自的特点。在他看来，《周颂》和《大雅》、印度的《梨俱吠陀》、《旧约》里最早的《希伯来诗篇》、希腊的《伊利亚特》和《奥德赛》是四大古老民族上古文化的荣耀，它们的相同点在于它们的源头都来自民众，都是首先在民众中歌唱起来，然后才通过文字记载下来，流传到现在的，这种认识无疑是符合文学的发展规律的。同时，闻一多也注意到了四种文化各自不同的特点和演进路线，观察到了它们虽然都源于歌，但是歌的性质并不一样。他认为，"印度，希腊，是在歌中讲着故事，他们那歌是比较近乎小说戏剧性质的，而且篇幅都很长，而中国，以色列则都唱着以人生与宗教为主题的较短的抒情诗。中国与以色列许是偶同，印度与希腊都是雅利安种人，说着同一系统的语言，

---

① 闻一多：《闻一多全集》第十卷，湖北人民出版社，1993，第 15 页。

他们唱着性质比较类似的歌，倒也不足怪"①。这表明闻一多不再把西方史诗的概念盯在"史"字上，而是确认了史诗的侧重点是故事，这在一定程度上拨正了他自己在《歌与诗》一文中提出的厘清"诗"与"史"的关系可以解决中国文学"史诗问题"的设想。

依凭对中国文学的认识，闻一多清醒地意识到《诗经》时代已经给中国文学定下了基调，即"从此以后二千年间，诗——抒情诗，始终是我国文学的正统的类型，甚至除散文外，它是唯一的类型。赋，词，曲，是诗的支流，一部分散文，如赠序，碑志等，是诗的副产品，而小说和戏剧又往往以各自不同的方式夹杂些诗。诗，不但支配了整个文学领域，还影响了造型艺术，它同化了绘画，又装饰了建筑（如楹联，春帖等）和许多工艺美术品"②。既然承认中国文学的传统是诗，是抒情的传统，那么等于承认了《诗经》时代及以后的中国文学没有产生史诗的土壤。如果要在中国文学史上寻找史诗，只有到殷中叶以前，所以《虞夏书》成为他寻找史诗的目标。沿着这种学术思路，闻一多一方面明确表示《大雅》非史诗，另一方面又表示中国文学有史诗，他肯定中国本土在上古时有故事和歌舞剧的雏形存在，只是没有发展成为文学的门类。那么为什么会有这种缺失呢？闻一多的解释是："对于讲故事，听故事，我们似乎一向就不大热心。不是教诲的寓言，就是纪实的历史，我们从未养成单纯的为故事而讲故事，听故事的兴趣。"③ 这种说法与胡适的观点甚为相似，都把中国文学没有史诗或史诗不发达的原因归结为演述史诗的环境的缺失。但是他们又有不同，胡适是从先秦以下寻找中国文学的史诗，把《日出东南隅》《孔雀东南飞》等叙事诗视为故事诗（Epic），这

---

① 闻一多：《闻一多全集》第十卷，湖北人民出版社，1993，第 16~17 页。
② 闻一多：《闻一多全集》第十卷，湖北人民出版社，1993，第 17 页。
③ 闻一多：《闻一多全集》第十卷，湖北人民出版社，1993，第 18 页。

是闻一多所不认可的，闻一多是从殷商中叶上溯寻找中国文学的史诗，两条学术路线孰是孰非一时还难以看出究竟。

闻一多把中国文学是否有史诗的问题放入中国文学史的框架中进行考量并诉诸文字的文章是《四千年文学大势鸟瞰》。文中首次使用"史诗问题"一词标举中国文学有无史诗的学术讨论，把"史诗问题"作为中国文学分期第一大期中的第一个问题①。既然假定中国文学存在史诗，闻一多必然要广泛收集证据，务求在上古文献典籍中找寻与自己设想相合的材料。因此，他在题为《中国文学史稿（一）》的手稿中专列"史诗问题"一节进行论述。要全面弄清史诗，必须解析构成史诗所需要的质素。凭借多年来神话研究积累的深湛功力，闻一多抓住神话是史诗核心质素之一的要义。神话为史诗提供了丰富的创作素材是毫无疑义的，但是并非所有的神话都被吸纳到史诗中去，一些神话注定是无法纳入史诗的一种相对独立的陈述，只有那些具有起承转合和戏剧性故事的神话才与史诗相合。

于是，闻一多着力于拿出让人信服的证据来证明中国文学亦有过这样的史诗。闻一多选中了《虞夏书》，把它作为中国文学存在史诗的一种证据。然后，围绕《虞夏书》，他将传统的考据方法和现代学术那种科学的致密结合起来阐明自己的观点。第一步，审定《虞夏书》中故事发生的年代。因为若不把这个问题说清楚，则一切研究皆无从做起。他认为，"《虞夏书》容经后人增饰修改，但故事的本质非战国时代所必须产生，故知必非当时人伪造。即以形式论，改动处恐亦不多，因叙述方式甚奇，

---

① 闻一多把四千年中国文学分为四大段，第一段是本土文化中心的抟成（一千年左右），史诗问题就是这一段的第一个大期中的第一个问题，第二段是本土文化区域的扩大（从三百篇到十九首，一千二百九十一年），第三段是从曹植到曹雪芹（一千九百一十九年），第四段是未来的展望——大循环。参见闻一多《闻一多全集》第十卷，湖北人民出版社，1993，第22～36页。

与春秋以来任何文体不合"①。第二步，在假定《虞夏书》中所讲述的故事发生在殷中叶以前的基础上，以荷马史诗为范例，闻一多论证殷中叶的社会形态是产生史诗的适当条件，大致说来有四个方面。第一个方面，根据史诗英雄多产生于游牧部落的观念，闻一多通过上古的文献记载证明了殷中期以前的社会形态是容易出现神和英雄的游牧农业社会②。第二个方面，闻一多以荷马史诗产生于氏族社会到奴隶制社会的过渡时期为参照框架，论证了中国历史上的夏及殷中叶以前是史诗产生的时期。他以《左传》中的"殷民六族"和盘庚演说为依据，指出这段时期还保存着氏族民主主义的形式，部落－国家开始形成，殷王是部落群中的盟主，再次肯定了这段时期是产生史诗的良好机会。第三个方面，闻一多认为夏殷代表的夷夏两民族正如《伊利亚特》讲述的特洛伊人和阿凯亚人，夷夏两民族构成中国文化之基础正如特洛伊人和阿凯亚人构成希腊文化之基础。第四个方面，夷夏两民族有着斗争的故事，闻一多根据《尚书》《左传》《墨子》《天问》《离骚》《山海经》等典籍中的只言片语重新构拟了一个史诗式的故事③。

仅仅考证了殷中叶前具备了产生史诗的社会条件和拥有了构成史诗的故事还不足以说明中国文学有像西方史诗的那种东西，还需要证明这种故事是用诗体的形式流传。所以，第三步，闻一多阐述了夷夏战争的故事的流传媒介是韵文体。在无文字社会，所有文学都不得不以口耳相传的方式传播，这就决定了所有长篇的故事不得不使用节奏明显和便于记忆的韵文体的形式。由此出发，闻一多推断夷夏战争当以歌诗的形式吟唱，《虞夏书》尤多使用的四言、《尚书》使用的韵语以及《尧典》

---

① 闻一多：《闻一多全集》第十卷，湖北人民出版社，1993，第44页。

② 闻一多：《闻一多全集》第十卷，湖北人民出版社，1993，第44页。

③ 对这个故事的构拟可参见闻一多《闻一多全集》第十卷，湖北人民出版社，1993，第45～46页。

《皋陶谟》使用的诗体叙事更是旁证了闻一多的这个推断。闻一多又根据夏商和周初使用的乐器，推测这种故事或者说史诗的形式应该是《大雅》的形式——四言为主的韵语。通过这三个步骤的归纳和研究，闻一多得出一个推论，即古本《五子之歌》或即史诗的残骸。

其实，这种证明中国文学有史诗的学术思路存在着极大的风险。首先，闻一多的立论存在着一定的问题，他不是发现史诗再去论史诗，而是先肯定有史诗再到浩如烟海的中国文献古籍中寻找与西方史诗能够相匹配的东西，这必然会不自觉地用中国文学比附西方史诗。其次，闻一多是先有心在《虞夏书》中寻找中国文学的史诗，然后依据西方史诗的概念从社会环境、内容和形式等方面论证《虞夏书》确有史诗或留有史诗的残骸。这不由得让人生发出一个疑问：他是以殷中叶以前的文化社会现象为论证对象，如果《虞夏书》或者说古本《五子之歌》不能被确信为撰写于殷中叶以前的故事，那么他的论证就需要进一步考究。对于《虞夏书》和《五子之歌》的创作时代，学者众说纷纭。王国维在《古史新证》中指出《虞夏书》中的《尧典》、《皋陶谟》、《禹贡》和《甘誓》或许为后世重编，但以为"至少亦必为周初人所作"①。钱玄同在《答顾颉刚先生书》中以为"《尧典》，《皋陶谟》，《禹贡》，《甘誓》等篇，一定是晚周人伪造的"②。胡适更是指出《尚书》或是儒家造出的"托古改制"的书，或是古代歌功颂德的书③。这些均说明《虞夏书》描述的殷中叶的事情虽然可能是真的，但是后人在追记时做出一些改动是不可避免的。如果《虞夏书》描述的殷中叶的事情可能是虚构的，那么闻一多的论述在文献层次便发生了严重错误，他建构的大厦便只能是空

---

① 顾颉刚编著《古史辨》第一册，上海古籍出版社，1982，第265页。

② 顾颉刚编著《古史辨》第一册，上海古籍出版社，1982，第76～77页。

③ 胡适：《胡适文集》第六卷，欧阳哲生编，北京大学出版社，1998，第177页。

中楼阁。

　　不过，我们也不能一味地抹杀闻一多的推论所具有的某种合理性。因为，我们不能断然否定夷夏之争的故事的真实性，而且闻一多对各种史料的分析也不是穿凿附会，他对史料的分类、梳理以及把握都是以不伤及历史的原貌为前提的。我们应该肯定闻一多对中国文学的"史诗问题"的解释自成一体，这种解释基本上是从材料本身出发，而不是把解释凌驾于材料之上。可惜的是，闻一多留给我们的只是这种解释的整体性轮廓和手稿。当然，通过这些手稿，我们仍然能看出这种解释是由丰厚的材料和许多具体的研究来支撑的。可是，我们也不能轻易地信服他的推论。他以荷马史诗为范例，在中国文学史上找到了类似物，我们也可以荷马史诗为例，反问道：既然荷马史诗能够传唱得那么久，而且以定本的形式流传下来，为何《五子之歌》却不能呢？为何希腊上古文献中有各种荷马史诗演唱活动的记载，中国上古文献中却没有对《五子之歌》演唱的记载呢？这些是闻一多不能回答的，或许是他没来得及回答的①。

---

　　①　这里论述的只是闻一多的手稿，许多地方都不是很完整。写一部中国文学史是闻一多在20世纪40年代最想完成的学术工作，而"史诗问题"是其中一个重要的组成部分，但是还没来得及完成，闻一多就为国民党当局所杀害了。

《伊利亚特》和《奥德赛》（节选）

茅　盾

朋友！也许你觉得上面记述的"梗概"太简略了吧？但在这篇短文中，我们要讲的话太多，没有法子弄得太详；并且"梗概"只是"梗概"，不是"节本"；倘使你的希望只在更多知道些"故事"，那么，"节本"或者能够使你满足，但假使你要鉴赏这两部名著的好处——或是说你想在这两部"名著"里学得点什么，那就连"节本"都不够了，你得读原文或者可靠的译本。

然而抽象地讲讲这两部"名著"的好处，在这里倒是可能的——或者也是必要的吧？

首先，我们一眼就看得见的，是这两部古代"名著"包含着基本的"文艺技巧"。《伊利亚特》的主要写法是"第三人称"的写法，《奥德赛》主要的却是"第一人称"；《伊利亚特》不过是几天内的"故事"，而《奥德赛》却是十年间的记录；《伊利亚特》描写的中心点是"战争"，而《奥德赛》的却是"人情世故"；《伊利亚特》的中心人物是"男子"，《奥德赛》的却是"女人"——这都是显而易见的。如果我们再进一步看，则《伊利亚特》是"雄伟"的，而《奥德赛》是"瑰奇"的；《伊利亚特》有的是所谓"阳刚之美"，《奥德赛》是"阴柔之美"；《伊利亚特》给我们看一些狮子般勇猛，老虎样暴烈的男子——自然，这些男子也不是粗鲁的，海克托宫中诀别妻儿那一个场面（我们的"梗概"里有的）固然凄美动人，而容易生气、傲慢固执、报仇要报到底的阿契里斯接待他的敌人特罗亚老王普赖安的光景也是温柔大量感动人心到深处，可是《奥德赛》写的女人却柔媚如猫，狡谲如蛇，皮涅罗皮对付那些求婚人的态度不像一位"贞烈的妇人"而像一个老练的交际花，即如会魔术的塞栖，奥吉吉亚岛上的女妖卡力普索也都不是一副"泼妇脸"，都是怪温柔的。再说到那些"神"罢，女神密涅发在《伊利亚特》和《奥德赛》中都居于"主角"的地位，可是《伊利亚特》中的密涅发是一个"战士"，不是女人，反之，《奥德赛》中的密涅发却是个"女人"而非战士。就从结构一方面讲，《伊利亚特》是紧凑的，激动的，处处火惹惹地；然而《奥德赛》却是舒级幽闲，一步一步引人入胜。

这一切，就充分说明了这两部"名著"各擅胜场，合起来就成为西洋古代"文艺技术"的高度发展的结晶。

也是因为从各方面看来，《伊利亚特》是那么"男性"的，而《奥德赛》是那么"女性"的，所以蒲勒（本文第一节里提到过他）以为这两部书决非出于一人之手，而且以为《奥德赛》的作者是一个女子。"决非出于一人之手"，自来研究"荷马问题"的学者都这么说（如本文第二节末所述）。可是蒲勒的辩证却别有其立场。他以为《奥德赛》的作者是一个女子，年青而出身贵族，而且是现在我们叫做西西里（Sicily）岛上的人民——就是说，并非希腊人。他以为《奥德赛》里那位菲细亚国的公主诺息揆亚就是作者自己的影子；他并以为攸力栖兹的"海上冒险"实际只是从特罗亚到西西里，在西西里四周绕了一个圈子。他列举了许多论点，证明《奥德赛》的观点是一个女人的观点，而这女人是西西里人。在这里，我们没法详细引据，因为蒲勒研究这个问题是写了二十多万字的专书，名为《奥特赛的作者》（The Authoress of the Odyssey, Dutton & Co.），谁对于这个问题特别有兴趣，还是请去读这本书罢。可是有一点，我们却不能不多说几句话，就是：假定我们承认了蒲勒的议论，则"荷马问题"的翻案文章就又来了。上面（第二节）我们说过，《伊利亚特》和《奥德赛》是同一题材下许多歌曲的"集团"，经过几百年的演变，无数"盲诗人"的增饰，然后形成了的。这"假定的说法"要是不能适用于《奥德赛》，自然也就不能适用于《伊利亚特》。现在若据蒲勒的"一面之辞"，则《奥德赛》既是古代一位女子的"创作"，自然《伊利亚特》也可以是"个人的作品"了，这个"个人"说他是荷马也好，不是荷马也好，总之是一个人而不是数百年无数集体的盲诗人（也许不一定全是盲的）。然而据现在我们推想得到的纪元前一千年到五百年那时候的希腊文化程度来看（本文第二节），这样伟大的"个人作家"是断断不能产生的。

现在推想起来，当时从"特罗亚战争"所产生的口头文学，本来多到不可胜数，而且具备了各种的体式；当时也许各篇各自有独立的名称，而没有《伊利亚特》和《奥德赛》那样的名称的；即使有了，也不过是无数篇名中之一罢了。后来从口头文学厘定为书面的时候，雅典王庇士特拉妥朝的那些文士们（他们的文学才能一定也不小罢）大概很尖利地看到了那大群诗歌里分明有两种风格，有两个中心点，于是各从其类，"整理"出《伊利亚特》和《奥德赛》这么两部来。

所以仅据《奥德赛》是"女性的"这一点来推定必为女人的作品，且为女子个人的作品，像蒲勒之所辩证，也未必妥当。我们只能说，古代希腊那些无名诗人中，一定也有女性的。因为古希腊不但有伟大的女诗人莎福（Sappho）——我们现在还有她的著作的断片——而据斯密司（Smith）的《古代名人字典》（Dictionary of Classical Biography）所记，则莎福以外，与莎福齐名对立者有古尔古（Gorgo）和安特罗美达（Andromeda），而莎福的弟子中有厄林娜（Erinna）尤为特出，她写过一篇长诗，在当时以为她足和荷马匹敌。古代希腊是曾经有过许多天才的女诗人的。蒲勒引此以证《奥德赛》作者之为女性的可能，但是我们却以为也可以证明有些无名的女诗人曾经也取"特罗亚战争"为题材，因而在那"特罗亚战争"诗歌大集团中增加了"女性的"或"女性观点"的一部分，却未必遂能断定《奥德赛》乃出于某某女性一人之手呵！

朋友，这些"作者是谁"的问题，大概你听得厌烦了吧？不错，管他作者是谁呢，总之《伊利亚特》和《奥德赛》是两部好书就完了。两部好书，然而是完全不同的两种体裁，完全不同的两副笔墨。不过这两部书在"不同"之中，又有其"同者"在。有人说，《伊利亚特》的主要关键是阿契里斯的两次发怒。第一次是因为分配在他名下的一个女俘虏被统帅阿加绵农硬夺了去；女子在当时是看作财产的，所以这一怒是经济的意味。阿契里斯第二次发怒是因为他的好朋友被海克托杀死，但这并不怎样了不得，两军相战，死伤是难免的，最使阿契里斯生气的，是海克托夺了他的甲盾战车；这也是财产，因而这一怒也是经济的意味。至于希腊联军攻打特罗亚，是为了一个女子；女子是财产，已经明白了，但尤关重要的，是这女子还带了许多财产到特罗亚，书中凡说到海伦的时候一定附带一句"以及她带来的宝贝"，所以这一战争的基本意义也是经济的。《伊利亚特》又说"海伦拐逃"的原因是为的神们争一金苹果，那么连这也有着经济的意味了。我们再看《奥德赛》。这是"复仇"的故事。但是攸力栖兹最痛恨的，倒不是那般无赖的求婚人想骗他的妻，而是几乎化光了他的家财。书中每逢写到那班无赖们浪费攸力栖兹的家财，都是用重笔的。不但攸力栖兹，他的儿子忒楞马卡斯最最痛心的，也是看着家财耗费将尽。不但忒楞马卡斯，女神密涅发把攸力栖兹家中情形提起时，主要的也是说他的家财快要弄完。这经济的意义也是很显然的。而这一点，却是体裁风格完全不相同的两部书所共同的。

并且也就为的这一点，《伊利亚特》和《奥德赛》虽然充满了荒诞不经的"神话"以及"超人"式的英雄，可是我们所感得的精神却是写实的。

最后，我们要讲到像《伊利亚特》和《奥德赛》那样的东西在文学中是归入那一个部门的，并且我们还要看看别的民族里有没有同样的东西。

朋友，你大概已经知道《伊利亚特》和《奥德赛》是被称为"史诗"的。史诗（Epic）又与另一种东西叫做"Saga"的相类，北欧古代的"半神"的故事就称为"Saga"。据亚里斯多德的《诗学》所说，则"史诗"与"戏曲"不同之点在于：（1）史诗的幅面广阔，其中包含着许多事件，每一事件可用为一篇"戏曲"的题材；（2）史诗叙述者为过去之事，而"戏曲"则表演"现在"的；（3）史诗可以叙述同一时间在各地发生之事，而"戏曲"则不能。（朋友，我提醒你，这里亚里斯多德所说"戏曲"自然是指希腊悲剧，受着"三一律"的束缚的；我们以后自然也要把希腊悲剧来讲讲。）但是后来的文学史家又把"史诗"分为二类，一是"民间的"或"民族的"史诗，例如《伊利亚特》和《奥德赛》，二是"个人著作的"或"文艺的"史诗，例如味吉尔（Virgil）的《伊泥易德》（Aenied）和密尔顿（Milton）的《失乐园》（Paradise Lost）。

一个民族总有点"神话"和"传说"，现在尚未开化的布西曼族（Bushman）——他们还不知道火食，也有他们的简陋的"神话"；但每一民族不一定都能够产生伟大的史诗。像《伊利亚特》和《奥德赛》那样雄伟奇瑰的史诗更不多见。巴比仑的"古文明"在上古时代并没有比希腊人逊色，可是现在所见巴比仑的不完全的史诗《吉尔伽麦西》（Gilgamesh）远不及《伊利亚特》和《奥德赛》那样富有"文艺的价值"。这巴比仑的史诗大概产生于纪元前三千多年，比《伊利亚特》老得多了。这史诗最初也是"口头文学"，直到纪元前六百年顷，亚西利亚（Assyria，即巴比仑帝国的后身）的末代大皇帝亚苏摆尼派尔（Assur-bani-pal）

命人写定，用楔形文字刻在泥砖上，藏于宁爱凡（Nineveh）城的图书馆。但那时，亚西利亚帝国的"命运"也不长了，宁爱凡城被陷后，那伟大的图书馆里庋藏的无数"芦纸"抄本古籍都付之一炬，那些"泥砖"刻本则埋在瓦砾堆里了。然而幸是"泥砖"，二千年后发掘出来，尚可阅读。这中间就有《吉尔伽麦西》的大半部。

这部巴比仑的"史诗"就讲述"半神半人"的英雄吉尔伽麦西的故事。主要人物共三个：一即吉尔伽麦西，二为"半兽半人"的厄巴尼（Eabani），三为巴比仑神话中治洪水的英雄（后肉身成神）乌忒捺泼以西丁（Ut-Nap-ishtim）。故事的梗概如下——

巴比仑洪水时代以后的第一个皇帝沙喀罗斯得神启示，说他的女儿将来生子必篡帝位，因此，沙喀罗斯就把女儿闭禁在高塔中，严密看守着。但是过了些时，那女儿居然无夫而孕，产一子；看守的人恐怕皇帝知道了此事要大怒，赶快把这婴孩从塔上扔下去了。那婴孩在半空中就被一只鹰接住，带他到一个园子里，被一个农夫拾去，抚养成人，后来固然篡了帝位。这孩子就是吉尔伽麦西。他在巴比仑神话中，相当于太阳神；而在巴比仑历史上则是一代的暴君（所以这史诗一半是神话，一半是神话化的历史）。神们是不愿意吉尔伽麦西长大成人而且得帝位的，就派了"野人"厄巴尼去捣乱。这厄巴尼是人头兽身的怪物，头上又有两只大角。可是吉尔伽麦西用了个美人计，倒把这厄巴尼收为帮手，干了许多冒险事业；他们打败了怪妖孔巴巴和一条神牛；这都是神派来杀害他们的。然而后来因为吉尔伽麦西不肯接收女神伊西泰的恋爱（被这位神恋爱的人都没有好收场），伊西泰怒，就先杀死了厄巴尼。于是吉尔伽麦西要到他的祖先乌忒捺泼以西丁那里请求"不死之药"。他旅行到日落之山，渡过了死水，看见了乌忒捺泼以西丁了，可是这位治洪水的英雄却告诉他"凡人必死"，给他一个大大的失望。在这里，又由乌忒捺泼以西丁的嘴巴讲述了巴比仑洪水的故事，最后，吉尔伽麦西回到本国，仍旧做皇帝。

巴比仑史诗《吉尔伽麦西》就是这样。泥砖的原刻本，现收藏于不列颠博物馆，可以看见这部史诗的本来面目。这和《伊利亚特》《奥德赛》比起来，无论在"思想"上或"技巧"上，都差得远了。有些神话学者以为吉尔伽麦西是太阳神；太阳到了正午——全盛时代，就要没落，所以吉尔伽麦西在胜利的顶点就有失败，而他的旅行到日落之山，进入地下世界，也象征了太阳的西落。最后又说到他仍旧做皇帝，那又是太阳在第二天的再升起来了。所以《吉尔伽麦西》这部史诗，主要的材料还是神话，不过我们可信它中间也夹杂着远古的史事，成为历史的神话化。

《吉尔伽麦西》而外，世界上年代最古的史诗就要算着印度的《麻哈布哈拉塔》（Mahabharata）和《喇麻耶涅》（Ramayana）了。这是东方民族最伟大的史诗，也是世界上最长的史诗。这是用梵文（Sanskrit）写的，是韵文。在梵文学中间，"史诗"也分为两类：一为"Purana"，意义相当于前述之"民间的"史诗，《麻哈布哈拉塔》属之；一为"个人著作的"史诗，《喇麻耶涅》属之。并且两者的体裁亦小有不同：《麻哈布哈拉塔》虽用所谓"cloka"体的诗，但中间对话部分也有用散文的；至于《喇麻耶涅》则全体是格律谨严的诗了。

《麻哈布哈拉塔》现在的写本里共有十万行以上的诗，即等于《伊利亚特》和《奥德赛》二者总数的七倍。这是文学史上最长的诗篇。这共分为十八卷，另加附录一卷。各卷长短颇不一致；第十二卷最长，凡诗一万四千行；第十七卷最短，仅得三百十二行。这部"史诗"产生的时代已不可考，但知最初也是口头的流动文学，经过了许多年代的发展而成现今所传的形式——这，至迟不过纪元前第十世纪。在这书里，有"神话"，有"传说"，也有许多古代的"格言"。

和《伊利亚特》相似，这《麻哈布哈拉塔》的主要故事也是战争，而且是十八日中间的战争；但这战争不过是故事的一副骨架罢了，写战争的诗总共不过二万行罢了，其余八万行都是"枝叶"，引用了许多神们以及帝皇们、圣哲们的古老的"传说"，甚至宇宙观、宗教观、哲学、法律、格言，应有尽有。所以有些学者以为这部书最初大概只有描写战争那一部分（不用说，这是一部分的古史），后来经僧侣逐渐增饰，成了现在的样子；而僧侣们所增的部分也就是教训意味最浓者，其用意无非使印度的那些国王知道僧侣阶级之特权不可轻视而已。然而那副瘦小的骨架（十八日间的战争），却在全书中非常有力，成为最精采的艺术品。这里，我们只能说个大略：古代印度有两个兄弟，是一国之主；因为兄盲目，由弟治理国事，治得很好；其后弟殁，兄乃自理国事。兄有一百个儿子，称为科洛氏诸亲王；弟有五个儿子，称为邦度氏亲王。邦度氏五子中，长者最贤，那位盲目的伯父思将王位传给他，然而因此堂兄弟中间就发生阴谋了。邦度氏五子自忖不敌，遂去国浪游，到了班恰拉国，适值国王的公主陀罗巴提公开择配，各小邦的国王和英雄都聚集在此竞争；邦度氏五子中的老三亚求涅能弯国王的强弓，并且射中标的，照规矩他是驸马了，可是其余四兄弟的本领也和他一样，互争不决，于是公主自己解决争端，做了他们兄弟五人的公有的妻。他们在班恰拉国住下，又和另一国的亲王克利西涅成了好朋友。他们的行踪传到了他们本国的时候，那位当国的老伯父就要他们回去，并且把国土分为两半，一半给他自己的儿子，一半给了这五个侄子。于是邦度氏五兄弟治理他们的新国，治得很好，他们有许多的珍宝。科洛氏诸亲王看着妒忌，就又想出个恶计来，请邦度五子掷骰子赌博。邦度氏那边是老大代表。他不是一个好赌手，每掷必输，愈输，赌兴愈狂。他输完了珍宝车马，又输完了国土，最后他拿他的四个兄弟来作注，也输掉了；他拿自己作注，也输了，拿公主陀罗巴提作注，也输掉了。这玩笑可开得太大！末了，再掷一次，赌一个奇异的"注"，就是谁输了谁得到野树林子里去住十二年，而在第十三年这一年中间要隐姓变名不使人家知道，倘使被人家知道了就得再在野林子里住十二年。可是邦度氏又输了。于是这五兄弟带着陀罗巴提离开了他们的国，住在荒野的树林里。十二年居然过去了，到第十三年上，他们变姓名去作麦朱耶司国王的仆人。不料就在这一年里，科洛氏诸亲王联合了别的国王，进攻麦朱耶司国，所向无敌。这可激起了隐姓埋名中的五兄弟了。他们打败了他们的堂兄弟科洛氏，宣布了自己的真姓名，和麦朱耶司国王联盟。他们派人告诉科洛氏，要返还"故物"，因为科洛氏不答，他们就起兵进攻。科洛氏也准备拒敌，两边都有许多联盟国。战事继续十八日，科洛氏诸亲王都战死，邦度五兄弟尚留得性命。于是他们回国，他们的老伯父传位给那个老大。后来这五兄弟也倦于国事，浪游山林间，死后升天去了。

以上所记，只是《麻哈布哈拉塔》最主要的骨架；这部书中还包括了无数的小故事，每一故事都可以自成一本书。这些故事也有完全与正题无关者，例如所记喇麻的历史——这就是《喇麻耶涅》这史诗里的喇麻。

现在我们就可以讲讲《喇麻耶涅》。这部书分为七卷，共计二万四千行，比《麻哈布哈拉塔》小得多了。相传是一个名为法尔弥吉（Valmi-ki）的婆罗门所作；这个人名，也就和希腊的荷马一样，很不可靠。据《喇麻耶涅》本身所记，则所谓法尔弥吉这位作者也许是和喇麻（即此史诗的主人公）同时代的人；但又谓此史诗本为无名的职业歌人所作，口头流传下来，而最初的传者就是喇麻的两个儿子；第三说则谓法尔弥吉作以教喇麻的两个儿子。近代的梵文学者以为喇麻的两个儿子的名字"kuça"和"lava"恐怕就是梵文中"kuçilava"一字的分拆，而"kuçilava"一语有"歌人"或"优伶"之意，然则此史诗在梵文学中虽被称为"个人著作的"史诗，实在也许是"民间的""口头的"文学。

《喇麻耶涅》的故事是这样的：阿育特哈耶（无敌）国王有三妻，妻各有一子，第一妻之子即名喇麻，娶了尾迭哈国王的女儿西泰。阿育国王因为年老，要传位于喇麻，可是他的第二妻却替她自己所生的儿子布哈拉塔打算，固求王以布哈拉塔嗣位，而放逐喇麻，期限十四年。王忧愁不能决。喇麻知道了，就自愿去国。他的妻西泰和他的异母弟腊克司玛涅（即国王第三妻所生之子）都愿意跟他出亡。阿育国王感念长子，遂常宿喇麻生母的宫中，不久染病而死。此时喇麻和妻西泰，弟腊克司玛涅，居于达尼达卡林中，倒也快乐。而布哈拉塔自其兄出亡后，亦避嫌居于外祖家。至是阿育国王既死，朝臣迎归，将以为王，可是布哈拉塔则要让兄，自往林中迎喇麻回国。喇麻虽为其弟的诚意所感，却仍不愿自破诺言，因以绣金靴付之，谓此即"信物"，他把王位让给布哈拉塔了。布哈拉塔拿了靴子回国，供奉靴子在宝座里，而自己则旁座摄政。喇麻在树林中因赖先知阿伽泰耶的指点，得了雷神音陀罗的武器，先杀林中巨人，后又诛妖魔甚多。魔首拉法涅要想报复，遂使手下一妖变为金色鹿，出现于西泰之前，西泰请喇麻及腊克司玛涅逐鹿，二人方去，魔首拉法涅即幻化为苦行僧，至西泰前，劫了她去，并伤了保护西泰的大雕。喇麻回来不见了妻，又损失了大雕，自然悲痛得很；可是当他埋葬那死雕的时候，芦苇忽作人言，告以如何报仇。于是喇麻乃与猴王哈纳玛及苏格里法联盟。靠了后者的帮助，他杀了凶恶巨人拔里。而猴王哈纳玛则潜入魔首拉法涅所居之岛，访探西泰。他在一个深洞里找着了西泰，告以不久可得救，就回去和喇麻共筹救援的方法。他们定好了作战方略。猴王命群猴搭成了一条桥，渡海到拉法涅的岛上。他们又得海神相助，遂杀了拉法涅，救出西泰，西泰以火浴证明自己并未被污。于是喇麻欢欢喜喜偕同妻弟回国，和布哈拉塔同理国事。

从上面的节略看来，《喇麻耶涅》开头所叙虽为"人事"，而主要题材却是人和妖魔的斗争。并且和妖魔的斗争还是起因于一女子之被掠。这和《伊利亚特》又有几分相似了。又在奇瑰方面，《喇麻耶涅》却也不下于《奥德赛》。这东西两个古民族的"史诗"实在比其他民族的同类作品要高妙得多了。

这篇短文现在应当收束了。虽则"民族的史诗"项下我们还剩下了北欧的"Saga"没有讲到，而"个人著作的史诗"项下也有几篇很重要的，例如波斯的大诗人费尔杜西（Ferdusi，义为"天堂"，他本名是Abul Casim Mansur，约生于第十世纪末），曾以三十年的工夫写了波斯的史诗《削·娜玛》（Shah-namah），而罗马的味吉尔摹效《伊利亚特》而作的《伊泥易德》尤其有名，都应当说一说，可是我们在这里只好从略。

然而另有一个问题，却不能轻轻放过。朋友，也许你早已读得不耐烦了，你一边不耐烦，一边心里也许这么说："老是搬弄那些外国货，怎么没有一句话讲到咱们国货的史诗呢？"不错，就是这个问题不能轻轻放过。

并不是每一个民族都能产生史诗的——这话已经说过了。原因是有些民族只停滞在"神话时代"——原始时代，例如前面提过的布西曼族；另有一些民族即使达到了相当高度的文明，例如在希腊兴起以前的巴比仑，以及为希腊所灭的伊琴人，还有南美洲已经灭亡的印加（Inca）帝国，可是他们在成熟到可以产生"史诗"的时候，就灭亡了，即如巴比仑，虽然留下了泥砖上的《吉尔伽麦西》，可以算得是史诗，但也粗陋到难以过分恭维。不过讲到咱们中国，自然不同。中国是有"五千年"联绵存在的文明史的，照"理"应该有史诗那样的东西。

《诗经》是中国最古的一部"诗选"，那里头有"史诗"么？有人以为《大雅》里的《生民》就是一种"史诗"。说来原也有点像。因为《生民》里讲到姜嫄如何踏了巨人的脚印，感而成孕，乃生后稷；又讲到这无父之子如何扔在"隘巷"里，牛羊避而不践踏他，放在寒冰上，鸟会来展翼暖和他，于是乃取回养育。但是只此而已。全诗七十二句，倒有一大半是非常"合理"的正经的颂祷。这同西洋的"史诗"实在排不上兄弟辈。

我们再找找中国有没有近于"史诗"题材的"传说"。这倒不是完全没有的。《史记》上记着黄帝涿鹿之战。太史公说"三皇五帝之事，荐绅先生难言之"，因为太不"雅驯"。可知关于涿鹿之战，有许多"不雅驯"的传说未为太史公所采了。不过后来有些书上却记着那些"不雅驯"的传说的片段；《山海经·大荒北经》里说：

> 蚩尤作兵伐黄帝，黄帝乃令应龙攻之冀州之野。应龙畜水，蚩尤请风伯雨师，纵大风雨。黄帝乃下天女曰魃。雨止，遂杀蚩尤。

这里所谓"天女魃"，在别的书上却作"玄女"。

> 黄帝摄政，有蚩尤兄弟八十一人，并兽身人语，铜头铁额，食沙，造五兵，威振天下。黄帝以仁义，不能禁止蚩尤。天遣玄女下授黄帝兵符，伏蚩尤。（《龙鱼河图》）
>
> 黄帝与蚩尤九战九不胜，有妇人人首鸟形，是为玄女，授黄帝战法。（《黄帝玄女战法》）
>
> 蚩尤铜头啖石，飞空走险。以麜牛皮为鼓。九击而止之，尤不能飞走，遂杀之。（《广成子传》）
>
> 白龙赤虎，战斗俱怒，蚩尤败走，死于鱼口。（焦氏《易林》）
>
> 黄帝与蚩尤战涿鹿之野，蚩尤作大雾，帝乃命风后作指南车，遂擒蚩尤。（刘凤《杂俎》）
>
> 蚩尤出自羊水，八肱八趾疏首，登九淖以伐空桑，黄帝杀之于青丘。（《归藏启筮》）
>
> 三代彝器多著蚩尤之像，以为贪虐之戒；其状如兽，附以两翼。（《博古图》）
>
> 武帝时，太原有蚩尤神昼见，龟足蛇首。（《汉书》）
>
> 轩辕之初立也，有蚩尤氏兄弟七十二人，铜头铁额，食铁石。

轩辕诛之于涿鹿之野。蚩尤能作云雾。涿鹿今在冀州，有蚩尤神，俗云，人身牛蹄，四目六手。今冀州人掘地得髑髅，如铜铁者即蚩尤之骨也。今有蚩尤齿，长二寸，坚不可碎。秦汉间说：蚩尤氏耳鬓如剑戟，头有角，与轩辕斗，以角抵人，人不能向。今冀州有乐名蚩尤戏，其民两两三三，头戴牛角而相抵。汉造角抵戏，盖其遗制也。（《述异记》）

解州盐泽卤色正赤，在坂泉之下，俗谓之蚩尤血。（《梦溪笔谈》）

有宋山者，……有木生山上，名曰枫木。枫木，蚩尤所弃其桎梏。（《山海经·大荒南经》）

综合上引各条，我们可知蚩尤的"传说"在秦汉间似乎还很多，而涿鹿之战是"半神"的黄帝与"半神"的妖怪蚩尤（相当于西洋神话中的巨人族）的斗争。从民间有"蚩尤戏"这一点看来，又可知关于蚩尤的传说且演化而为舞曲。"两两三三头戴牛角而相抵"的时候，大概也唱着什么歌曲，而这歌曲大概也是敷陈涿鹿之战的猛烈的罢？并且从蚩尤血，蚩尤桎梏，都有"传说"这一点看来，又可以推想当年必有很多的讲到蚩尤的故事，成为"蚩尤传说集团"。《史记》上暗示了涿鹿之战的重要，很像是汉族开国史上第一次存亡关头的大战；所以"传说"一定很多。《汉书·艺文志》尚著录《蚩尤》二卷，也许就是一部近于"史诗"的东西，可惜后人的书籍上都没有提到，大概这书也是早就逸亡了。

我们很可以相信中国也有过一部"史诗"，题材是"涿鹿之战"，主角是黄帝、蚩尤、玄女，等等，不过逸亡已久，现在连这"传说"的断片也只剩下很少的几条了。至于为什么会逸亡呢？我以为这和中国神话的散亡是同一的原因。这，说来话长，这里只好"拉倒"。

（原载《世界文学名著讲话》，开明书店，1947）

评　介

　　茅盾对西方文学及其文艺理论的接受具有自己鲜明的特点，他没有像许多其他著名中国学者那样的留学经历，也没有到过欧美或日本接受西方文学和文化的熏陶与洗礼。茅盾接触西方文学始于 1913～1916 年在北大预科学习期间，此后他开始对世界文学尤其是欧洲文学进行了比较全面和系统地了解和研究。茅盾在晚年的回忆录《我走过的道路》中对此曾有过描绘："既要借鉴于西洋，就必须穷本溯源，不能尝一脔而辄止。我从前治中国文学，就曾穷本溯源一番过来，现在既把线装书束之高阁了，转而借鉴于欧洲，自当从希腊、罗马开始，横贯十九世纪，直到'世纪末'。……因而也给我一个机会对十九世纪以前的欧洲文学作一番系统的研究。这就是我当时从事于希腊神话、北欧神话之研究的原因，从事于古希腊、罗马文学之研究，从事于骑士文学的研究，从事于文艺复兴时代文艺之研究的原因。"[1] 对这方面的探索和研究，茅盾取得了突出的成绩，出版了《神话杂论》《中国神话研究 ABC》《北欧神话 ABC》等一系列学术论著。

　　这些著作中不乏茅盾对史诗的深刻见解，其基本的立场是把史诗视为神话的艺术化。他说道："二十二三岁时，为要从头研究欧洲文学的发展，故而研究希腊的两大史诗；又因两大史诗实即希腊神话之艺术化，故而又研究希腊神话。"[2] 这种学术思路决定了茅盾对史诗的论述主要是

---

[1]　茅盾：《茅盾全集》第三十四卷《回忆录一集》，人民文学出版社，1997，第 150 页。

[2]　茅盾：《〈神话研究〉序》，载《茅盾全集》第二十八卷，人民文学出版社，1993，第 432 页。朱光潜也持有这种看法，他在《长篇诗在中国何以不发达》中说道："神话是原始民族思想和信仰的具体化，史诗则又为神话的艺术化。"（朱光潜：《长篇诗在中国何以不发达》，载《朱光潜全集》第八卷，安徽教育出版社，1993，第 353 页）

围绕神话展开的。自 1918 年始，他阅读了大量与希腊、罗马、印度、古埃及以及 19 世纪其他尚处于半开化状态的民族的神话和传说相关的外文书籍，接受了 19 世纪后期欧洲人类学派神话学者爱德华·泰勒（E. B. Tylor）、安德鲁·朗（Andrew Lang）的神话学观点。他将神话划分为"解释的"神话与"唯美的"神话两种类型，又将"唯美的"神话分成"历史的"神话与"传奇的"神话，把《伊利亚特》和《奥德赛》分别视为"历史的"神话与"传奇的"神话的范例，并结合荷马史诗阐述两种神话的特点。他把《伊利亚特》比作戏曲中的悲剧，认为它是一个苍凉悲壮的神话故事；把《奥德赛》比作戏曲中的喜剧，认为它是一个赏善罚恶、结局圆满的神话故事："如果是历史的（historical），那一定是把一件历史事实作为底本或骨架，然后披上了想象的衣服，吹入了热烈的情绪。这些神话大都悲壮雄奇哀艳，可以使人歌哭，可以激发人的志气；这些神话里的神或民族英雄大都是努力和冥冥中不可抗的力——运命，相争斗，而终于受运命的支配而不能自脱，故又常常使人低徊咏叹，悠然深思。"[①] "传奇的（romantic）神话则和历史的神话相反。如果说历史的神话是把一桩史事作骨架，那么，传奇的神话便是拿一个'人物'作为骨架的。这个人物大概是真的，有根据的；不过此人物所做的一切事却大半是子虚乌有，乃是作者凭空创造出来的。这种神话大都诙谐、奇诡、美妙，引人幻想，使人愉快。这些神话里的英雄常常能克胜艰难，化险为夷；是战胜运命而非为运命支配的。"[②]

显然，茅盾对"历史的"神话与"传奇的"神话两种类型的提出及其特点的概括都是在研究《伊利亚特》和《奥德赛》的基础上展开的。

---

① 茅盾：《神话的意义和类别》，载《茅盾全集》第二十八卷，人民文学出版社，1993，第 110 页。
② 茅盾：《神话的意义和类别》，载《茅盾全集》第二十八卷，人民文学出版社，1993，第 110 页。

但这种分类也并非绝对正确。茅盾把《伊利亚特》作为"历史的"神话是因为19世纪后半期至20世纪初的考古学家在小亚细亚发现了特洛伊古城的遗迹，证明了特洛伊战争实有其事，而认定《奥德赛》为"传奇的"神话是因为本无其事。细究之，《奥德赛》并非没有历史的影子，既然特洛伊战争确实发生过，那么战争中的英雄返回故地之事岂是空穴来风。再者，历史和传奇并非可以截然对立的，《伊利亚特》和《奥德赛》不可避免地夹杂着这两种成分。这种分类的科学性和可行性虽然可能会遭到质疑，但是，茅盾在"神话类别和意义"方面的研究努力和成就是不容忽视的。

茅盾从神话保存的角度认识与理解荷马史诗的演进过程，将它概括为三个时期：第一个时期是那些以卖唱为业的盲诗人把口耳传诵的神话编成歌曲，用管弦伴奏吟诵出来，且这种歌曲一定不是非常长的篇幅，"仅各咏神话中神们的一件事"①。第二个时期是此种歌曲经过数年的传播，内容越来越广，又时有重复，于是"有诗人取其同咏一事能衔接者，汰其芜杂，去其重复，或又加以点缀，于是一事之首尾完具"②。第三个时期是对第二个时期的材料进行编次修订，而成现在的形式，其间庇西特拉图曾召集文人们把口头的荷马史诗定型为书面的荷马史诗。对"荷马问题"，茅盾也做了简要的概述，指出它具有悠久的学术传统，积累深厚，其言如下："自从'历史之父'希罗多德以来，古代希腊的哲学家、文学家如苏格拉底（Socrates），亚里斯多德（Aristotle），柏拉图（Plato），都把这位古代的'盲诗人'认为'实有其人'的。但是到了十八世纪末叶，这位古代的光荣的'诗人'之是否真正存在，忽然成了问题了；德国的学者倭尔夫（Wolf）开始怀疑这二千多年的传说。其后，学者聚

---

① 茅盾：《神话研究》，百花文艺出版社，1981，第18页
② 茅盾：《神话研究》，百花文艺出版社，1981，第18页。

讼纷纭，关于所谓的'荷马问题'的著作也可以自成一个小小的图书馆。"① 茅盾赞成荷马多人说，即荷马史诗非一人所作，直接指出它们"并非成于一个时代或一人之手，这是同一主题下许多古代歌曲（自然都是无名氏的作品）之集合"②。同时，茅盾对蒲勒（S. Butler）的《奥德赛》作者是"女人"的说法提出了质疑，并给予了驳斥："我们却以为也可以证明有些无名的女诗人曾经也取特洛亚战争为题材，因而在那特洛亚战争诗歌大集团中增加了'女性的'或'女性观点'的一部分，却未必遂能断定《奥德赛》乃出于某某女性一人之手呵！"③ 可见，茅盾对"荷马问题"并非纯粹的介绍，而是有着自己的客观判断和观点。

　　站在比较的立场上，茅盾阐述了《伊利亚特》和《奥德赛》在题材和艺术技巧上的不同点，指出"这两部名著各擅胜场，合起来就成为西洋古代'文艺技术'的高度发展的结晶"④。但是，茅盾也没有孤立地谈论两部史诗的不同点，在充分肯定两部史诗题材和艺术技巧完全不同的同时，他也论述了两者的共同之处，即希腊联军攻打特洛伊、阿喀琉斯的愤怒以及奥德修斯杀死求婚者归根结底都是经济和财产的问题⑤。茅盾还以荷马史诗为范例和参照框架，评价了世界其他一些民族的史诗。例如，在介绍巴比伦史诗《吉尔伽美什》的故事梗概时，茅盾指出这部史诗无论在思想上还是在技巧上远不及荷马史诗，缺乏荷马史诗那种雄伟奇瑰的文艺价值。再如，将《摩诃婆罗多》和《罗摩衍那》与荷马史诗相较考量，分析了这两部史诗与荷马史诗在篇幅、故事上的不同，强调它们与荷马史诗的相似之处，并给予了印度史诗较高的评价："《罗摩衍

---

① 茅盾：《世界文学名著杂谈》，百花文艺出版社，1980，第4页。
② 茅盾：《世界文学名著杂谈》，百花文艺出版社，1980，第5页。
③ 茅盾：《世界文学名著杂谈》，百花文艺出版社，1980，第22页，
④ 茅盾：《世界文学名著杂谈》，百花文艺出版社，1980，第20页。
⑤ 茅盾：《世界文学名著杂谈》，百花文艺出版社，1980，第22~23页。

那》开头所叙虽为'人事'，而主要题材却是人和妖魔的斗争。并且和妖
魔斗争还是起因于一女子之被掠。这和《伊利亚特》又有几分相似了。
又在奇瑰方面，《罗摩衍那》却也不下于《奥德赛》。这东西两个古民族
的'史诗'实在比其他民族的同类作品要高妙得多了。"①

　　谈论史诗，中国学者不可避免地要落脚到中国文学上，茅盾也不例
外。他对中国文学的"史诗问题"也给出了自己的回答。他不赞同胡适
把中国北方的汉文学没有史诗的原因归结于北方汉民族是一个朴实而不
富于想象力的民族，且对胡适的论据一一做了反驳：1. 他指出胡适以
"三百篇"作为证据不足恃，因为"三百篇"是经过不欲言鬼神的孔子的
删定的，它不可能呈现当时北方汉民族的神话状况。2. 他认为重实际与
生存于艰苦的自然条件下的北方汉民族是可以创造丰富的神话的，并以
北欧民族的神话为旁证，指出"地形和气候只能影响到神话的色彩，却
不能掩没一民族在神话时代的创造冲动"②。茅盾力主"神话的历史化"
和"当时社会上没有激动全民族心灵的大事件以诱引'神代诗人'的产
生"是中国北方汉文学没有史诗的主要原因③。同时，茅盾还结合中国
的社会政治和文化现象解释了中国北方汉民族神话消歇和史诗不发达
的缘由：一是自武王到平王东迁，北方汉民族过的生活是"散文"的
生活，而不是"史诗"的生活，没有新的刺激物光大和激发原初的神
话；二是春秋战国以后，社会生活已"重实际而黜玄想"，离神话时
代太远了，文人学士也皆不多言神话。

　　20世纪30年代，茅盾撰文介绍了古希腊、巴比伦和印度的史诗之

① 茅盾：《世界文学名著杂谈》，百花文艺出版社，1980，第30页。
② 茅盾：《中国神话研究 ABC》，载《茅盾全集》第二十八卷，人民文学出版社，1993，第183页。
③ 茅盾：《中国神话研究 ABC》，载《茅盾全集》第二十八卷，人民文学出版社，1993，第183页。

后，再次讨论了中国文学的"史诗问题"。他承认并不是每一个民族都能产生史诗。但是，他认为拥有五千年文明史的中国照理应该有史诗那样的东西。与胡适和鲁迅一样，茅盾也不赞成《诗经》中有史诗之说，否定《生民》是史诗的观点，指出其与荷马史诗无法相提并论。不过，与鲁迅和胡适不同，茅盾推测《汉书·艺文志》中著录的《蚩尤》二卷是一部近于"史诗"的东西，只不过它早早地逸亡或者未被后人记载下来。他说道："我们很可以相信中国也有过一部'史诗'，题材是'涿鹿之战'，主角是黄帝、蚩尤、玄女，等等，不过逸亡已久，现在连这传说的断片也只剩下很少的几条了。至于为什么会逸亡呢？我以为这和中国神话的散亡是同一的原因。"① 细考之，茅盾假定中国文学存在过史诗、只不过是逸亡了的说法并不比胡适和鲁迅谨慎的推定高明多少，他给出的证据缺乏可信度，主观臆测的成分非常大。茅盾这样做的原因可能在于他那颗强烈的民族文学的自尊心。这可以从他曾在《〈小说月报〉改革宣言》《文学和人的关系及中国古来对于文学者身份的误认》《致李石岑》等许多文章中表示要在世界文学中为中国文学争得一席之地的言论中得到佐证。但是，从现有的上古文献典籍中又找不到类似西方史诗的作品，故而茅盾把这种找不到史诗的原因归结为史诗早早地逸亡。

值得注意的是，茅盾还在跨文类的视野下把史诗与鼓词并置，讨论两者的异同。鼓词以伴奏乐器"大鼓"和鼓板为标志，是一种上下句结构的诗赞系曲种②。鼓词多是说唱体，短小精悍，讲述的内容多为历史故事和民间传说。根据鼓词的这种特性，茅盾认为鼓词与荷马史诗的最初形式相似："鼓词实在是一种可以弦歌的叙事诗。荷马的史诗，当初是'被之管弦'的，夕阳荒村，盲诗人弹七弦琴，唱这么一段，跟我们的鼓

---

① 茅盾：《世界文学名著杂谈》，百花文艺出版社，1980，第33页。

② 钟敬文主编《民间文学概论》，上海文艺出版社，1980，第345页。

词实在差不多。"① 茅盾也指出了两者的不同："鼓词是短篇而史诗则是巨著。"② 其实，鼓词也未必都是短篇，艺人讲唱的诗赞体鼓词篇幅就非常巨大，亦不逊色于荷马史诗，如《大明兴隆传》《杨家将》《北唐传》《平妖传》《西唐传》等，每部书都在五十册以上。它们与史诗的不同倒不在于结构，而在于它们不具有史诗那种崇高和宏大的特性，不具有那种神话的色彩。但是，要准确理解茅盾对史诗和鼓词做出的比较，必须考虑潜藏在茅盾这种学术行为背后的社会话语。显然，茅盾所研究的鼓词主要是流行于北方农村的短篇鼓词，其观点是针对老舍和木天两位先生写的新鼓词而得出的，是关于如何利用旧鼓词形式创作新鼓词的个人看法。他更多关注的是如何有利于抗战和提高民族意识。正是基于这种立场，他认为短篇的、旧形式的鼓词不能全面描绘中国的抗战，不能更好地鼓舞和激昂人民的斗志，不能更好地批判和揭露问题。所以，茅盾提倡创作新鼓词不应该局限在旧的形式内，不应该局限于短篇，而应该利用旧的形式但又不为旧鼓词的规律所圈囿，应该把短篇的鼓词连缀在一起创作出史诗式样的长篇鼓词，把原来只描绘一个简单故事的旧鼓词发展为新时代的史诗。

根据上述的论述，茅盾的史诗观念显然是一种以荷马史诗为范例、以亚里士多德的古典诗学为范式的观念。他对史诗的接受既体现了"五四"时期的时代特征，又体现了其个人的思想倾向和艺术个性。毋庸置疑，这个时期的茅盾在对外国文学的接受和价值取向上具有强烈的社会性和功利性。但是，对于史诗，茅盾更多的是一种文学的接受，源于其了解欧洲文学发展史的需要，他更多的是站在神话和比较文学的立场上考察史诗。

---

① 茅盾：《茅盾全集》第二十一卷《中国文论四集》，人民文学出版社，1991，第 362 页。
② 关于鼓词和史诗的异同，参见《茅盾全集》第二十一卷《中国文论四集》，人民文学出版社，1991，第 362 页。

1840～1949 年史诗研究大事记

1837 年

1 月，爱汉者等编《东西洋考每月统记传》在丁酉年（1837）正月号上刊登了《诗》，该文对荷马和荷马史诗给予了高度评价。

1857 年

1 月 26 日，艾约瑟《希腊为西国文学之祖》刊于《六合丛谈》第 1 卷第 1 号，后收入沈国威编著《六合丛谈》（上海辞书出版社 2006 年版）。

3 月 26 日，艾约瑟《希腊诗人略说》刊于《六合丛谈》第 1 卷第 3 号，后收入沈国威编著《六合丛谈》（上海辞书出版社 2006 年版）。

12 月 16 日，艾约瑟《和马传》刊于《六合丛谈》第 1 卷第 12 号，后收入沈国威编著《六合丛谈》（上海辞书出版社 2006 年版）。

1879 年

2 月，郭嵩焘在其日记中对荷马史诗做了简要的介绍，后收入《郭嵩焘日记》（湖南人民出版社 1980 年版）。

1907 年

苏曼殊在《文学因缘自序》中肯定了《摩诃婆罗多》和《罗摩衍那》的艺术价值；而后苏曼殊在《答玛德利庄湘处士论佛教书》（1911

年 7 月 18 日）和《燕子龛随笔》（1913 年）中再次强调了《摩诃婆罗多》和《罗摩衍那》在世界文学史上的地位。这三篇文章后被收入文公直编《曼殊大师全集·诗文集》（上海教育书店 1946 年版）。

1908 年

2 月、3 月，鲁迅用"令飞"的笔名将《摩罗诗力说》发表在《河南》杂志第 2 期和第 3 期上，后收入鲁迅 1926 年出版的杂文集《坟》中。

1916 年

6 月，周作人《荷马史诗》刊于《若社丛刊》第 3 期，署名"启明"。

1918 年

10 月，周作人《欧洲文学史》由商务印书馆出版；1919 年 6 月再版。

1921 年

3 月，滕若渠《梵文学》刊于《东方杂志》第 18 卷第 5 号。

1923 年

1 月，吴宓《希腊文学史·荷马之史诗》刊于《学衡》第 13 期。

2 月 4 日，胡适《〈西游记〉考证》刊于《读书杂志》第 6 期。

8 月 27 日，郑振铎《诗歌的分类》刊于《文学》第 85 期。

1927 年

4 月，郑振铎《文学大纲》由商务印书馆出版。

许地山《梵剧体例及其在汉剧上底点点滴滴》刊于《小说月报》第 17 卷号外《中国文学研究》。

郭绍虞《中国文学演进之趋势》刊于《小说月报》第 17 卷号外《中国文学研究》。

1928 年

6 月，胡适《白话文学史》由新月书店出版。

茅盾《神话的意义和类别》刊于《文学周报》第 6 卷第 22 期，署名"玄珠"。

1929 年

1 月，茅盾《中国神话研究 ABC》由世界书局以单行本出版。1978 年，该文更名为《中国神话研究初探》，收入《茅盾评论文集》；后又收入其《神话研究》（百花文艺出版社 1981 年版）一书。

4 月，高歌译述的《依里亚特》由中华书局出版；1933 年 10 月由中华书局再版。

6 月，茅盾《神话杂论》由世界书局出版。

10 月，傅东华根据英译本使用韵文体翻译了《奥德赛》，由商务印书馆出版。

1930 年

1 月，高歌译述的《奥特赛》由中华书局出版。后于 1936 年在中华书局出版了第三版。

4 月，谢六逸译《伊利亚特的故事》由开明书店出版。

8 月，陈寅恪《〈西游记〉玄奘弟子故事之演变》刊于《国立中央研究院历史语言研究所集刊》第二本第二分。

10 月，茅盾《北欧神话 ABC》由世界书局出版，署名"方璧"。

1931 年

1 月，陆侃如和冯沅君合著的《中国诗史》由商务印书馆出版。

10 月，许地山《印度文学》由商务印书馆出版；1935 年 5 月由商务印书馆再版。

1933 年

1 月，郑振铎《文探》初版由新中国书局出版。

12 月，王焕章编译的《印度神话》收入《小学生文库》第一集，由商务印书馆出版；1934 年 10 月由商务印书馆再版。

1934 年

2 月，朱光潜《长篇诗在中国何以不发达》刊于《申报月刊》第 3 卷第 2 号。

梁之盘《天竺之荣华——印度史诗双璧谭》刊于《红豆》周年纪念刊（第 2 卷第 3 期）。

1941 年

9 月，韩儒林《罗马凯撒与关羽在西藏》刊于《华西协合大学中国文化研究所集刊》第 2 卷第 1、2、3、4 号合刊。

1945 年

6 月，任乃强《"蛮三国"的初步介绍》刊于《边政公论》第 4 卷第 4、5、6 期。

1947 年

6 月，徐迟译《〈依利阿德〉选译》由群益出版社出版。

9 月，任乃强《关于格萨到中国的事》刊于《康藏研究月刊》第 12 期。

9 月、10 月，任乃强《关于蛮三国》刊于《康导月刊》第 6 卷第 9、10 期。

图书在版编目（CIP）数据

中国史诗研究学术档案：1840－1949／魏永贵，冯
文开编著. -- 北京：社会科学文献出版社，2020.7
（内蒙古大学口头传统研究协同创新中心丛书）
ISBN 978 － 7 － 5201 － 6756 － 7

Ⅰ.①中…　Ⅱ.①魏…　②冯…　Ⅲ.①史诗－诗歌研
究－中国－近现代－文集　Ⅳ.①I207.2－53

中国版本图书馆 CIP 数据核字（2020）第 109258 号

·内蒙古大学口头传统研究协同创新中心丛书·
中国史诗研究学术档案（1840～1949）

编　　著／魏永贵　冯文开

出 版 人／谢寿光
责任编辑／赵　娜

出　　版／社会科学文献出版社·群学出版分社（010）59366453
　　　　　地址：北京市北三环中路甲29号院华龙大厦　邮编：100029
　　　　　网址：www. ssap. com. cn
发　　行／市场营销中心（010）59367081　59367083
印　　装／三河市龙林印务有限公司

规　　格／开　本：787mm×1092mm　1/16
　　　　　印　张：13　字　数：173千字
版　　次／2020年7月第1版　2020年7月第1次印刷
书　　号／ISBN 978 － 7 － 5201 － 6756 － 7
定　　价／89.00元

本书如有印装质量问题，请与读者服务中心（010－59367028）联系